LOB FÜR TAMMY L. GRACE

»Ich hatte geplant, früh zu Bett zu gehen, aber ich konnte dieses Buch nicht aus der Hand legen, bis ich es gegen 3 Uhr morgens beendet hatte. Wie ihre anderen Bücher zeichnet sich auch dieses durch faszinierende Charaktere und eine Handlung aus, die das wahre Leben auf die beste Weise nachahmt. Meine Empfehlung: Es ist an der Zeit, alle Bücher von Tammy L. Grace zu lesen.«

– Carolyn, Rezension von Beach Haven

»Dieses Buch ist eine leichte, einfache Romanze mit einer Hintergrundgeschichte, die den Werken von Debbie Macomber sehr ähnlich ist. Wenn Sie Macombers Bücher mögen, werden Sie auch dieses mögen. Eine Urlaubsgeschichte voller Hunde, Urlaubsspaß und der Freude am Schenken wird Ihr Herz erwärmen.«

– Begeisterter Mystery-Leser, Rezension von A Season for Hope: A Christmas Novella

»Dieses Buch war genauso bezaubernd wie die anderen. Harte Zeiten mit der Liebe einer besonderen Gruppe von Freunden. Ich empfehle die Serie als Pflichtlektüre. Ich habe jeden spannenden Moment geliebt. Eine neue Autorin für mich. Sie ist fabelhaft.«

– Maggie! Rezension von Pieces of Home: Ein Hometown-Harbor-Roman (Buch 4)

»Tammy ist eine erstaunliche Autorin, sie erinnert mich an Debbie Macomber ... Entzückend, herzerwärmend ... einfach bodenständig.«

– Plee, Rezension von A Promise of Home: Ein Hometown-Harbor-Roman (Buch 3)

»Dies war ein unterhaltsamer und entspannender Roman. Tammy Grace hat eine einfache, aber fesselnde Art, den Leser in das Leben ihrer Figuren zu ziehen. Es war ein Vergnügen, eine Geschichte zu lesen, die nicht auf theatralische Tricks, unrealistische Ereignisse oder heiße Sexszenen angewiesen war, um die Seiten zu füllen. Ihre Charaktere und die Handlung waren stark genug, um das Interesse des Lesers zu halten.«

– MrsQ125, Rezension zu Finding Home: Ein Hometown-Harbor-Roman (Buch 1)

»Dies ist eine wunderschön geschriebene Geschichte über Verlust, Trauer, Vergebung und Heilung. Ich glaube, jeder kann sich mit den hier geschilderten Situationen und Gefühlen identifizieren. Es ist eine Lektüre, die einen noch lange nach dem Ende des Buches begleiten wird.«

»Mörderische Musik ist ein kluger und gut durchdachter Krimi. Die lebendigen und farbenfrohen Charaktere glänzen, während die Autorin nach und nach ihre verborgenen Geheimnisse enthüllt – eine fesselnde Lektüre, die einem das Wasser im Munde zusammenlaufen lässt.«

»Ich konnte dieses Buch nicht aus der Hand legen! Es war so gut geschrieben und eine spannende Lektüre! Dies ist definitiv eine 5-Sterne-Geschichte! Ich hoffe, dass es eine Fortsetzung geben wird!«

»Dies ist das bisher beste Buch dieser Autorin. Die Handlung war gut durchdacht mit einem unerwarteten Ende. Ich versuche gerne, vorauszuspringen und zu sehen, ob ich das Ergebnis richtig erraten kann. Ich war in der Lage, einen Teil der Handlung vorherzusagen, aber nicht die tatsächlichen Details, was das Lesen der letzten Kapitel sehr fesselnd machte.«

MÖRDERISCHE MUSIK: DIE HOCH GELOBTE DETEKTIVSERIE MIT UNMENGEN AN TWISTS

MÖRDERISCHE MUSIK: DIE HOCH GELOBTE DETEKTIVSERIE MIT UNMENGEN AN TWISTS

DETECTIVE COOPER HARRINGTON BUCH 1

TAMMY L. GRACE

LONE MOUNTAIN PRESS

Mörderische Musik
Ein Roman von
Tammy L. Grace

www.tammylgrace.com

Facebook: https://www.facebook.com/tammylgrace.books

Twitter: @TammyLGrace

Veröffentlicht in den Vereinigten Staaten von Lone Mountain Press, P.O. Box 5384, Fallon, NV 89407

ISBN 9781945591471 (eBook) 9781945591525 (paperback)

Übersetzt von Ariane Lambert für Literary Queens (www.literaryqueens.com)

Umschlaggestaltung von Elizabeth Mackey

Herausgegeben von Mary Metcalfe

Gedruckt in den Vereinigten Staaten von Amerika

One Forgettable Christmas: A Hometown Christmas Novella

Christmas Sisters: Soul Sisters at Cedar Mountain Lodge

Christmas Wishes: Soul Sisters at Cedar Mountain Lodge

Christmas Surprises: Soul Sisters at Cedar Mountain Lodge

Christmas Shelter: Soul Sisters at Cedar Mountain Lodge

Glass-Beaches-Cottage-Reihe

Beach Haven

Moonlight Beach

Beach Dreams

The-Wishing-Tree-Reihe

The Wishing Tree

Wish Again

Overdue Wishes

Sisters-of-the-Heart-Reihe

Greetings from Lavender Valley

Pathway to Lavender Valley

Bücher von Casey Wilson:

A Dog's Hope

A Dog's Chance

~Das hier ist für meinen Vater.
Der beste Detektiv und der engagierteste Beamte, den ich je
gekannt habe, der mich Integrität und Charakter gelehrt hat.

KAPITEL EINS

Ein heftiges Klopfen an der Tür der Penthouse-Suite des Hotels weckte Grayson Taylor am frühen Freitagmorgen. Mit hämmerndem Herzen sprang er aus dem Bett – orientierungslos, aber durch das Klopfen geleitet, eilte er zur Tür. Er schaute durch den Türspion und rieb sich die Augen. Als er erneut schaute, musterte er den Mann auf der anderen Seite.

Auf Zehenspitzen schlich er zurück ins Schlafzimmer und befahl Pamela, im Zimmer zu bleiben und nicht herauszukommen. Sein Herzschlag beruhigte sich, während die Gedanken an die Vergangenheit in seinem Kopf herumwirbelten. Immer noch verwirrt, aber weniger erschrocken, öffnete er die Tür. »Andy, was führt dich hierher?«

»Ich bin nur vorbeigekommen, um dir zu sagen, was für ein mieser Hurensohn du bist«, rief der wütende Mann in Jeans, T-Shirt und Baseballkappe.

Grayson spähte in den stillen Flur und öffnete die Tür weiter, winkte Andy herein und führte ihn zur Couch vor dem großen Fenster, das die Skyline von Nashville zeigte. »Was soll das? Ich habe dich seit Jahren nicht gesehen.«

Andy weigerte sich, sich zu setzen, und ging stattdessen mit geballten Fäusten auf und ab. »Ja, deshalb bin ich hier. Abby würde mich umbringen, wenn sie wüsste, dass ich hier bin, aber du musst etwas wissen.«

»Was hat Abby mit der Sache zu tun? Ich habe deine Schwester seit der Highschool nicht mehr gesehen. Und woher wusstest du, dass ich hier bin?«

»Nun, Gray, auch wir normalen Leute haben Freunde, und einer von meinen arbeitet zufällig hier und hat mir gesagt, dass ich dich im Penthouse finden kann. Kein Wunder, du bist ja auch so ein hohes Tier«, rief Andy.

»Was willst du, Andy? Und sprich nicht so laut!«

»Sag mir nicht, was ich tun soll!«, spuckte er aus. »Du hast dich immer für etwas Besseres gehalten, und ich habe es satt, Abby dabei zuzusehen, wie sie sich abmüht, während du unbekümmert dein Leben lebst und immer reicher wirst.«

»Was meinst du?«

»Ich meine, Abby hat zwei Jobs, um deinen Sohn zu unterstützen, und dir ist das scheißegal.«

»Wovon zum Teufel redest du, Andy? Bist du betrunken oder was?«

»Nein, ich bin nicht betrunken, du Arschloch! Erinnerst du dich daran, wie du Abby geschwängert hast, als sie siebzehn war, und alles klären wolltest, indem du ihr Geld für eine Abtreibung gegeben hast? Klingelt da was, Gray?«

Gray wurde blass. »Ja, ich erinnere mich, und ich bin nicht stolz darauf.«

»Nun, im Gegensatz zu dir empfand Abby es nicht richtig, ein Baby zu töten, weil es ihr lästig wäre. Also hat unsere Familie in den letzten siebzehn Jahren hart gearbeitet, um Abby und ihrem Sohn zu helfen. Wenn er nächstes Jahr seinen Abschluss macht, will er aufs College gehen, also hat Abby zwei Jobs, um Geld zu sparen. Sie leben in einer Wohnung in der Nähe des Flughafens, und sie hat einen Job in einer Schule und arbeitet nachts in einer Pizzeria. Ich habe es satt, sie leiden zu sehen, und zu wissen, dass du dir keine Sorgen machst, kotzt mich an.«

Grays Knie wackelten. Er setzte sich auf die Couch. »Andy, du musst mir glauben, ich hatte keine Ahnung. Ich habe es immer bedauert, was mit Abby und dem Baby passiert ist, aber sie hat mir klargemacht, dass sie mich nie wiedersehen will. Also habe ich mich ferngehalten.«

»Ich bin sicher, dass sie dich immer noch nicht sehen will, aber ich finde das nicht fair. Taylor ist ein großartiges Kind. Er ist klug und verantwortungsbewusst und ein guter Sohn. Er hat mehr verdient.«

»Taylor? Sie hat ihn Taylor genannt?«

»Ja, und er sieht genauso aus wie du«, sagte er mit Verachtung. »Vielleicht findest du einen Weg, ihm zu helfen. Sie ist zu stolz, um zu fragen oder etwas anzunehmen, aber wie ich schon sagte, Taylor verdient eine Zukunft. Ich bin sicher, du wirst morgen Abend auf der Party im Silverwood sein, oder?«

»Ja, das werde ich. Alle Plattenfirmen werden dort sein. Das ist einer der Hauptgründe, warum ich nach Nashville gereist bin. Warum?«

»Taylor arbeitet den Sommer über im Silverwood, du wirst ihn also auf der Party sehen. Wenn du ihn siehst, wirst du vielleicht beschließen, dich wie ein Mann zu verhalten. Ruf mich an, wenn du das tust!«, sagte Andy, während er Gray eine Karte zuwarf.

Sie drehten sich beide um, als sie ein lautes Klopfen an der Tür hörten und eine Stimme rief: »Mr. Taylor, Nashville Police, bitte öffnen Sie die Tür!«

Andy folgte Gray zur Tür, als dieser sie öffnete.

»Officer?«

»Mr. Taylor, wir haben einen Bericht über eine Ruhestörung inklusive Streit erhalten. Gibt es ein Problem?«

»Es tut mir leid, Officer. Wir haben uns hinreißen lassen, das ist kein Problem. Uns geht es gut«, sagte er und klopfte Andy auf die Schulter.

»Ist das richtig, Sir?«, fragte der Offizier von Andy.

»Ja, Officer. Tut mir leid, dass ich Sie belästigt habe. Wir sprechen uns später, Gray. Ich komme zu spät zur Arbeit«, sagte Andy, als er sich in Richtung des Flurs bewegte.

»Sind Sie sicher, dass es kein Problem gibt, Mr. Taylor?«

»Ich bin sicher. Noch einmal, es tut mir leid, dass ich Sie belästigt und die Gäste gestört habe.« Gray nahm eine Karte vom Tisch und reichte sie Andy, als der sich auf den Weg zur Tür machte.

Die Beamten stimmten zu, Andy gehen zu lassen, nachdem sie seinen Namen und seine Telefonnummer aufgenommen hatten. Als Gray Andy hinausbegleitete, trat eine Frau im Bademantel aus dem Schlafzimmer. »Gray, was ist hier los?«

»Nichts, es ist alles in Ordnung. Wir sind in einer Minute fertig und können dann losfahren.«

Sie kehrte ins Schlafzimmer zurück, und die Beamten erkundigten sich nach ihrer Identität. Gray ließ den Kopf hängen, als er erklärte, sie wäre eine Sekretärin im Büro seiner Plattenfirma *Global Records* in Nashville. Er erzählte ihnen, dass er das Büro in Los Angeles leitete und an diesem Wochenende für Besprechungen und ein Treffen hier war, und dass Pamela vorbeigekommen war, um an einigen Tabellen zu arbeiten. Er gab den Beamten seine Kontaktinformationen und gab ihnen widerwillig Pamelas

Daten. Die Beamten wünschten ihm einen schönen Tag und verschwanden.

Als sie mit dem Aufzug nach unten fuhren, grinsten sie beide und einer sagte: »Ich wette einen Cronut, dass sie nicht an Tabellenkalkulationen gearbeitet haben. Für wie blöd hält der uns eigentlich?« Sie schüttelten den Kopf, als sie sich beim Manager meldeten und berichteten, dass alles in Ordnung wäre, bevor sie gingen.

Gray schloss die Tür und ließ sich auf die Couch sinken, den Kopf in den Händen. Er hatte einen Sohn. Er konnte nicht glauben, dass Abby es ihm nie gesagt oder ihn kontaktiert hatte. Wie sollte er das seiner Frau Emily erklären? Apropos erklären – er musste die Sache mit Pamela beenden. Er wusste, dass die Polizisten seine lahme Geschichte mit dem Arbeitsblatt nicht glaubten, was zeigte, wie tief er gesunken war.

Er war nicht nur bereit, die Werte, die ihm seine Eltern eingeimpft hatten, zu kompromittieren, indem er sich auf die Machenschaften der Unternehmen einließ, um unwissende Künstler auszunutzen, sondern er war auch ein Ehebrecher geworden. Es machte ihn krank, als er darüber nachdachte, wie weit er sich von seinen Wurzeln entfernt hatte. Irgendwie hatte er sich im letzten Jahr sogar eingeredet, es wäre keine große Sache, Pamela zu treffen, wenn er in der Stadt war. Er hatte es mit seiner emotionslosen Ehe gerechtfertigt und genoss es, mit Pamela zusammen zu sein, die ihm das Gefühl gab, etwas Besonderes und Wichtiges zu sein. Seine Eltern würden sich schämen, wenn sie wüssten, was er aus seinem Leben gemacht hatte.

Er wusste, dass es Emily und seiner Tochter Hannah gegenüber nicht fair war. Mit einem Blick auf die Uhr beschloss er, dass er Pamela besser in Bewegung setzen und ihr sagen sollte, dass er mit ihrer Beziehung fertig war. Er sah sie nur noch, wenn er in Nashville war, was normalerweise alle sechs Wochen der Fall war. Er hoffte, dass sie sich nicht zu sehr darüber aufregen würde, aber in Wirklichkeit ging es in ihrer Beziehung nur um Sex. Sie gingen nirgendwohin, aus Angst, erkannt zu werden. Wie viel Spaß konnte sie noch haben?

Er spannte sich an und ging ins Schlafzimmer. Pamela war bereits angezogen und packte ihre Sachen zusammen.

»Ich muss zur Arbeit«, sagte sie.

»Bevor du gehst, muss ich noch kurz mit dir reden.« Er wies auf das Sofa. »Ich glaube, wir müssen damit aufhören. Es ist nicht fair dir gegenüber, und ich kann das meiner Frau nicht länger antun.«

Sie keuchte und fing an zu weinen. »Was ist denn los, Gray? Gestern Abend war doch noch alles in Ordnung.« Sie schniefte, während sie sich ein Taschentuch vor die Nase hielt. »Was hat dieser Mann zu dir gesagt?«

»Er hat nichts damit zu tun. Ich kann das nicht mehr machen. Du brauchst einen richtigen Freund, und ich habe eine Frau und eine Familie. Das ist nicht in Ordnung. Es ist nicht richtig. Es tut mir leid. Ich will dich nicht verärgern. Ich kann dich einfach nicht mehr sehen«, sagte er, während er ihre Hand tätschelte.

Sie zog ihre Hand weg. »Ich bin kein Stück Abfall, das du benutzen und dann wegwerfen kannst, Gray«, sagte sie und die Wut beherrschte ihre Stimme. »So funktioniert das nicht.«

»Es tut mir wirklich leid, Pamela. Es ist vorbei.«

»Ich kann nicht glauben, dass du mir das antust, du egoistischer Bastard. Glaub ja nicht, dass es vorbei ist – nicht eine Minute lang«, sagte sie, wobei kleine Speicheltröpfchen von ihren Lippen tropften. Sie schnappte sich ihre

Handtasche und stapfte durch die Suite, schwarze Spuren von Mascara in ihrem Gesicht.

Gray wusste nicht, was er tun sollte. Er hörte, wie ihre Absätze auf den Kacheln klackten und die Tür zuschlug. Bevor er über seinen nächsten Schritt nachdenken konnte, klingelte sein Handy. Er sah, dass es Emily war, die aus dem Haus ihrer Eltern in Kentucky anrief.

Er nahm einen tiefen Atemzug. »Hallo, Schatz. Wie geht es dir?«

»Nicht so gut. Dad hatte eine schlimme Nacht. Ich bin mir nicht sicher, ob er durchkommen wird«, sagte sie mit brüchiger Stimme.

»Es tut mir leid, Baby. Ich muss hier noch ein paar Dinge zu Ende bringen, aber ich könnte Sonntagmorgen da sein.«

»Das wäre gut, Gray. Ich versuche, für Mom positiv zu denken, aber ich glaube nicht, dass er es schaffen wird.«

»Wie geht es Hannah?«

»Es geht ihr gut. Sie ist mit den Pferden beschäftigt und war nicht im Krankenhaus. Ich glaube nicht, dass es klug von ihr ist, ihn so zu sehen.«

»Ich wollte eigentlich am Sonntag mit Mom und Dad brunchen, aber ich werde ihnen sagen, was mit deinem Vater los ist. Bowling Green ist nur eine Stunde entfernt, und ich kann am Sonntag dort sein. Wir werden uns schon etwas einfallen lassen. Gib Hannah einen Kuss von mir und wir sprechen uns bald wieder. Ich liebe dich, Em.«

Als Gray die Verbindung unterbrach, wusste er, dass es ein Fehler gewesen war, sich jemals mit Pamela einzulassen. Er fasste sich an die Stirn und suchte auf dem Teppich nach Antworten, während er über die Nachricht von seinem Sohn und Abby nachdachte. Er war sich nicht sicher, was er tun sollte, aber Andy hatte recht, wenn es darum ging, für Taylor zu sorgen. Er stützte seinen

Ellbogen auf die Couchlehne und sah, dass es schon nach neun war.

Er zwang sich, zu duschen und sich zu rasieren, und während er den Spiegel betrachtete, schmiedete er einen Plan. Er hatte bis zwei Uhr Zeit, um sich mit Mel Lewis, dem CEO von *Global Records*, zu treffen. Die Vorfreude kochte in seinem Magen, als er über seinen Plan nachdachte, Mel mitzuteilen, dass er die Firma verlassen und sein eigenes unabhängiges Label gründen würde. Mel würde wütend sein, aber Gray war begierig darauf, der Unternehmenswelt zu entkommen, die in diesen Tagen nur Elend in sein Leben zu bringen schien.

Gray verschlang ein paar Bissen des trockenen Toasts vom Zimmerservice und zog sich seinen Anzug an. Er goss sich eine Tasse Kaffee ein und wählte Andys Mobiltelefon. Er erzählte Andy, dass er über Taylor und Abby nachgedacht hatte und wissen wollte, wo sie wohnten. Andy warnte ihn erneut davor, Abby zu kontaktieren, und Gray versprach, das nicht zu tun. Gray sagte, er wollte vorbeifahren und sehen, wo sie wohnten, um herauszufinden, wie er helfen könnte. Andy sagte ihm, dass der Apartmentkomplex in der Glastonbury Road in der Nähe des Flughafens läge. Er notierte sich die Information und rief ein Taxi.

Er wies dem Fahrer den Weg, und während die Stadt an ihm vorbeizog, wurde ihm seine missliche Lage bewusst. Ein Teil von ihm freute sich auf die Chance, Taylor morgen Abend zu sehen, aber ein anderer Teil von ihm hatte Todesangst. Er hasste es, Emily das gerade jetzt anzutun. Sie war in Bowling Green, um ihre Eltern zu besuchen, da ihr Vater gesundheitlich am Ende war. Sie konnte kein weiteres Problem gebrauchen, und er wusste, dass sie schockiert sein würde, wenn sie erfuhr, dass er einen Sohn hatte. Trotz der Distanz, unter der er in seiner Ehe litt, liebte er Emily, und er konnte sich beim besten Willen nicht erklären, warum er so dumm gewesen war, eine Affäre mit Pamela zu beginnen. Er wusste, dass er ihr jetzt nicht von seiner Indiskretion erzählen konnte.

Seine Gedanken wurden durch die Mitteilung des Fahrers unterbrochen, dass sie angekommen waren. Abbys Wohnanlage sah sauber, aber abgenutzt aus. Der Gedanke, dass sie hier lebte und Tag und Nacht arbeitete, versetzte ihm einen Stich ins Herz. Er hätte ihr geholfen; das musste sie wissen. Er sah sich die Gegend an, bemerkte die Fast-Food-Läden, die mit Graffiti beschmierten Wände und die Menschenmassen, die sich an den Bushaltestellen versammelt hatten, und fühlte nur Scham und Schuld.

Er und Emily lebten in einem schönen Haus am Strand von Malibu. Hannah besuchte eine Privatschule, hatte ein Pferd, nahm Unterricht – es fehlte ihr an nichts. Er verdiente Millionen von Dollar und scheute keine Kosten für Emily oder Hannah. Sie genossen einen wohlhabenden Lebensstil, und wenn er sich in die Lage von Andy oder Abby versetzte, wusste er, dass es nicht fair war.

Er überlegte sich, wie er Taylor helfen konnte. Vielleicht könnte er ein anonymes Stipendium zur Verfügung stellen, wenn Abby darauf aus war, dass Taylor ihn nie kennenlernen würde. Er wollte für ihn vorsorgen. Er bat den Fahrer, umzukehren und ihn zurück in die Stadt zu bringen. Auf dem Rückweg rief er seinen Anwalt an.

»Hey, Steve, entschuldige die Störung! Ich bin geschäftlich in Nashville unterwegs und habe überraschende Neuigkeiten erfahren. Es scheint, dass ich einen Sohn namens Taylor Nelson habe. Es ist eine lange Geschichte und passierte, als ich noch auf die Highschool ging. Wie auch immer, ich möchte, dass du dich um den Papierkram kümmerst, damit ich für ihn sorgen kann. Ich möchte eine

Art Fonds für das College einrichten und werde ihn in meinem Testament bedenken. Ich möchte mich mit dir treffen, wenn ich nächste Woche wieder in L.A. bin, aber ich möchte, dass du dir schon mal Gedanken machst. Und, Steve, ich habe es Emily noch nicht gesagt. Das werde ich in den nächsten Tagen tun. Ich schicke dir eine SMS mit den Details und melde mich nächste Woche bei dir.«

Kaum hatte er aufgelegt, schickte er Steve eine SMS und bat ihn, ein anonymes Stipendium für Taylor einzurichten und sofort vierhunderttausend Dollar zu überweisen. Er übermittelte Abbys Namen und ihre Adresse. Er erhielt die Bestätigung von Steve und lehnte sich erleichtert gegen den Sitz, weil er den ersten richtigen Schritt von vielen gemacht hatte, die er geplant hatte.

Als die Magenverstimmung nachließ, beschloss er, vor seinem Treffen bei *Global Records* noch zu Mittag zu essen. Er wollte Mel nicht verärgern und war dankbar für alles, was der für ihn getan hatte, aber er konnte seine Handlungen nicht länger nur zum Wohle der Firma und seines Bankkontos rechtfertigen. Er wollte ein besseres Vorbild für Hannah und jetzt für Taylor sein.

Er hatte für heute Abend im Bluebird Café reserviert und freute sich darauf, einige neue Künstler zu hören, die er bei seinem unabhängigen Label unter Vertrag nehmen wollte. Er hoffte, dass der Tag mit einem besseren Gefühl enden würde.

KAPITEL ZWEI

Cooper schaute auf seine Uhr, während Myrtle ihm Kaffee einschenkte. Es war früh am Freitagmorgen, und wie es seit zwanzig Jahren Tradition war, traf er sich mit seinem besten Freund und Nashvilles Chief of Detectives, Ben Mason, zum Frühstück. Coop, wie er von allen genannt wurde, hatte Ben kennengelernt, als sie beide die Vanderbilt Law School besuchten. Obwohl sie sich vom Aussehen her nicht unähnlicher sein könnten – Ben war klein, stämmig und hatte eine Glatze, Coop war groß und schlaksig und hat volles dunkles Haar –, standen sie sich näher als Brüder.

Im *Peg's Pancakes* wimmelte es bereits von Kunden, und der süße Sirupduft wurde von einer Kakophonie aus klappernden Löffel durchbrochen, die gegen Tassen mit heißem Kaffee stießen. Coop griff nach dem Zuckerstreuer. Als er einen Strom weißer Kristalle in seine zweite Tasse des Morgens rührte, kam Ben durch die Tür.

Der ließ sich auf die mit Vinyl bezogenen Sitze fallen und Myrtle erschien und schenkte ihm Kaffee ein. »Wie geht es meinen beiden Lieblingsmenschen an diesem schwülen Morgen?«

»Hey, Myrtle, wie geht's dir?«, fragte Ben.

Sie warf einen Blick auf die Tür, die eine weitere Gruppe von Gästen hereinließ. »Mehr los als für eine einäugige Katze, die zwei Rattenlöcher beobachtet. Was darf's denn heute sein? Das Übliche?«

»Für mich ist das in Ordnung«, sagte Coop.

»Klingt gut«, sagte Ben.

»Bin gleich zurück«, sagte Myrtle und füllte Coops Kaffee nach, während sie in die Küche eilte.

»Und, wie war deine Woche?«, fragte Coop.

»Nicht allzu schlecht. Wir hatten mit einer Reihe von Einbrüchen zu tun, aber ich denke, wir haben eine gute Spur und sollten den Fall heute abschließen. Und bei dir?«

»Ich habe viel zu tun. Ich beende gerade die Arbeit für einen Firmenkunden mit einigen Hintergrundüberprüfungen und mache Lügendetektortests. Diese Woche gibt es nichts Aufregendes im Leben eines Privatdetektivs«, sagte Coop, als er Myrtle mit zwei riesigen Tellern um die Ecke kommen sah.

Myrtle brachte ihnen das Frühstück, und die beiden stürzten sich auf die warmen, flauschigen Pfannkuchen, Speck und Eier. »Lasst es euch schmecken!«, sagte sie und übergab die Rechnung mit den Tellern und einer Schachtel zum Mitnehmen.

Coop wischte sich etwas klebrigen Sirup vom Mund und fuhr fort. »Ich muss morgen Abend mit Shelby zu einer Soiree gehen. Ihr Büro hat Karten für die kommenden Stars in der *Country Music Party* im Silverwood, was bedeutet, dass ich mich in Schale werfen und den ganzen Abend einem Haufen Lackaffen zuhören muss.«

»Pech für dich. Jen und ich werden uns morgen Abend

das Spiel der Sounds ansehen. Die Jungs sind auf einem Campingausflug mit Freunden und wir haben die Nacht frei. Ich wollte fragen, ob du mitkommen willst.«

»Oh, Mann. Du bringst mich um. Ich würde mir viel lieber ein Baseballspiel ansehen, als zu so einer blöden Party zu gehen, aber ich habe es Shelby schon versprochen, und sie ist ganz aufgeregt. Beau Branson soll dort sein, und sie will ihn unbedingt kennenlernen«, sagte Coop und rollte mit den Augen.

»Beim nächsten Mal. Also, diese Shelby ... ist sie für dich mehr als eine Eroberung des Monats?«

Coop sah auf und zuckte mit den Schultern. »Sie ist nett und süß, aber wir haben nicht viel gemeinsam. Ich habe versprochen, dass ich zu dieser Sache gehe. Es ist unser zweites Date. Ich scheine irgendwie nicht die richtige Frau zu finden.« Er hielt inne und spießte ein Stück Pfannkuchen auf. »Mit Jen hast du Glück gehabt.«

Zwei uniformierte Streifenpolizisten, die in der Nähe von Coop und Ben saßen, sprangen von ihrem Tisch auf, warfen etwas Geld hin und eilten an anderen Gästen vorbei. Auf dem Weg dorthin sah einer von ihnen Ben und sagte: »Morgen, Chef. Wir müssen los, es gibt eine Art Ruhestörung, beziehungsweise Streit im Penthouse des Loews.«

»Seien Sie vorsichtig«, warnte Ben. Er hasste Ruhestörungen, da sie sich zu gefährlichen und unvorhersehbaren Situationen für die Beamten entwickeln konnten.

Ben und Coop beendeten ihr Frühstück und gaben Myrtle ihr übliches großzügiges Trinkgeld, bevor sie zu ihren Autos gingen. Als Coop aufstand, enthüllte er ein T-Shirt mit dem bissigen Spruch darauf: *Lieber ein schlauer Kopf als ein Dummkopf.*

Ben lachte und sagte: »Neues Shirt? Das kenne ich noch gar nicht.«

»Schön, dass du es bemerkst. Es kam gestern mit der Post. Ich denke, es ist eine perfekte Ergänzung für meine Sammlung.«

Als sie nach draußen traten, lag die schwere Luft des Junimorgens wie eine feuchte, heiße Decke über ihren Köpfen. Coop sah, wie sein Golden Retriever Gus den Kopf aus dem Fenster seines Jeeps streckte, den er unter dem Dach einer Buche geparkt hatte. Ben verabschiedete Coop und streichelte Gus ausgiebig, bevor er in sein Auto stieg. »Wir sehen uns nächsten Freitag. Viel Spaß auf deiner Party morgen«, sagte Ben mit einer Spur Sarkasmus.

»Erinnere mich nicht daran! Denk an mich, wenn du Bier trinkst und dir das Spiel ansiehst. Ich beneide dich, weißt du?!« Coop winkte, als er in seinen alten metallicgrünen Jeep stieg.

Coop fuhr zu seinem Büro, das nur etwa eine Meile von *Peg's Pancakes* entfernt lag. Als er hinter dem renovierten dreistöckigen Haus, in dem sich das Büro von *Harrington and Associates* befand, parkte, bemerkte er, dass der Rasen gemäht werden musste. Er würde Annabelle daran erinnern, den Typen anzurufen, damit der sich um den Rasen kümmerte. Gus hüpfte hinaus und wartete an der Hintertür auf Coop, der sich nach der Klimaanlage sehnte. Der einladende Duft von frischem Kaffee begrüßte ihn und signalisierte, dass Annabelle bereits fleißig arbeitete.

»Morgen, AB, wir sind da«, rief Coop.

»Hey, Coop«, sagte eine süße Stimme, die von der Vorderseite des Hauses kam. Gus rannte durch das Haus und zu Annabelle, die an ihrem Schreibtisch saß. Sie beugte sich hinunter, um den Hund zu streicheln und seine Ohren zu kraulen. »Hey, Gus, wie geht es meinem Lieblingshund?«

Gus genoss die Aufmerksamkeit, streckte die Zunge heraus und lächelte leicht. In dem Moment, in dem ihre Hand seinen Nacken verließ, machte er sich auf den Weg zu seinem schicken Wassernapf.

Coop schlenderte mit einer frischen Tasse Kaffee in der Hand zum Empfangsbereich, wo Annabelles großer antiker Schreibtisch auf glänzendem Eichenparkett stand. »Kannst du den Jungen anrufen, der den Rasen mäht, und ihm sagen, er soll sich darum kümmern? Es sieht ziemlich übel aus.« Er stellte die Schachtel von *Peg's Pancakes* auf den Schreibtisch.

»Sicher, ich bin gerade dabei, deine Hintergrundberichte fertigzustellen. Ich wollte, dass du sie heute abliefern kannst. Ich rufe ihn an, nachdem ich sie fertiggestellt habe. Wie ging es Ben heute Morgen?«

»Ihm geht's fabelhaft. Er darf morgen zu einem Baseballspiel gehen«, sagte er mit sarkastischem Unterton.

»Oh, schade. Vielleicht amüsierst du dich ja auf der Party.« Sie klappte die Schachtel auf. »Oh, lecker, danke für mein Frühstück«, sagte sie und betrachtete die Pfannkuchen mit Pfirsichen und Schlagsahne.

»Ich weiß, dass ich mehr auf Shelbys Seite stehen sollte. Jetzt weiß ich, wie Onkel John sich gefühlt haben muss, als Tante Camille ihn zu all diesen Partys und Spendenaktionen geschleppt hat. Sie lebt auch für diese Dinge. Ich stehe nicht auf so etwas.«

»Nun, es ist Camilles Leben. Das ist alles, was sie kennt. Sie ist ein Schatz.«

Das Plätschern des Wassers hörte auf, und Gus ließ sich zu Annabelles Füßen nieder, wobei er sich so hinlegte, dass die Brise von dem Ventilator über ihn hinweg wehte.

»Verräter«, sagte Coop, als er Gus verließ und zu seiner Tür ging. Sein Büro war groß, mit Backsteinwänden wie der Rest des Hauses. Ein gemütlicher Kamin dominierte die eine

Wand, an der ein Sofa und Stühle für eine zwanglose Unterhaltung sorgten. Der Rest des Raums bestand aus einem übergroßen Schreibtisch und einem Konferenztisch sowie einigen Ledersesseln, von denen Gus einen für sich beanspruchte. Das Büro verströmte eine maskuline Ausstrahlung, es war mit dunklem Holz und waldgrünen Teppichen und Akzenten ausgestattet. Bis zu dessen Tod im letzten Jahr war es das Büro seines Onkels gewesen.

Coop war im ländlichen Nevada aufgewachsen und hatte mit seinen Eltern und einem Bruder ein typisches Mittelstandsleben geführt. Als er beschlossen hatte, an die Vanderbilt zu gehen, bestanden der Bruder seines Vaters John und seine Frau Camille darauf, dass Coop bei ihnen wohnte. Mit einem Flug quer durch das Land gelangte Coop aus einer einfachen Umgebung in den Wohlstand der Oberschicht.

Tante Camille war Teil der Geschichte von Belle Meade, Tennessee, und stammte aus einer langen Linie von altem Familiengeld. Sie und Onkel John lebten in einem schönen Herrenhaus am Jackson Boulevard. Das Haus lag auf einem zehn Hektar großen Grundstück, das von Wald umgeben war, und verfügte über einen Pool, ein Poolhaus und einen Tennisplatz. Sie war mit Pferden aufgewachsen, und obwohl sie jetzt nicht mehr ritt, unterhielt sie immer noch die Ställe, in denen eine Handvoll ihrer Lieblingspferde untergebracht war. Tante Camille war nie berufstätig gewesen, sondern hatte sich mit Mittagessen, Tees, Kirche, Clubs und Wohltätigkeitsveranstaltungen beschäftigt.

John Harrington war als Polizeibeamter in den Ruhestand getreten, als Coop das College besuchte. Nach seiner Pensionierung eröffnete John ein privates Ermittlungsunternehmen in der 17th Avenue, in der Nähe der Vanderbilt. Coop fing im Sommer an, für seinen Onkel zu arbeiten, und setzte die Arbeit in Teilzeit fort, während er sein Jurastudium absolvierte. Coop hatte seinen Onkel geliebt und entdeckte seine eigene Begabung für die Ermittlungsarbeit.

Während seines zweiten Studienjahres verließ seine Mutter seinen Vater wegen eines viel jüngeren Mannes und blickte nie zurück. Seitdem wechselte sie von einem Mann zum anderen und hatte sich noch immer nicht niedergelassen. Der sporadische Kontakt hatte schließlich damit geendet, dass sie sich gar nicht mehr meldete, außer wenn sie etwas brauchte. Im selben Jahr hatte Coop zum ersten Mal Schlafprobleme. Die Ärzte schrieben es dem Stress in der Schule und mit seinen Eltern zu, aber die Symptome ließen nicht nach, und Jahre später wurde er als chronischer Schlafloser eingestuft.

Trotz Coops Bemühungen, seinen Vater zu überzeugen, nach Tennessee zu ziehen, blieb der in Nevada. Er hatte nie wieder geheiratet und war, soweit Coop wusste, auch nicht oft ausgegangen. Coops Bruder lebte in der Nähe seines Vaters und hatte ihn mit einer ganzen Herde von Enkelkindern gesegnet, die den alten Mann auf Trab hielten. Nach seinem Abschluss hatte Coop keine Lust, nach Nevada zurückzukehren und sich dem Heim zu stellen, von dem er wusste, dass es nur eine Fassade des Glücks war. Als er sein Examen bestanden hatte, beschloss er, in Vollzeit für seinen Onkel zu arbeiten und eine Reihe von Rechtsdienstleistungen in das Unternehmen zu integrieren.

Onkel John war letztes Jahr gestorben und hatte *Harrington and Associates* an Coop vermacht. Coop beschäftigte Annabelle, seine Freundin aus dem College, die seit ihrem Abschluss bei Onkel John arbeitete, und zwei junge Ermittler, Madison und Ross. Sie hatten jeweils ein Büro an einer Seite des Empfangsbereichs. Wie es die

Gewohnheit seines Onkels gewesen war, stellte Coop regelmäßig ein oder zwei Jurastudenten als Praktikanten ein, aber da die im Mai ihren Abschluss gemacht hatten, blieb ihr gemeinsames Büro leer. Obwohl Annabelle einen erstklassigen Abschluss an der Vanderbilt Law School gemacht hatte, war sie nicht daran interessiert, die Anwaltsprüfung abzulegen, und begnügte sich damit, das Büro zu verwalten und als Coops Anwaltsgehilfin zu fungieren. Außerdem schätzte sie die entspannte Atmosphäre in der Kanzlei und freute sich, Kostüm und Strumpfhose gegen Jeans und Sandalen einzutauschen.

Coop freute sich jeden Tag auf die Arbeit und erinnerte sich gerne an die Zeit, die er mit seinem Onkel verbracht hatte, um die Feinheiten der Ermittlungsarbeit zu lernen. Seine Tante und sein Onkel hatten keine Kinder gehabt und behandelten Coop wie einen Sohn. Tatsächlich wohnte Coop immer noch in der Villa. Sie hatten gewollt, dass er nach seinem Abschluss dort blieb, und obwohl ihn die Sorge um seinen Vater quälte, gefielen ihm die beiden so gut, dass er sich entschloss zu bleiben. Sein Vater drängte ihn, glücklich zu sein, und besuchte ihn oft, aber mit der Zeit wurden die Besuche immer seltener, bis sie in den letzten Jahren überhaupt nicht mehr stattfanden.

Jetzt war Coop über vierzig und lebte immer noch bei seiner Tante. Es funktionierte für ihn, und er war an die Annehmlichkeiten gewöhnt, die das Arrangement bot. Er wusste, dass Tante Camille ohne seinen Onkel und ohne eigene Kinder einsam war. Immer wenn er daran dachte, sich eine eigene Wohnung zu suchen, rechtfertigte er es, ihr zuliebe zu bleiben.

Madison und Ross kamen gegen zehn Uhr. Sie arbeiteten an einer Reihe von Scheidungsfällen, was einige nächtliche Schnüffel- und Überwachungsarbeiten mit sich brachte.

Während Coop sein Bestes tat, um seinen Schreibtisch von Papierstapeln zu befreien, die dem berühmten italienischen Turm ähnelten, hörte er das Surren des Rasenmähers. Annabelle kam mit mehreren Umschlägen mit Berichten herein und klemmte sie unter den Sockel seines Telefons, neben die allgegenwärtige Schale mit Erdnuss-M&Ms. »Danke, AB. Wie ich sehe, ist unser jugendlicher Straftäter gekommen, um den Rasen zu mähen.«

»Ja, Justin sagte, er hätte es vergessen.« Sie öffnete den Schrank, nahm ein Polohemd heraus und legte es auf Coops Telefon.

»Ich wusste, dass ich diese Abmachung nicht von Anfang an mit ihm hätte treffen sollen, aber ich dachte, es würde ihm eine Beschäftigung geben und ihn von Unfug abhalten.« Coop half Justin, wenn der in Schwierigkeiten geriet, und im Gegenzug sollte Justin den ganzen Sommer über den Rasen mähen und sich um die Außenanlagen kümmern.

»Er wirkte aufrichtig und kam sofort her, nachdem ich angerufen hatte. Ich denke, er wird es schaffen.«

»Behalte ihn im Auge! Ich fahre mit den Berichten in die Stadt.«

Sie tippte mit dem Finger auf das Kragenhemd.

»Ich weiß. Ich werde mich umziehen, bevor ich gehe.« Er wagte es nicht, sich über die Kleiderordnung hinwegzusetzen, auf die Annabelle bestand, wenn er an Besprechungen mit Kunden teilnahm. Seine »Klugscheißerei«, wie sie es nannte, war nicht angebracht. In der Shortsfrage im Sommer blieb er hartnäckig, aber bei seinen cleveren T-Shirts verlor er den Kampf.

Er zog sich das frische Polo an und rief: »Wir sehen uns nach dem Mittagessen. Ich lasse Gus hier, weil es heute so heiß ist«, sagte er, während er zur Hintertür ging.

KAPITEL DREI

Coop fuhr am Samstagabend an das Tor des Silverwoods, hinter einer Reihe eleganter Limousinen. Das Silverwood war ein prächtiger botanischer Garten, der über hundert Hektar groß war und ein historisches Kalksteinhaus beherbergte, das jahrzehntelang von einer wohlhabenden Familie aus Nashville bewohnt worden war, bis es in ein Kunstmuseum umgewandelt wurde. Es war ein beliebter Ort für elegante und zwanglose Veranstaltungen.

Als Coop an der Reihe war, fuhr er langsam an. »Hey, Eula Mae, wie geht's dir heute Abend?«, fragte er, während er seine Eintrittskarten an die schlanke Frau mit dem perfekt frisierten grauen Haar übergab. Eula Mae war eine langjährige Freundin von Tante Camille und arbeitete an der Kasse für verschiedene Veranstaltungen.

»Sehr gut, Coop. Heute Abend ist viel los, es kommen viele Limousinen vorbei. Das ist immer so aufregend«, sagte sie mit ihrem rosa Lippenstiftlächeln. »Parke bitte auf dem Parkplatz, und ein Shuttle bringt dann alle zur Villa, wenn du nicht laufen willst. Viel Spaß, ihr zwei«, sagte sie mit einem Augenzwinkern und richtete die grüne Weste, die sie über ihrer makellosen weißen Bluse trug.

Coop fuhr weiter und parkte auf dem Parkplatz, der der Villa am nächsten lag. Eula Mae hatte recht, was die Limousinen anging. Sie standen in einer Reihe um die Einfahrt herum und schlängelten sich bis zum Parkplatz. Coop öffnete Shelby die Tür, und beide kamen überein, zu Fuß zu gehen und die Gärten zu genießen. Shelby trug ein glitzerndes, champagnerfarbenes Kleid mit einem durchsichtigen Überwurf und glitzernde High Heels.

Es war immer noch ziemlich warm, aber durch die leichte Brise und den Schatten der Bäume nicht unerträglich. Shelby drückte Coops Hand. »Danke, dass du heute Abend mitkommst. Ich weiß, das ist nicht dein Ding, aber ich glaube, du wirst Spaß haben. Es ist jedenfalls schön hier.«

Er zuckte mit den Schultern. »Du siehst übrigens wunderschön aus. Bist du sicher, dass du damit laufen kannst?«, fragte er und schaute auf ihre Absätze hinunter, mit denen sie nur wenige Zentimeter kleiner war als er mit seinen eins achtzig.

»Du siehst heute Abend auch gut aus. Ich sehe dich selten in etwas anderem als Shorts und diesen unmöglichen T-Shirts«, sagte sie und betrachtete seinen anthrazitfarbenen Anzug, sein Hemd und sein dichtes dunkles Haar, das an den Schläfen einen Hauch von Grau aufwies. Sie stolperte und packte seinen Arm fester. »Vielleicht muss ich mit dem Shuttle zurückfahren«, lachte sie, »aber ich werde es bis dorthin schaffen. Ich bin ein bisschen nervös, weil sonst niemand vom Radiosender heute Abend kommt. Ich kenne vielleicht nicht viele Leute.«

»Das wird schon. Mach dir keine Sorgen! Außerdem bist

du doch eigentlich wegen Beau Branson hier, oder?« Seine karamellfarbenen Augen neckten sie mit einem Zwinkern.

Sie lachte wieder. »Ja, ich bin ziemlich aufgeregt, ihn zu sehen. Wenn wir uns in die Warteschlange einreihen, kann ich hoffentlich kurz mit ihm reden.«

Die Gärten standen in voller Blüte und sahen prächtig aus. Das Herrenhaus war mit winzigen weißen Lichtern geschmückt und Country-Musik drang durch die Luft. Als sie die Villa betraten, wurden sie von einem anderen Bediensteten in einer grünen Weste angemeldet und erhielten mehrere Getränkegutscheine. In dem dreistöckigen Herrenhaus waren Tische mit Hors d'Œuvres aufgebaut. Im ersten Stock gab es eine kleine Bühne für Aufführungen, und überall im Haus fanden sie Reihen von Sitzmöglichkeiten. Coop war froh, dass er sich mit Fingerfood vergnügen konnte und er nicht bei einem schicken Abendessen gezwungen war, den Abend inmitten von Leuten zu verbringen, die er nicht kannte.

Shelby entdeckte ein paar Leute, die sie von anderen Radiosendern kannte, und während sie sie begrüßte, holte Coop Getränke. Sie setzten sich und teilten sich einen Teller mit Tacos, Sliders und Frühlingsrollen. Shelby war zu nervös, um viel zu essen, und beschloss, sich unter die Leute zu mischen, während Coop blieb und die Häppchen genoss.

Coops Handy vibrierte. Er sah eine SMS von Ben mit einem Bild vom Baseballspiel und der Nachricht »Ich wünschte, du wärst hier, und ich wette, du auch!«. Coop grinste, als er das Telefon zurücklegte.

Er beschloss, sich die Kunstwerke anzusehen und Shelby zu finden. Er machte sich auf den Weg in die oberste Etage und begann mit einem Rundgang durch die Galerien. Nachdem er einige Ausstellungen durchlaufen hatte, stieß er auf einen Mann, der wichtig aussah und sich mit einer jüngeren blonden Frau unterhielt, die ein enges rosafarbenes Kleid trug, das nur wenig der Fantasie überließ. Sie weinte und ihr Gesicht war von Tränen und Make-up übersät. Er hörte, wie der Mann sagte: »Reiß dich zusammen, Pamela! Du musst weitermachen!«

Der Mann versuchte, sie zu trösten, aber seine Bewegungen waren hastig und ungeduldig. Der Mann sah auf und erschrak, als Coop den Raum betrat.

»Tut mir leid«, sagte Coop, »ich habe mir nur das Kunstwerk angesehen.«

»Kein Problem. Ich gehe jetzt«, sagte der Mann und verließ den Raum.

»Alles in Ordnung?«, fragte Coop und sah die Frau an. Sein Blick wurde von dem freizügigen Ausschnitt ihres Kleides und dem Dekolleté angezogen, das sie zur Schau stellte.

»Ich komme schon zurecht. Ich muss die Damentoilette finden«, sagte sie, umklammerte ihre Handtasche und schlurfte in den Flur.

Coop fand, dass es wie ein Pärchenstreit aussah. Er würde Shelby suchen und sie fragen müssen, ob sie den Mann kannte. Er sah sich die Bilder weiter an und machte sich auf den Weg nach unten. Shelby stand bei einer Gruppe von Leuten, und als er sie betrachtete, bemerkte er den Mann aus der Kunstgalerie. Coop ging auf Shelby zu und legte seine Hand auf ihren Rücken.

Shelby stellte ihm die Leute vor, mit denen sie zusammen war. Coop schenkte ihr kaum Beachtung, bis sie zu Grayson Taylor kam, dem Mann, den er oben gesehen hatte. Coop spielte den Netten und tat so, als wäre er an ihrem Musikgespräch interessiert, und sagte allen, dass er sich freute, sie kennenzulernen. Als das Gespräch endete und sie zur nächsten Gruppe weitergingen, fragte er seine Freundin: »Was weißt du über Grayson Taylor?«

»Nicht viel, außer dass er eine Führungskraft bei *Global Records* ist. Er leitet das Büro in Los Angeles, aber er hat hier in Nashville angefangen. Warum?«

»Ich sah ihn im dritten Stock, als er mit einer Frau sprach, die sehr aufgebracht war und weinte.«

»Oh, das ist seltsam. Wer war sie?«

»Ich weiß es nicht. Ich habe gehört, wie er sie Pamela genannt hat«, sagte er und schaute in die Menge. »Wenn ich sie sehe, werde ich sie dir zeigen. Sie trägt ein tief ausgeschnittenes rosa Kleid.«

Sie schlenderten weiter und widmeten sich dem Dessert. Als sie einen Tisch suchten, hörten sie, wie eine Band zu spielen begann und Beau Branson angekündigt wurde. Der Beifall war ohrenbetäubend, als Beau die Bühne betrat und seinen Hut vor der Menge zog. Er sang seine neue Hit-Single »Tennessee Summer«, die bei den zahlreichen Fans offensichtlich gut ankam. Die Menge wippte im Rhythmus und sang mit. Als der Song zu Ende war, folgten weitere Schreie und Applaus.

Shelby wollte gehen und versuchen, den Sänger zu treffen, also schoben sie sich langsam zur Bühne vor. Sie erregte schließlich seine Aufmerksamkeit, als ihm gerade jemand einen Drink in die Hand drückte. »Hallo, Mr. Branson.«

»Du kannst mich Beau nennen, Süße«, sagte er.

»Okay, Beau. Ich bin Shelby Saunders und arbeite bei WNSH hier in Nashville«, sagte sie und reichte ihm ihre Karte. »Wir würden Sie gerne in der Show haben. Haben Sie etwas Zeit für mich, während Sie in Nashville sind?«

»Für dich, Liebes, werde ich mir Zeit nehmen.« Er zog eine Karte aus seiner Tasche und gab sie Shelby. »Hier ist meine Karte, mit meiner privaten Handynummer. Ruf mich an und wir vereinbaren ein Date.« Er zwinkerte ihr zu, während er sie von oben bis unten musterte.

»Großartig!«, stammelte Shelby. »Einfach fantastisch. Vielen Dank dafür. Ihr Song hat mir heute Abend sehr gefallen.«

»Danke, Liebes! Mach's gut, Shelby!«, sagte er und gab ihr einen Kuss auf die Wange. Er kippte sein Glas, um den letzten Rest der bernsteinfarbenen Flüssigkeit zu trinken.

Shelby kam zu Coop herüber und wippte mit den Füßen in einem Freudentanz. »Er hat mir gesagt, dass er in die Sendung kommen wird. Ich bin so aufgeregt und die Leute im Sender werden begeistert sein.«

Coop bemerkte Beau, der sich mit einem frischen Getränk in der Hand mit einer anderen Gruppe von Leuten unterhielt. Als er sich im Raum umschaute, entdeckte er Pamela und flüsterte Shelby etwas zu. »Hinter Beaus Gruppe steht die Dame in dem rosa Kleid, kennst du sie?«, sagte er.

»Nein, ich glaube nicht. Ich werde sehen, ob ich etwas herausfinden kann«, sagte sie und machte sich auf den Weg, um mit weiteren Leuten zu plaudern. Coop beschloss, weiter Leute zu beobachten und etwas von dem Dessert zu naschen, während er auf Shelby wartete.

Während er eine reichhaltige Crème brulée aß, bemerkte er Grayson Taylor in einer hitzigen Diskussion mit dem Mann, den Shelby als Mel Lewis, den CEO von *Global Records*, vorgestellt hatte. Sie standen in der Ecke unter der Treppe. Coop konnte Mel gut sehen, der rot anlief und spuckte, als er schrie: »Das ist noch nicht vorbei, Gray. Ich werde dich nicht damit durchkommen lassen.« Grayson ließ den Kopf hängen und schüttelte ihn. Mel stürmte davon und ging durch die Vordertür hinaus.

Shelby saß wieder am Tisch und Coop schob ihr einen Schokoladentrüffel zu, den er für sie aufgehoben hatte.

»Komm mit mir, Coop! Du musst einige der Politiker oben kennenlernen.«

Coop ließ sich von Shelby zu einer anderen Versammlung im zweiten Stock in eine der Kunstgalerien führen. Mehrere Personen hörten Senator Grant Wagner zu. Er war einer der dienstältesten Abgeordneten und der amtierende Vorsitzende des Finanzausschusses. Da er ein höheres politisches Amt anstrebte, hatte er seinen Hut in das Rennen um das Amt des Gouverneurs von Tennessee geworfen. Er lächelte breit und verteilte Handschläge und Wahlkampfbroschüren. Er ließ sein makelloses Lächeln aufblitzen und reichte Shelby und Coop die Hand. Während er sie festhielt, fügte er in schwerem Tonfall hinzu: »Ich freue mich auf Ihre Unterstützung im November.« Er stellte seine Stabschefin Meredith Stevens vor, die lächelte und ihnen einen Autoaufkleber und eine Broschüre überreichte.

In der nächsten Gruppe wurde ihnen die derzeitige Sprecherin des Repräsentantenhauses, eine Frau namens Lois Evans, vorgestellt. Sie schüttelte jedem die Hand und hörte mit echtem Interesse zu, während sie mit den Leuten sprach. Als Shelby ihr erzählte, dass sie von WNSH sei, sagte Miss Evans, dass sie den Sender jeden Tag auf dem Weg in ihr Büro höre. Sie war warmherzig und freundlich, und sowohl Shelby als auch Coop genossen das Gespräch mit ihr. Sie wurde von ihrer Tochter im Teenageralter begleitet, die sich darauf freute, die Musiker zu treffen. Als Miss Evans den Nachnamen von Coop hörte, fragte sie ihn, ob er mit Camille verwandt wäre, und es stellte sich heraus, dass ihre Mutter mit seiner Tante befreundet war. Die beiden unterhielten sich ein paar Minuten lang, und als die Töne der

Band nach oben drangen, verabschiedeten sich Coop und Shelby hastig und gingen nach unten.

Shelby genoss die Musik und die Aufführungen, und Coop beschloss, eines seiner Lieblingshobbys fortzusetzen – Beobachten. Er war ein Naturtalent und fügte sich überall ein, da es ihm Spaß machte, Menschen und ihre Geschichten zu ergründen. Er war sich sicher, dass Pamela nicht die Frau von Grayson Taylor war, und er war neugierig auf den Streit, den er mit Mel Lewis miterlebt hatte. Er beschloss, sich auf Mr. Taylor zu konzentrieren – die Hauptfigur in dem Roman, den er im Kopf hatte.

Das Erste, was Coop auffiel, war, dass Grayson den musikalischen Darbietungen keine Aufmerksamkeit schenkte. Er verbrachte einen Großteil seiner Zeit damit, die Kellner zu beobachten, und besuchte immer wieder die Vorspeisentische, aß aber nicht viel. Er bemühte sich, Pamela zu ignorieren, und wenn sie in der Nähe war, änderte er den Kurs und verschwand. Mel kehrte auf die Party zurück und stand mit einigen anderen Musikern zusammen, klatschte bei den Liedern mit und schien – so wie er taumelte und rot im Gesicht war – alle seine Getränkemarken eingelöst zu haben.

Der letzte Akt ging zu Ende und Coop sah Grayson nach oben gehen. Er beschloss, ihm zu folgen. Coop täuschte Interesse an den Gemälden vor und wählte absichtlich die Räume gegenüber von Grayson. Dort tummelten sich ein paar andere Leute, die über die künstlerischen Methoden und die in den Gemälden versteckten Botschaften diskutierten. Coop bahnte sich seinen Weg durch ein paar Räume, und als er auf den Flur trat, sah er, wie Grayson auf die Terrasse hinausging.

Als Coop die nächste Kunstsammlung betrat, traf er auf Beau Branson, der mit mehreren weiblichen Fans turtelte.

Der Sänger schwankte beim Gehen und lallte, wurde aber wacher, als er den Kopf drehte und Graysons Weg zur Terrasse verfolgte.

Gray trat auf die Terrasse, dankbar dafür, ein paar Minuten von allen wegzukommen und nachzudenken. Er hatte Taylor sofort erkannt, als er ihn an der Vorspeisenstation gesehen hatte. Er hatte ihn bei der Arbeit und im Umgang mit den Gästen beobachtet und festgestellt, dass er höflich war und immer fleißig arbeitete. Er war groß und hatte ein einladendes Lächeln. Ihm war auch aufgefallen, dass er Abbys schöne tiefblaue Augen geerbt hatte.

Als er an das Ende der Terrasse trat, stützte er sich mit den Händen auf die niedrige Steinmauer. Er hörte Stimmengemurmel, das aus dem an die Terrasse angrenzenden Baum- und Skulpturengarten kam. Er hörte sowohl die Stimme eines Mannes als auch die einer Frau, erkannte aber keine von beiden. Die Frau sagte: »Was, wenn sie es herausfinden?« Daraufhin die strenge Stimme eines Mannes: »Das wird nicht passieren. Wir werden uns darum kümmern.«

Gray musste niemanden mehr sehen oder mit ihm sprechen. Er ging zum äußersten Ende der Terrasse, weg vom Garteneingang, und lehnte sich an den Steinsockel. Er beschloss, Emily eine kurze SMS zu schicken, um sich zu melden. Er tippte eine Nachricht: *Hi Em. Wollte nur mal nach dir sehen. Ich mache mich bereit, die Party bald zu verlassen. Ich muss morgen mit dir über ein paar Dinge reden. Ich habe in der Vergangenheit einige Dinge getan, die ich ändern muss. Ich werde dir morgen alles erklären. Küsse Hannah, ich liebe dich, G.* Er steckte das Telefon zurück in seine Tasche, als er hörte, wie die Tür zur Terrasse aufgeschlagen wurde.

»Grayson Taylor! Ich dachte, ich hätte dich vorbeihuschen sehen«, rief Beau in einem donnernden Ton.

»Beau, du hast dich heute Abend großartig angehört.«

»Versuche nicht, dich bei mir einzuschmeicheln. Siehst du, wie erfolgreich ich jetzt bin, trotz dir und deiner schmutzigen Tricks. Glaube nicht, dass ich vergessen habe, wie du mich verarscht hast, du verlogener, betrügerischer Hurensohn«, schrie er, sein Gesicht nur Zentimeter von Gray entfernt.

Gray zuckte zusammen, als er den schweren Whiskeygeruch in Beaus Atem wahrnahm. »Hey, warum besprechen wir das nicht bei einem Kaffee?«

»Ich muss nichts besprechen, du Arschloch. Du musst zuhören. Du hast mich eine Menge Geld gekostet und meine Karriere sabotiert, als du meinen Song gestohlen hast. Glaubst du wirklich, dass du mit deinem Scheiß durchkommst?«

Gray blieb ruhig und gelassen. »Beau, ich weiß, dass du verärgert bist, und ich kann es dir nicht verdenken. Es tut mir leid, dass es damals nicht so gelaufen ist, wie du es dir gewünscht hast, aber sieh dich jetzt an, du …«

Beau unterbrach ihn und schrie: »Komm mir nicht so, Gray! Du hast mich reingelegt, und dafür wirst du bezahlen. Ich sorge dafür, dass du bezahlst, und wenn es das Letzte ist, was ich tue.«

Gray warf einen Blick durch die Glastüren und sah, dass sich drinnen eine Menschenmenge versammelt hatte, die sie beide beobachtete. »Lass uns ein paar Schritte gehen, Beau, komm!«, bat Gray und wies auf die Treppe, die zur Einfahrt hinunterführte.

»Lauf nicht vor mir weg!«, rief Beau, als er Gray die

Treppe hinunter folgte. Sie gingen die Auffahrt entlang, zwischen den Limousinen, die wie glänzende Juwelen aufgereiht waren, während der Beat der Country-Musik aus der Villa dröhnte.

Beau brüllte und Gray hörte zu, dann stapfte Beau durch Meer von Limousinen davon. Gray würde mit Beau reden, wenn der nicht mehr betrunken war und sich beruhigt hatte. Er tippte ein Memo in sein Handy, Beau am Montag anzurufen, bevor er es wieder in seine Jackentasche steckte. Über die Außentreppe gelangte Gray zurück auf die Terrasse und lehnte sich gegen die Balustrade.

Gray wusste tief in seinem Herzen, dass *Global* den jungen Künstler verarscht hatte, als Beau das erste Mal mit einem Song an sie herantrat. Es war die Art von Firmenmätzchen, die ihn kürzlich zu seinem Entschluss geführt hatte, das Unternehmen zu verlassen. Gray hatte über zehn Jahre lang mit *Global* zusammengearbeitet. Er hatte es wegen des Geldes und des Ruhmes getan, aber rückblickend wusste er, dass Beau nicht der einzige junge Künstler gewesen war, dem er geholfen hatte, zum Vorteil des Unternehmens und letztlich seines eigenen Bankkontos zu profitieren. Er war fertig mit der Gier und den Verlockungen seiner Position.

Er wusste, dass er einige Fehler wiedergutmachen musste, und er würde damit beginnen, Emily von Taylor zu erzählen und dafür zu sorgen, dass der Junge für das College und darüber hinaus gut versorgt war. Er wollte, dass Abby ihm eine Beziehung zu seinem Sohn gestattete, aber er ahnte, dass er dafür einiges tun musste. Vielleicht würde Andy bereit sein, ihm zu helfen. Er hoffte nur, dass Emily ihm verzeihen und die Sache mit Taylor und dem Verlassen von *Global* verstehen würde. Er hatte schon öfter versucht, sein eigenes Label zu gründen, aber sie hatte es immer als

Überreaktion abgetan und nicht verstanden, dass er es ernst meinte. Sie würden einige Änderungen vornehmen müssen, aber auf lange Sicht würden sie glücklicher sein. Sie würden zurück nach Nashville ziehen, in die Nähe seiner geliebten Eltern, und sie würde näher bei ihrer Familie sein.

Er stand auf, griff wieder nach seinem Telefon und drehte sich bei einem schnellen kratzenden Geräusch um. Es war das letzte Geräusch, das Gray hörte, bevor er am Kopf getroffen wurde und über den Terrassensims stürzte, wo er mit einem dumpfen Aufprall auf der Steinmauer unter ihm landete. Handschuhe packten seinen leblosen Körper und rollten ihn unter die blühenden Sträucher an der kühlen Kalksteinwand.

KAPITEL VIER

Coop war einer der Ersten, der das Geschrei von Beau auf der Terrasse bemerkte. Der junge Künstler war der typische Rowdy, aber nachdem er ein paar Minuten lang zugeschaut hatte, sah es so aus, als würde sich die Lage beruhigen. Coop ging, als er sie die Treppe hinuntergehen sah. Für eine Nacht hatte er genug von den Reichen und Berühmten.

Er ging die Treppe hinunter und fand Shelby, nahm noch einen Bissen vom Nachtisch für die Heimfahrt und führte sie aus dem Haus. Sobald sie die Treppe erreicht hatten, löste er seine Krawatte und knöpfte sein Hemd auf. Sie redete pausenlos davon, wie viel Spaß sie hatte und wie der Kontakt zu den neuen Künstlern ihren Chef beeindrucken würde. Sie war bereit, zu Fuß zum Parkplatz zu gehen, also wichen sie einer weiteren Parade von Limousinen aus, als sie sich auf den Weg zu Camilles Mercedes machten, wo er sein Jackett auf den Rücksitz warf.

Coop setzte Shelby in ihrer Wohnung in Green Hills ab und fuhr die kurze Strecke nach Belle Meade. Er sah Licht im Schlafzimmer seiner Tante, also klopfte er an die Tür und spähte hinein. Sie lag auf dem Bett und las ein Buch, während Gus neben ihr auf dem Boden lag.

»Hey, Tante Camille, ich bin wieder da.«

»Oh, gut. Hattest du Spaß?«

»Es war interessant und das Essen war lecker. Ich habe Eula Mae am Tor gesehen«, sagte er und gähnte, während er Gus streichelte. »Oh, und wir haben Lois Evans getroffen, die Parlamentssprecherin des Repräsentantenhauses, und sie sagte, ihre Mutter sei eine Freundin von dir.«

»O ja. Lois ist ein bezauberndes Mädchen und ich kenne ihre Mutter Francene schon ewig. Sie sind eine wunderbare Familie und Francene ist mächtig stolz auf ihr kleines Mädchen.«

»Sie schien aufrichtig zu sein. Ich bin total fertig, also gehe ich ins Bett. Gute Nacht«, sagte Coop.

»Gute Nacht, Coop. Süße Träume«, sagte Camille, als Gus hinauswatschelte und seinem Herrn in seinen Flügel des Hauses folgte.

Trotz der Rollos und des Fehlens einer Ablenkung wie durch einen Fernseher in seinem Zimmer war der Schlaf schwer zu erreichen. Coop übte seine Entspannungstechniken aus, aber er schlief erst nach drei Uhr morgens ein. Zwei Stunden später ertönte auf seinem Mobiltelefon die Titelmelodie von Perry Mason. Er streckte seine Hand in der Dunkelheit aus, um das Geräusch zum Schweigen zu bringen. Nur mit Mühe konnte er seine Augen auf die Schaltfläche unter Bens Foto richten.

»Ich hoffe, es ist was Gutes so früh am Sonntagmorgen«, antwortete er.

»Ungefähr so gut wie ein Todesfall. Was ist gestern Abend auf dieser Party passiert? Ich bin auf dem Weg zum Silverwood, wo eine Leiche gemeldet wurde.«

»Was, wer ist tot?«

»Ich weiß es noch nicht. Ein Gärtner hat heute Morgen die Leiche eines Mannes im Gebüsch in der Nähe des Anwesens gefunden. Ich dachte mir, da du Gast warst, könntest du uns helfen. Sollen wir uns dort treffen?«

»Sicher, wir sehen uns gleich«, sagte Coop und kletterte aus dem Bett.

Er duschte schnell, in der Hoffnung, dass das heiße Wasser den fehlenden Schlaf ersetzen würde, und zog sich eine Jeans und ein *„Dummheit ist kein Verbrechen, also kannst du nichts dafür"*-Shirt an. Er fand Camille in der Küche, wo sie ihm eine Tasse Kaffee einschenkte. »Du bist aber früh wach, Coop.«

»Ich weiß. Ben hat angerufen und gesagt, dass sie eine Leiche im Silverwood gefunden haben. Er will, dass ich ihn dort treffe. Klingt, als wäre es jemand von der Party letzte Nacht. Ich werde Gus hier lassen. Ich bin so schnell wie möglich zurück«, erwiderte er und gab ihr einen kurzen Kuss auf die Wange.

»Oje, wie aufregend! Genau wie damals, als John zu einem Mordfall geeilt ist. Ich passe auf Gus auf. Ruf mich an, wenn du etwas weißt!«

Coop schnappte sich eine Flasche süßen Tee, sprang in den Jeep und fuhr die zwei Meilen zum Belle Meade Boulevard hinunter. Als er am Tor anhielt, sah er bereits Bens Auto in der Auffahrt. Heute Morgen war ein junger Beamter an der Pforte, und Coop schrieb seinen Namen auf und sagte ihm, er gehöre zu Chief Mason. Der Beamte sah auf einer Liste nach, machte sich eine Notiz und winkte ihn durch.

Coop fuhr den Weg hinauf und parkte nicht auf dem Parkplatz, sondern fuhr bis zur kreisförmigen Einfahrt des Anwesens. Ben stand draußen und winkte Coop zu, als er den Jeep erkannte.

Ben kritzelte etwas in sein Notizbuch, während er mit den ersten Beamten am Tatort sprach. Er beendete das Gespräch und kam auf Coop zu. »Nun, wir haben eine positive Identifizierung des Opfers. Sein Name ist Grayson Taylor, Vizepräsident bei *Global Records*. Er leitet die Geschäfte in Los Angeles.«

»Ich habe ihn gestern Abend gesehen. Er hatte einen Streit mit Beau Branson auf der Terrasse. Beau war ziemlich betrunken und laut. Sie gingen zusammen über die Außentreppe.«

»Es sieht so aus, als wäre Mr. Taylor von der Terrasse gestürzt. Wir werden es nicht mit Sicherheit wissen, bis die Gerichtsmedizinerin ihre Arbeit beendet hat, aber das ist unser erster Anhaltspunkt. Wir arbeiten daran, die nächsten Angehörigen zu benachrichtigen. Wir bekommen auch eine Gästeliste. Wann hast du Beau mit ihm gesehen?«

»Ich würde sagen gegen halb elf. Kurz nachdem ich sie gesehen habe, sind wir gegangen. Halb zwölf war ich zu Hause. Es wimmelte nur so von Leuten, vor allem von Musikern, Künstlern und Labels, sowie einigen Politikern und ihren Groupies. Die Liste wird lang sein.«

»Und es wird ein hochkarätiger Fall werden, da gestern Abend so viele wichtige Leute hier waren. Wir werden also das Vergnügen haben, Künstler und Politiker zu befragen – zwei meiner Lieblingsspezies. Erzähl mir, was dir gestern Abend sonst noch aufgefallen ist.«

»Nun, zuerst habe ich ihn mit einer jungen blonden Frau in einem rosa Kleid sprechen sehen. Sie hat geweint und war aufgebracht, und er tröstete sie irgendwie, ließ sie aber stehen, als ich dazukam. Ihr Name ist Pamela, aber mehr weiß ich nicht. Shelby wollte sich umhören, vielleicht weiß sie mehr.«

Ben schrieb einige Notizen. »Gut, okay, damit kann ich arbeiten.«

»Und ich habe gesehen, wie das Opfer mit Mel Lewis, dem CEO von *Global*, gesprochen hat. Sie hatten früher am Abend eine ziemlich hitzige Diskussion unter der Treppe. Mel war wütend und ging hinaus, muss aber zurückgekommen sein. Ich habe ihn später bei der Aufführung gesehen.«

Ein anderer Detektiv kam auf Ben zu. »Hey, Boss, sie haben nur Videoaufnahmen von der Kunst und dem Tor. Wir holen sie uns und fangen an, sie durchzugehen. Es klingt, als hätten die meisten Leute Autoservices benutzt, also werden wir alle Limousinenfirmen abklappern, die wir auf dem Video oder aus anderen Quellen finden können.«

»Gute Arbeit, Jimmy. Coop war gestern Abend hier und hat einige Beobachtungen mitgeteilt. Wir werden sehen, was der Gerichtsmediziner sagt, aber Coop hat unser Opfer gegen halb elf noch lebend gesehen. Sobald wir die Gästeliste haben, gehen wir sie durch und vergleichen sie mit den Autos und Zeiten. Besorge dir die Handyaufzeichnungen und die Finanzen, wenn du schon dabei bist. Wir müssen mit Beau Branson, Mel Lewis und allen, die Pamela heißen, sprechen. Beschaffe dir die Adressen!«

»Könnte es ein Unfall gewesen sein?«, fragte Coop.

»Die Möglichkeit besteht immer, aber ich glaube das nicht. Es gibt ein paar Kratzspuren auf der Terrasse, es sieht also so aus, als wäre etwas passiert, und ich glaube nicht, dass er dort gelandet ist, wo man ihn gefunden hat. Ich denke, dass jemand versucht hat, seine Leiche zwischen all den Büschen zu verstecken. Sein Kopf ist ein einziges

Durcheinander, und an der Steinmauer ist Blut, aber ich glaube nicht, dass er so günstig gelandet ist – völlig verdeckt durch das Laub. Die Gärten werden hier sehr sorgfältig gepflegt. Deshalb hat der Gärtner ihn auch gefunden. Er geht jeden Morgen durch die Sträucher, um Abfall und Unrat zu entfernen. Die Leiche fiel ihm erst auf, als er in den Pflanzen wühlte. Der Erde nach zu urteilen, lag er unter den Büschen. Keine Fußabdrücke, außer denen des Gärtners. Entweder hat sich jemand die Zeit genommen, die Erde darüber zu streuen, oder der Gärtner hat die Spuren zertrampelt.«

»Ben, mir ist noch etwas aufgefallen, und das nur, weil ich die Leute beobachtet habe und Mr. Taylor interessant fand. Seine Aufmerksamkeit galt dem Servierpersonal und er besuchte immer wieder die Vorspeisenstationen. Er nahm sich immer einen Teller, aber ich habe nie gesehen, dass er viel gegessen hat. Ich bin mir nicht sicher, warum, aber irgendetwas war seltsam.«

Ben machte eine weitere Notiz, als sein Handy piepte. Er kritzelte weiter während des Gesprächs und legte auf. »Das war wegen der Ehefrau, Emily. Wir haben mit Los Angeles gesprochen, und haben herausgefunden, dass sie in Bowling Green ist, um ihre Eltern zu besuchen. Ich muss ihr die Nachricht überbringen, also werde ich wohl hinfahren und es persönlich tun.«

»Tut mir leid, Ben, ich weiß, dass das nicht einfach sein wird. Ruf mich an, wenn du zurück bist«, sagte Coop, als Jimmy auf sie zukam.

»Boss, wir haben das Opfer durch unsere Datenbank laufen lassen – reine Routine. Es gab eine Anzeige wegen Ruhestörung im Loews am Freitagmorgen. Die Beamten sprachen dort mit dem Opfer und einem anderen Typen«, sagte er und schaute in seine Notizen. »Der Name des Mannes war Andy Nelson. Beide sagten, es sei ein

Missverständnis gewesen. Außerdem war noch eine Pamela Hargrove vor Ort, mit Mr. Taylor in dem Hotelzimmer.«

Coops Augenbrauen wölbten sich über seinen verschlafenen Augen. »Das muss der Anruf am Freitag gewesen sein, als wir beim Frühstück waren.«

»Ja, klingt danach. Und jetzt haben wir auch einen Namen für diese Pamela in dem rosa Kleid. Ich werde Kate bitten, hinzufahren, um mit der Frau zu reden. Ich rufe dich später an, Coop.«

Coop fuhr nach Hause und machte sich Frühstück. Er erzählte Tante Camille die Geschichte, die wie gefesselt auf ihrem Platz saß und zuhörte. »Ich glaube nicht, dass es sich bei dem Mörder um eine Frau handelt. Es braucht viel Kraft, um eine Leiche zu bewegen«, meinte sie.

»Nun, es wird Ermittlungen geben, und Ben ist einer der Besten, also bin ich sicher, dass er es herausfinden wird. Er wird anrufen, wenn er von seinem Gespräch mit der Ehefrau in Bowling Green zurück ist.«

Tante Camille beschloss, Eula Mae einen Besuch abzustatten und zu sehen, was sie wusste. Coop warnte sie, nicht zu viele Informationen weiterzugeben, da er sicher war, dass Bens Team im Rahmen ihrer Ermittlungen mit Eula Mae sprechen würde.

Coop sah ein wenig fern und schlief schließlich mit Gus' Kopf in seinem Schoß ein. Er wurde aufgeschreckt, als sein Handy gegen Mittag klingelte. »Hi, Ben. Was gibt es?«

»Ich komme gerade zurück in die Stadt. Wir haben mit der Ehefrau gesprochen. Sie stand unter Schock. Sie haben ein kleines Mädchen, neun Jahre alt. Es war nicht lustig. Wir haben sie routinemäßig nach ihren Aktivitäten in der letzten Nacht befragt, vor allem, weil sie so nahe am Tatort war. Das hat sie wirklich empört. Sie sagte, sie plane, einen eigenen Ermittler zu engagieren, der den Tod ihres Mannes untersuchen solle. Es hat einige Zeit gedauert, sie zu beruhigen, und ich habe ihr schließlich deinen Namen als jemanden in Nashville genannt, dem sie vertrauen kann. Sie wird sich wieder melden, deshalb wollte ich dich warnen.«

»Oh, wow, vielen Dank für die Empfehlung. Ich bin mir nicht sicher, ob ich mehr tun könnte als du.«

»Ich habe versucht, ihr genau das zu erklären, aber als ich ihr sagte, dass du gestern Abend auf der Party warst, wurde sie noch interessierter. Ich glaube, sie ist daran gewöhnt, zu bekommen, was sie will, und sofort zu handeln, also wäre sie sehr anspruchsvoll.«

»Verstanden! Ich gebe dir Bescheid, falls sie anruft.«

»Ich bin jetzt auf dem Weg, um Beau zu befragen. Wir sprechen uns später, Coop.«

KAPITEL FÜNF

Coop beschloss, Shelby anzurufen und ihr die Neuigkeiten mitzuteilen. Sie klang groggy, als sie antwortete, und er nahm an, dass sie noch ausgegangen war, nachdem er sie abgesetzt hatte. Er erzählte ihr von seiner morgendlichen Entdeckung, was sie aus ihrem leichten Kater aufschreckte. Während sie sich unterhielten, erinnerte sie sich daran, dass sie herausgefunden hatte, dass Pamela eine Sekretärin bei *Global Records* war. Coop erzählte ihr, dass die Polizei den Namen schon herausgefunden hatte und mit der Sekretärin und einigen anderen Gästen sprechen würde. Shelby bat Coop, anzurufen, falls es Neuigkeiten gäbe.

Kaum hatte er aufgelegt, klingelte sein Handy und zeigte eine Weiterleitung von seiner Geschäftsnummer an. »Harrington and Associates«, meldete er sich.

»Ich möchte gern mit Cooper Harrington sprechen. Hier ist Emily Taylor.«

»Hallo, Mrs. Taylor. Bitte nennen Sie mich Coop.«

»Sie wissen wahrscheinlich, warum ich anrufe. Ich habe

heute Morgen mit Chief Mason gesprochen, und er hat mir Ihren Namen und Ihre Nummer gegeben. Ich würde Sie gerne damit beauftragen, den Tod meines Mannes zu untersuchen.«

»Nun, Mrs. Taylor, ich würde Ihnen gerne helfen, aber Sie wissen schon, dass die Polizei aktiv an dem Fall arbeitet und aller Wahrscheinlichkeit nach die Sache bald aufklären wird?«

»Das hat mir Chief Mason auch schon gesagt, aber ich will jemanden, der sich dieser Aufgabe in Vollzeit widmet. Sagen Sie mir, was Sie von mir brauchen. Ich will wissen, warum mein Mann gestorben ist.«

Coop erläuterte seine Honorarvorstellungen, und sie erklärte sich bereit, ihm das Geld am Montagmorgen zu überweisen. Sie erzählte auch, was sie über Grays Besuch in Nashville wusste und dass er ihr gestern Abend eine SMS geschickt hatte, in der er ihr mitteilte, er wolle mit ihr reden und einige Dinge ändern. Sie hatte vor, mindestens die nächste Woche in Bowling Green zu bleiben, und gab Coop ihre Kontaktinformationen. Er versprach, sich im Laufe der kommenden Woche bei ihr zu melden, und teilte ihr mit, dass er ihr per E-Mail einen Vertrag über seine Dienste zusenden werde.

Coop nutzte sein Büro zu Hause, wo sein Schreibtisch fast so vollgestopft war wie der bei der Arbeit, füllte den Vertrag aus und schickte ihn ihr zu. Er hatte Mitleid mit ihr, fand aber, dass sie ihr Geld verschwendete. Er rief Ben kurz an und ließ ihn wissen, dass er offiziell an dem Fall arbeitete und für Emily tätig war. Ben schlug Coop vor, ins Büro zu kommen und sich die Informationen anzusehen, die sie bereits gesammelt hatten. Ben deutete an, dass er dankbar wäre, wenn Coop auf dem Weg dorthin ein paar Sandwiches mitbringen würde.

Coop rief nach Gus und die beiden machten sich auf den Weg, um Ben auf dem West Precinct zu treffen. Coop fuhr vorher durch einen Drive-in und besorgte mehrere Sandwiches und Getränke. Als er und Gus ankamen, wurden sie in einen großen Raum mit ein paar Stühlen und einem riesigen Whiteboard geführt. Ben saß am Konferenztisch und winkte, als er Coop sah. Gus stürzte zu Ben und ließ sich ausgiebig streicheln, wobei er seinen Kopf auf Bens Schoß legte. Ben rief Kate und Jimmy zu sich, und sie versammelten sich am Tisch, um ein spätes Mittagessen zu sich zu nehmen. »Danke für das Essen, Coop«, sagte Jimmy mit vollem Mund, während er Gus, der unter dem Tisch saß, einen Bissen vom Sandwich hinhielt.

»Kein Problem. Also, was habt ihr bis jetzt?«, fragte Coop.

»Schau dir die Mordtafel an!«, sagte Ben und deutete auf die übergroße Tafel, die eine Wand des Raumes einnahm. Coop bemerkte eine Zeitleiste mit der Zeitspanne zwischen dem Zeitpunkt, als Grayson gefunden wurde, und dem Zeitpunkt, als er ihn mit Beau auf der Terrasse streiten sah. Er betrachtete eine Liste von Namen auf der rechten Seite und Fotos, darunter Pamela Hargrove, Mel Lewis, Beau Branson und Andy Nelson.

»Wer ist Andy Nelson?«, fragte Coop.

»Er ist der Mann, der für die Störung unseres Frühstücks verantwortlich war. Er ist Bauarbeiter und hat sein ganzes Leben hier verbracht. Er hat eine saubere Akte und im Polizeibericht steht, dass Mr. Taylor sagte, dass es kein Problem gäbe und die beiden sich beruhigt hätten, als die Uniformierten eintrafen. Der Bericht bestätigt auch, dass Pamela während des Vorfalls im Schlafzimmer war.«

»Ich wusste, dass sie nicht seine Frau ist, als ich sie auf der Party streiten sah.«

»Ich habe Beau befragt und seine Überraschung schien echt zu sein, als er erfuhr, dass Grayson tot ist. Er war darüber nicht erschüttert und erzählte mir, dass er sich auf der Party mit Grayson gestritten hatte. Anscheinend war Beau sauer auf ihn, weil er einen seiner Songs gestohlen hatte, als er seine Karriere begann. Er war sich nicht sicher, wann das war, sagte aber, dass er Gray in der Einfahrt stehenließ und dachte, der sei die Treppe zur Terrasse hinaufgegangen. Er sagte, er sei gleich danach mit ein paar Fans gegangen und sie seien in die Stadt gefahren. Wir müssen sein Alibi überprüfen und feststellen, wann er gegangen ist.«

Die vier beendeten ihr Lunch. Ben wies Kate und Jimmy an, das Alibi von Beau zu überprüfen. »Wie wäre es, wenn ihr mit mir Mel Lewis und Pamela Hargrove einen Besuch abstattet und wir sehen, was wir erfahren können?«, fragte Ben Coop.

»Sicher, ich lasse Gus hier im Büro.« Der Hund folgte Coop ins Büro und ließ sich auf das Bett fallen, das Ben für ihn bereithielt. Bens Team war an Gus gewöhnt und würde sich um ihn kümmern, während sie weg waren. So, wie Coop sich damit begnügte, ein unbezahlter Berater von Bens Team zu sein, der mit Bier und Donuts verwöhnt wurde, war Gus immer froh, hier zu sein und mit Hundeleckerlis oder gelegentlich einem Sandwich belohnt zu werden.

Sie fuhren in die Innenstadt, um zuerst Miss Hargrove zu besuchen. Sie wohnte in einem Luxusgebäude in der Church Street. Sie traten an die Rezeption, Ben zeigte seinen Ausweis und fragte nach ihrer Wohnung. Der Wachmann rief die Frau an und teilte ihr mit, dass ein Detective sie besuchen wollte.

Sie fuhren mit dem Aufzug in den siebzehnten Stock und klopften an die Tür. Eine Frau öffnete und sah viel weniger glamourös aus als gestern Abend, sie trug Sportkleidung und hatte ihr Haar zurückgesteckt. »Ja?«, fragte sie.

»Miss Hargrove, ich bin Detective Mason und das ist Mr. Harrington. Wir müssen Ihnen ein paar Fragen über Grayson Taylor stellen.«

Sie rollte mit den Augen. »Kommen Sie rein! Ich weiß nichts darüber. Die Polizisten kamen ins Zimmer und sprachen mit Gray und dem anderen Typen, mehr weiß ich nicht.«

»Sie sprechen von Freitagmorgen, Ma'am?«

»Ja.«

»Wir sind eigentlich wegen Samstagabend im Silverwood hier. Die Party, auf der Sie waren«, sagte Ben.

»Oh.« Sie hob die Augenbrauen. Sie blickte zu Coop. »Sagen Sie mal, Sie sind doch der Typ, der mich gefragt hat, ob es mir gut geht, stimmt's?« Sie beäugte sein Hemd. »Sie sehen anders aus.«

»Ja, Ma'am, das war ich.«

»Wann haben Sie Grayson Taylor das letzte Mal gesehen?«, fragte Ben.

»Samstag, auf der Party. Das letzte Mal sprachen wir gegen neun, als Mr. Harrington uns sah. Ich habe ihn etwas später wiedergesehen, aber nicht mit ihm gesprochen. Warum? Worum geht es hier?«

»Welche Art von Beziehung haben Sie zu Mr. Taylor?«

»Ich bin eine Sekretärin bei *Global Records* hier in Nashville. Er leitet unser Büro in L.A., aber wenn er hier ist, erledige ich einige Arbeiten für ihn.«

»Und das haben Sie am Freitagmorgen in seinem Hotelzimmer gemacht?«

Sie verzog das Gesicht. »Ich habe ihm geholfen, sich für ein Treffen vorzubereiten.«

»Miss Hargrove, Mr. Taylor ist tot und ich brauche ein paar ehrliche Antworten«, sagte Ben. »Jetzt.«

Ihre Augen weiteten sich vor Schreck. Sie wurde blass, »Was? Gray ist tot? Wann?«

»Er wurde heute früh gefunden. Wir untersuchen jetzt seinen Tod und brauchen die Wahrheit. Welche Art von Beziehung hatten Sie?«

Tränen stiegen ihr in die Augen. »Wir haben uns seit etwa einem Jahr getroffen, immer wenn er in Nashville war.«

Ben warf einen Blick auf Coop und nickte. »Miss Hargrove, als ich Sie mit Mr. Taylor sah, waren Sie sichtlich verärgert. Worum ging es da?«, fragte Coop.

Sie schniefte und stand auf, um einige Taschentücher zu holen. »Gray sagte mir am Freitagmorgen, nachdem die Polizei weg war, dass es vorbei sei. Er sagte, ich hätte einen richtigen Freund verdient und er könne das seiner Frau nicht länger antun.« Sie schnäuzte sich die Nase. »Als ich ihn auf der Party gesehen habe, habe ich versucht, mit ihm darüber zu reden. Ich liebe ihn. Ich wollte ihn nicht gehen lassen. Er war unnachgiebig und meinte, es müsse ein Ende haben. Er sagte mir, ich solle mich zusammenreißen und weitermachen.«

»Wann haben Sie die Party verlassen?«

»Oh, es war spät. Wahrscheinlich gegen halb zwölf oder so. Ich habe mit Mr. Lewis den Fahrdienst in Anspruch genommen, falls sie die Zeit überprüfen wollen.«

»Welcher Fahrdienst?«, fragte Ben.

»Wir nutzen *Executive Limos*.«

»Kennen Sie jemanden, der Mr. Taylor etwas antun wollte?«, fragte Ben, während er in sein schwarzes Moleskin-Notizbuch schrieb.

Sie schüttelte den Kopf. »Nicht wirklich. Ich meine, das Geschäft ist hart. Ab und zu muss er Künstler ablehnen.

Ich weiß, dass Mr. Lewis am Samstagabend stinksauer auf ihn war. Er war ziemlich betrunken, aber er sagte mir immer wieder, dass Gray damit nicht durchkommen würde.«

»Womit?«

»Ich bin mir nicht sicher. Er redete ständig davon, dass Gray ihn verarscht hätte.«

»Hat die Limousine Sie hier vor Ihrer Wohnung abgesetzt?«

Sie senkte ihren Blick. »Ja … und Mr. Lewis. Er hat ein paar Stunden hier mit mir verbracht.«

»Hat er noch mehr über Mr. Taylor gesagt, während er hier war?«, fragte Ben.

Sie schüttelte den Kopf. »Nein, wir haben nicht viel geredet. Wir hatten Sex und er hat ein paar Stunden geschlafen, dann hat ihn der Fahrdienst nach Hause gebracht.«

»Wann war das?«

»Ich würde sagen, gegen vier Uhr heute Morgen.« Ihr Kinn kräuselte sich und Tränen liefen über ihre Wangen. »Sie müssen mich für eine echte Schlampe halten. Ich schlafe mit Gray und Mel. Aber ich will mehr als nur eine Sekretärin sein, wissen Sie?«

Ben und Coop nickten nur. »Wir wissen Ihre Zeit zu schätzen. Wenn Ihnen noch etwas einfällt, rufen Sie mich bitte an!«, sagte Ben und reichte ihr eine Karte.

»Wie geht es seiner Frau?«, fragte sie.

»Niedergeschlagen, ebenso wie seine kleine Tochter. Sie hat Mr. Harrington engagiert, um bei den Ermittlungen zu helfen«, wandte sich Ben an Coop.

»Es tut mir so leid«, sagte sie und putzte sich erneut die Nase.

»Wir finden selbst hinaus. Ich muss Sie bitten, in

Nashville zu bleiben. Wenn Sie verreisen müssen, muss ich das vorher wissen.«

Ihre ohnehin schon blasse Haut wurde noch eine Nuance heller. »Bin ich eine Verdächtige?«

»Im Moment nicht, aber bis die Ermittlungen weiter vorangeschritten sind, schaue ich mir jeden an und werde Ihre Angaben überprüfen. Reine Routine.«

Ben und Coop standen auf und gingen zur Tür. Sie würdigten die Aussicht vom Balkon. Ben griff nach der Tür und Coop drehte sich noch einmal um. »Sie habe eine schöne Wohnung.«

Sie starrte ihn an, ein Bündel Taschentücher in der Hand. »Ja, danke«, murmelte sie.

»Wir bleiben in Kontakt, Miss Hargrove«, sagte Ben, als er und Coop in den Flur traten.

Die beiden Männer schwiegen, als sie auf den Aufzug warteten. Sie machten sich auf den Weg zur Lobby und Ben blieb stehen und bat den Wachmann, ihn mit seinem Vorgesetzten zu verbinden. Der rief diskret dort an und führte sie zu einer Tür hinter der Rezeption.

Ben und Coop schüttelten einem weißhaarigen Mann in einem teuren Anzug mit Seidenkrawatte die Hand. Er erklärte sich bereit, die Kameraaufzeichnungen aus dem Gebäude zur Verfügung zu stellen, und versprach, sie innerhalb weniger Stunden zu übermitteln. Ein kurzer Blick in das Logbuch bestätigte Pamelas Angaben, wonach ein Gast mit ihr ankam und um vier Uhr morgens abreiste.

Ben fuhr seinen blauen Ford Crown Victoria aus dem Parkhaus und steuerte ihn auf das Revier zu. Da Mels Anwesen nicht weit von Camilles Anwesen entfernt war, beschloss Coop, Gus und seinen Jeep zu nehmen, damit er nach der Befragung gleich nach Hause fahren konnte. Die ruhigen Straßen des Sonntags ermöglichten eine schnelle

Fahrt. »Ich bin gespannt, was Mr. Lewis uns über die letzte Nacht zu erzählen hat.«

»Ja, ich habe das Gefühl, dass unsere Lieblingssekretärin ihn anrufen wird, bevor wir ankommen«, sagte Coop.

»Ich frage mich, ob Gray wusste, dass sie mit dem Big Boss schläft.«

»Ich weiß es nicht. Wir müssen sehen, worüber sie sich gestern Abend gestritten haben. Vielleicht war es Pamela. Aber ich hatte das Gefühl, dass Gray mit ihr fertig war, als ich sie auf der Galerie reden sah. Er hat ihr nicht viel Liebe entgegengebracht.«

Ben setzte Coop im Büro ab, wo er hineinlief und Gus abholte. Sie folgten Ben, als der seinen unauffälligen Wagen in eine durch ein kunstvolles Tor versperrte Einfahrt lenkte und den Summer drückte. Eine Frauenstimme meldete sich. »Ja?«

»Ich bin Chief of Detectives, Ben Mason, Polizei Nashville. Ich muss Mr. Lewis sprechen, bitte. Ich bin in Begleitung eines Mitarbeiters, Mr. Harrington. Er ist im Jeep hinter mir.«

»Einen Moment«, sagte die roboterartige Stimme.

Wenige Minuten später hörten sie das Summen des Tores und es schwang auf. Ben fuhr die von Bäumen gesäumte Auffahrt hinauf, und ein großes Anwesen aus grobem Stein kam in Sicht. Er stieg aus seiner Dienstlimousine aus, deren quietschende Türen neben dem gepflegten Haus und dem Garten fehl am Platz wirkten. »Wow, eine größere Villa als deine, Coop«, scherzte Ben.

Coop warf ihm einen Seitenblick zu, als er das riesige Anwesen betrachtete, das sicher mehr als zwanzigtausend Quadratmeter maß. Er wies Gus an, im Wagen zu bleiben, während er ausstieg.

Gerade als Ben den Türklopfer in Form einer Musiknote

anheben wollte, öffnete sich die Tür und ein älterer Mann im schwarzen Frack begrüßte sie. »Mr. Lewis erwartet Sie. Er ist draußen am Pool. Bitte folgen Sie mir!«

Sie verließen die Marmorrotunde des Eingangs und folgten dem Butler durch Räume, die vor Opulenz und Reichtum nur so trieften, zu einem prächtigen Außenbereich mit einem riesigen Pool. Dort fanden sie den glatzköpfigen Mr. Lewis in Badehose und mit einem Handtuch um die Schultern, der an einem Drink nippte. Wenige Augenblicke später brachte ein zierliches Dienstmädchen ein Tablett mit Limonade, Eistee, Bierflaschen und kühlen Bechern.

»Meine Herren«, winkte er. »Bitte nehmen Sie Platz und bedienen Sie sich an einem kalten Getränk.« Er stellte sein Getränk auf dem Tisch ab. »Ich bin Mel Lewis«, sagte er und reichte Ben die Hand.

»Danke, Ben Mason, Chief of Detectives und das ist Coop Harrington, er ist Berater in diesem Fall.«

Coop schüttelte dem Mann die Hand und nahm sich ein *Arnold Palmer* vom Tablett.

»Schreckliche Sache mit Grayson. Ich nehme an, deshalb sind Sie hier?«

»Ja, Sir. Sagen Sie mir, wie Sie von seinem Tod erfahren haben?«, fragte Ben.

»Twitter.«

Ben sah zu Coop und verdrehte die Augen. »Erzählen Sie uns von gestern. Worüber haben Sie beide sich auf der Party gestritten?«

Mel schüttelte den Kopf. »Ich habe überreagiert.«

»Mr. Lewis, ich war gestern Abend im Silverwood und es sah so aus, als ob Sie kurz vor einer Explosion standen«, fügte Coop hinzu.

»Ja, ich war aufgebracht. Gray kam am Freitagnachmittag zu mir, um mir mitzuteilen, dass er *Global* verlassen und sein eigenes Label gründen wollte. Ich konnte es nicht glauben, nicht nach allem, was ich für ihn getan habe. Ich habe ihm den Job des Vizepräsidenten in L.A. beschafft und ihm ein Vermögen bezahlt. Das ergab für mich alles keinen Sinn.« Er schüttelte den Kopf und nahm einen kräftigen Schluck von seinem Getränk. »Ich konnte nicht verstehen, warum er mich so verraten sollte.«

»Haben Sie ihn gefragt?«, bohrte Ben nach.

»Ja. Er sagte, es sei Zeit für eine Veränderung und er wolle sein eigenes Unternehmen auf seine Weise führen. Ich habe ihm gesagt, dass er im Grunde seine eigene Firma in L.A. habe, die er leitet, aber das war ihm nicht gut genug. Er sagte mir, er habe genug von dem großen Firmenkram und wolle aussteigen.«

»Wann wollte er denn gehen?«

»Bald, zu bald. Er wollte innerhalb eines Monats entlassen werden. Das machte mich wütend. Es wäre unmöglich, ihn zu ersetzen, und mir vier Wochen Zeit zu geben, war lächerlich. Wir haben jetzt Dinge am Laufen, von denen nur er weiß, und wenn Gray gehen würde, wäre das ein echter Härtefall.«

»Wann haben Sie ihn zuletzt gesehen?«

»Auf der Party.« Er sah Coop mit einem Hauch von Erkenntnis an. »Jetzt erinnere ich mich an Sie. Ja, Sie waren dort mit einem heißen Mädchen vom Radio, richtig?«

Coop nickte. »Ja, Sir. Ich war ein Gast.«

Mel konnte nicht genau sagen, wann er Gray gesehen hatte, gab aber die hitzige Diskussion unter der Treppe zu und sagte, er hätte das Opfer nach diesem Gespräch noch einmal gesehen, aber sie hätten nicht mehr miteinander gesprochen. Er erinnerte sich daran, dass er die Party gegen halb zwölf verlassen und den Autoservice benutzt hatte.

»Und wann sind Sie nach Hause gekommen?«, fragte Ben.

»Nun, meine Frau ist nicht in der Stadt, also blieb ich weg und kam erst nach vier Uhr heute Morgen nach Hause. Ich habe geduscht und bin ins Bett gegangen, habe länger geschlafen als sonst.«

»Wo waren Sie bis vier Uhr?«

»Ich muss das vertraulich behandeln«, flüsterte er und ließ seinen Blick über den Innenhof schweifen. »Ich war bei einer Freundin.«

»Name, Adresse«, sagte Ben in einem knappen Ton.

»Pamela, sie arbeitet im Büro. Sie wohnt in der Church Street.«

»Wusste Sie, dass Pamela auch mit Gray geschlafen hat?«, fragte Ben.

Mels Wangen röteten sich und seine Augen wurden groß. »Nein, das glaube ich nicht.« Er stand auf und schritt um den Tisch herum, wobei sein schlaffer Bauch hin und her wackelte. »Wer hat das behauptet?«

»Darüber müssen Sie mit Pamela sprechen«, sagte Ben. »Also, nur noch ein paar Fragen. Setzen Sie sich, Mr. Lewis!«

Mel stapfte weiter um den Pool herum und zurück zum Tisch. Er ergriff sein Glas, kippte den Rest des Getränks hinunter und warf Ben einen strengen Blick zu.

»Haben Sie gestern Abend Zeit auf der Terrasse vom Silverwood verbracht?«

»Nicht viel. Ich habe einen Spaziergang gemacht, um mich nach dem Gespräch mit Gray abzukühlen, und bin rausgegangen, aber nicht lange.«

»War jemand dort, als Sie da waren?«

Er dachte nach und schaute auf den Pool hinaus. »Nein, ich habe ein paar Stimmen auf der anderen Seite der Bäume hinter dem Haus gehört, aber auf der Terrasse war niemand.«

»Fällt Ihnen jemand ein, der Mr. Taylor etwas antun wollte?«

Er schüttelte den Kopf. »Ich war wütend, aber ich würde Gray nie etwas antun. Ich bin zwar jähzornig, aber ich belle nur. Ich weiß, dass Beau wütend auf Gray war, und ich habe gesehen, wie sie nach Beaus Lied zusammen losgezogen sind, aber ich kann nicht glauben, dass er ihn umbringen würde.«

Ben übergab ihm eine Karte und sagte ihm, er sollte ihn anrufen, wenn ihm noch etwas einfiele, das hilfreich sein könnte. Er ließ Mr. Lewis wissen, dass die Polizei Grays Büro in Nashville und in Los Angeles durchsuchen und einen Durchsuchungsbefehl haben würde, um alle sachdienlichen Gegenstände zu beschlagnahmen.

Mel nickte. »Kein Problem. Ich sorge dafür, dass das Personal weiß, dass Sie sich alles nehmen können, was Sie brauchen. Ich war sauer auf Gray, aber aus egoistischen Gründen. Ich weiß nicht, wie ich ohne ihn zurechtkommen soll, und jetzt habe ich nicht einmal einen Monat Zeit, mich vorzubereiten.« Seine Augen wurden feucht, sein Kopf sackte nach vorn und seine schwere Brust senkte sich nach unten. Er starrte mit offenem Mund auf seinen Schoß und sah aus wie eine verzweifelte Schildkröte.

»Wir finden selbst hinaus. Ich bitte jeden, mit ich heute spreche: Bitte lassen Sie es mich wissen, wenn Sie Nashville verlassen. Wir werden die Alibis überprüfen, und bis die Ermittlungen abgeschlossen sind, müssen alle Beteiligten in der Gegend bleiben.«

»Ich verstehe. Ich werde in den nächsten Tagen nach L.A. fahren müssen. Ich muss mich da draußen um ein Chaos kümmern.«

»Halten Sie mich auf dem Laufenden!«, sagte Ben.

Coop beeilte sich, den Rest seines Getränks hinunterzukippen, und stellte das Glas auf das Silbertablett. Der Butler geleitete sie hinaus.

»Ich glaube nicht, dass Mel wusste, dass Pamela mit Gray geschlafen hat«, sagte Coop, als sie zu den Autos gingen.

Ben nickte. »Ja, der Schock sah echt aus. Er war wütend.«

»Ich glaube, Mel hat die Kosten für Pamelas Aussicht übernommen. Ich kenne nicht viele Sekretärinnen, die es sich leisten können, in diesem Gebäude zu wohnen. Deshalb sah sie auch so traurig aus, als wir gingen. Ich glaube, sie weiß, dass das Spiel vorbei ist und sie auf der Straße landen wird.«

»Diese verdammten Musikleute sind ein Albtraum. Ihr Leben ist wie eine Seifenoper.«

»Wann werdet ihr die Autopsieergebnisse haben?«

»Morgen. Doc Lawrence sagte, sie würde die Autopsie heute durchführen und bis morgen früh ein paar vorläufige Informationen haben. Wir müssen mit Andy Nelson sprechen und seine Geschichte hören und uns bei Jimmy und Kate rückversichern.«

»Du wirst eine riesige Liste mit Leuten von der Party durchgehen müssen. Gestern Abend war es sehr voll. Neben den Musikern und ihrem Gefolge werden auch die Politiker und ihre Lakaien anwesend sein.«

»Ich weiß. Ich hatte gehofft, eine der Befragungen würde uns weiterbringen und wir hätten ein klares Motiv, aber bis jetzt fühle ich mich bei keinem von ihnen sicher. Vielleicht führt uns Andy auf die richtige Spur.«

Ben sah auf seinem Handy nach. »Andy wohnt draußen in Donelson. Wie wäre es, wenn wir einen Happen essen gehen und dann dort hinfahren?«

»Tante Camille kochte heute ihr Sonntagsessen. Du wirst

dir ihre Fragen gefallen lassen müssen, aber ihr Hühnchen und ihre Biscuits sind es wert.«

»Ja, ich bin hungrig. Wir essen schnell und fahren dann raus zu Andy.«

Sie hielten vor Camilles Haus, und als sie eintraten, rochen sie den köstlichen Duft von Brathähnchen und gebackenem Zucker. »Tante Camille, ich habe Ben zum Abendessen mitgebracht. Wir sind noch im Dienst, also müssen wir uns beeilen«, brüllte Coop. Gus hüpfte durch das Haus und in die Küche. Nach zwanzig Jahren fiel es Coop immer noch schwer, die Abendmahlzeit als Abendessen und die Mittagsmahlzeit als Dinner zu bezeichnen, aber Tante Camille bestand darauf.

»Oh, Jungs, ich bin so froh, dass ihr hier seid. Ich kann es kaum erwarten, etwas über den Fall zu erfahren. Ich habe Eula Mae heute gesehen, aber sie war keine große Hilfe«, sagte Camille, während sie eine Pfanne mit Biscuits aus dem Ofen nahm.

Ben schnupperte an einem Pfirsichkuchen auf der Theke und ging hinter Camille her, um sie kurz zu umarmen. »Riecht köstlich.«

»Oh, setzt euch hin! Es ist alles bereit. Coop, hol den süßen Tee raus, dann können wir loslegen.«

Sie versammelten sich um den Tisch, um die große Mahlzeit zu teilen, und wurden von Camille mit Fragen gelöchert. »Habt ihr schon eine Todesursache? Gibt es Verdächtige? Was ist mit der Ehefrau, sie ist wahrscheinlich darin verwickelt, richtig?«

Coop hob seine Hand. »Wir wissen im Moment noch nicht viel. Es ist noch zu früh. Wir haben den ganzen Tag Leute befragt und müssen gleich nach Donelson fahren, um eine weitere Person zu befragen, sobald wir hier fertig sind.«

Ben fügte hinzu: »Wir werden die Autopsieergebnisse

erst morgen haben. Die Frau hat deinen illustren Neffen mit den Ermittlungen beauftragt, und ich glaube nicht, dass sie etwas damit zu tun hat.«

»Oh, Mann. Nun, man weiß ja nie. Ich werde morgen versuchen, mehr für euch herauszufinden. Ich habe einen Friseur- und Nageltermin bei Bella, also werde ich mich dort informieren.« Sie berührte ihre weißen Haarsträhnen, die ihre rosa Kopfhaut durchschimmern ließen. Camille hatte jeden zweiten Tag einen festen Termin bei Bella, um ihr dünnes Haar von einer Expertin aufplustern zu lassen. Sie lächelte, als sie riesige Stücke Pfirsichkuchen auf die Teller verteilte und jedes mit einem großzügigen Klecks Schlagsahne belegte.

Coop und Ben fühlten sich satt und gaben Camille einen Kuss auf die Wange. »Danke für das Abendessen, Tante Camille. Es war vorzüglich«, sagte Coop und klopfte Gus auf den Kopf. »Ich werde den Jeep nehmen und Ben nach Donelson folgen. Wir sehen uns, wenn ich nach Hause komme.«

»Gus und ich werden auf dich warten. Pass auf dich auf!« Sie winkte von der Tür aus und lockte den Hund ins Haus, als sie wegfuhren.

»Komm schon, Gus! Wir haben ein Rätsel zu lösen.« Sie rief nach Mrs. Henderson, der Haushälterin und Wochentagsköchin, die mit ihrem Mann im Hausmeisterhaus wohnte. Er pflegte die Gärten und erledigte allgemeine handwerkliche Arbeiten rund um das Anwesen. Mrs. Henderson würde Camilles Küche aufräumen und alles für den Montag vorbereiten.

Camille holte ihr geblümtes Notizbuch hervor, und Gus hüpfte auf das Chintz-Sofa in ihrem Wohnzimmer und sah zu, wie sie die Liste überflog, die sie von ihrem Besuch bei Eula Mae aufgeschrieben hatte. Sie begann, Notizen neben die Namen der einzelnen Partygäste von gestern Abend zu schreiben. »Jemand auf dieser Liste ist ein Mörder, Gus.« Ihre blassblauen Augen funkelten vor Vergnügen.

Gus seufzte und legte sein Kinn auf ihr Bein, bereit für eine Nacht voller heimlicher Detektivarbeit.

KAPITEL SECHS

Coop folgte Ben, der sein riesiges Schiff von einem Auto in den Vorort Donelson steuerte. Er und Coop parkten vor einem bescheidenen, aber gepflegten Haus und bemerkten einen alten Pick-up mit verblassten Buchstaben an der Seite, die für *Nelson Construction* warben.

Ben klingelte und die Tür wurde von einem Mann in Jeans und T-Shirt geöffnet.

»Wir suchen nach Andy Nelson. Ich bin Chief of Detectives Mason von der Polizei in Nashville und das ist mein Kollege, Mr. Harrington«, sagte Ben, während er seinen Ausweis und seine Marke hochhielt.

Der Mann öffnete die Tür weiter und legte die Stirn in Falten. »Ich bin Andy. Kommen Sie rein!« Aus dem Fernseher dröhnte ein Baseballspiel, und Andy griff schnell nach der Fernbedienung, um es stumm zu schalten. »Was kann ich für Sie tun?«

»Wir sind wegen Grayson Taylor hier«, sagte Ben.

»Mann, ich dachte, wir hätten das mit den Polizisten, die ins Hotel kamen, geklärt. Wir hatten eine

Meinungsverschiedenheit, aber es war keine große Sache. Hat er sich beschwert?«

»Nein, nichts dergleichen. Eigentlich ist Mr. Taylor tot«, sagte Ben und starrte Andy an.

Andys Augen wurden groß. »Was? Gray ist tot? Wie das?«

»Seine Leiche wurde heute Morgen im Silverwood gefunden. Wann haben Sie ihn zuletzt gesehen?«

»Oh, Mann. Ich kann das nicht glauben«, schüttelte Andy den Kopf.

»Mr. Nelson, wann haben Sie Mr. Tayler zuletzt gesehen?«, fragte Ben erneut.

»Äh, also an dem Morgen im Hotel. Freitagmorgen.«

»Worüber haben Sie sich gestritten?«

»Oh, Mann. Ich kannte Gray von der Highschool, hier in Nashville. Er und meine Schwester waren zusammen. Ich, äh, ich bin zu ihm gegangen, weil ich wollte, dass er meiner Schwester und seinem Sohn hilft.«

»Mr. Taylor hatte also einen Sohn mit Ihrer Schwester?«

Andy nickte. »Ja, aber sie hat es ihm nie gesagt. Taylor, so heißt er, ist siebzehn und will aufs College gehen. Ich habe von einer Freundin, die Zimmermädchen im Hotel ist, erfahren, dass Gray in der Stadt ist, und bin zu ihm gefahren, um ihn aufzuklären und ihn dazu zu bewegen, die Verantwortung zu übernehmen.«

»Weiß Ihre Schwester, dass Sie das getan haben?«, fragte Coop.

»Nein, nein. Sie würde mich umbringen, wenn sie es wüsste.« Er keuchte und fuhr fort: »Ich meine, nicht wirklich. Sie wollte keine Hilfe von ihm oder dass Gray von Taylor erfährt.«

»Hat Mr. Taylor zugestimmt zu helfen?«, fragte Ben.

Andy nickte. »Er hat mich später angerufen und gefragt, wo Abby wohnt. Er versprach, weder sie noch Taylor zu kontaktieren, aber er wollte wissen, wo sie wohnen. Er hörte sich aufrichtig an.« Er hielt inne und strich sich mit den Fingern durch sein dunkles Haar. »Oh, Scheiße. Ich habe ihm gesagt, dass Taylor gestern Abend auf der Party im Silverwood arbeiten würde.«

»Hat Taylor etwas über Grayson gesagt?«, fragte Coop.

»Nein. Ich habe ihn gestern Abend nach der Arbeit abgeholt und er hat kein Wort gesagt. Er hat nur darüber gesprochen, wie beschäftigt sie waren und wie viel er an Trinkgeld bekommen hat. Er war glücklich.«

»Sie waren also gestern Abend im Silverwood?«, fragte Ben und holte seinen Notizblock hervor.

Andy nickte. »Ja. Ich habe Taylor gegen Mitternacht abgeholt. Abby musste heute arbeiten, also habe ich es ihr angeboten, damit sie zu einer anständigen Zeit ins Bett gehen konnte.«

»Wann sind Sie im Silverwood angekommen?«, fragte Ben.

»Ich war früh da, kurz vor elf. Ich war mit ein paar Freunden unterwegs und wollte nicht den ganzen Weg nach Hause fahren und wieder umkehren, also habe ich auf dem Parkplatz auf ihn gewartet.«

Ben fragte ihn weiter, wo er hingegangen war, und notierte sich die Namen seiner Freunde und den Ort, an dem sie zu Abend gegessen hatten. Er fragte auch nach Abbys Kontaktinformationen und vergewisserte sich, dass er mit dem Truck zum Silverwood gefahren war, und notierte sich das Kennzeichen.

»Oh, Mann, das wird schwer für Abby und Taylor. Gibt es eine Möglichkeit, das Gespräch mit Taylor aufzuschieben, bis meine Eltern und ich da sind, um Abby zu helfen? Sie wird so wütend und wahrscheinlich traurig sein. Was für ein Schlamassel.«

»Fällt Ihnen jemand ein, der Gray etwas antun wollte?«, fragte Ben.

Andy schüttelte den Kopf. »Nicht, dass ich wüsste. Ich war wütend auf ihn, wollte aber nur, dass er Abby hilft. Das hat sie verdient, aber er war schon lange nicht mehr in Nashville, also nein, mir fällt niemand ein.«

Bens Telefon klingelte und er entschuldigte sich. Coop plauderte weiter mit Andy. »Und ist Abby jetzt bei der Arbeit?«

»Nein, sie wird jetzt zu Hause sein. Sie hat heute Morgen in der Pizzeria gearbeitet und morgen hat sie ihren anderen Job in der Schule. Sie hat heute um drei Uhr Feierabend gemacht.«

»Wir werden bald mit ihr und Taylor sprechen müssen. Ich bin eigentlich Privatdetektiv und berate in diesem Fall. Ich könnte Ihnen mein Büro anstelle des Polizeireviers anbieten und sehen, ob wir Ihre Familie dorthin bringen können, damit Sie alle in einem neutralen Raum reden können. Ich bin mir sicher, dass es eine schwierige Situation sein wird.«

Andy nickte. »Ja, ich werde großen Ärger mit Abby und meinen Eltern bekommen.«

»Wo wohnen Ihre Eltern?«

»Sie haben eine Eigentumswohnung in Hillsboro Pike. Wir haben sie schließlich vor ein paar Jahren davon überzeugt, das alte Haus zu verkaufen und eine Wohnung zu kaufen, um weniger Arbeit zu haben.«

Ben kam von draußen herein. »Coop, kann ich dich kurz sprechen? Entschuldigen Sie uns für einen Moment, Mr. Nelson.«

Andy saß in seinem Sessel und starrte auf das stille Spiel im Fernsehen, als die beiden Männer nach draußen gingen.

»Das war Kate. Sie überprüfen die Limousinen und Alibis und bis jetzt stimmen die Geschichten.«

»Ich weiß, dass Andy nach seiner Rechnung im Silverwood war, als Grayson getötet wurde, aber ich glaube nicht, dass er es getan hat. Er macht sich Sorgen um seine Familie. Ich habe angeboten, ein Treffen mit allen in meinem Büro abzuhalten, wohl wissend, dass wir sie befragen müssen, aber in der Hoffnung, einige der Emotionen zu zerstreuen.«

»Ja, das könnte funktionieren. Du hast genug Büros in deiner Wohnung, um sie zu trennen. Ich sage Kate und Jimmy, dass sie sich mit uns treffen sollen, und wir bitten Andy, uns zu helfen, seine Familie dort hinzubringen. Dann machen wir Schluss für heute.«

Sie klopften an Andys Tür und schlugen ihm vor, seine Eltern zu kontaktieren, ihnen die Situation zu erklären und sie zu einem Treffen in Coops Büro einzuladen, das nicht allzu weit von ihrer Wohnung entfernt war. Coop bot an, Abby anzurufen und ihr zu sagen, dass er einen Todesfall im Silverwood untersuchte und sie bitten würde, Taylor in sein Büro zu bringen.

Andy telefonierte noch immer mit seinen Eltern, als Coop das Gespräch mit Abby beendete. »Es bedurfte einiger Überzeugungsarbeit, und sie wird Andy vielleicht anrufen, um sich zu vergewissern, aber sie sagte, sie würde Taylor mitbringen und jetzt losgehen. Ich habe ihr nur gesagt, dass ich mit der Polizei in einem Todesfall zusammenarbeite, und da Taylor gestern Abend gearbeitet hat, müssen wir ihn befragen.«

Ben nickte. »Kate und Jimmy sind auf dem Weg. Wir sollten uns besser beeilen.«

Andy legte auf. »Nun, ich stecke sicher in der Klemme.

Aber Mom und Dad sind auf dem Weg zu Ihrem Büro. Das wird ein totales Chaos werden.«

Ben bot Andy an, ihn zu fahren, und er akzeptierte ohne zu zögern. Coop folgte Ben, als sie sich beeilten, vor der Ankunft von Andys Eltern in seinem Büro zu sein. Coop betrachtete Geschwindigkeitsbegrenzungen eher als Anregung denn als starre Regel. Dank seiner Philosophie und der Unterstützung von Bens Signallicht schafften sie es in zehn Minuten in sein Büro.

Coop rannte hinein, schaltete das Licht an und sorgte dafür, dass die Büros vorzeigbar waren. Er schob die Papierstapel von seinem Schreibtisch und stopfte sie in den Schreibtisch und um die Ecke auf den Boden. Dankbar, dass Annabelle darauf bestanden hatte, dass sein Konferenztisch stets frei von Papierkram war, sah er sich im Büro um und war zufrieden, dass es nun etwas aufgeräumter aussah. Kate und Jimmy trafen als Nächstes ein, und Ben richtete sie in Ross' Büro ein, das weit weniger unordentlich war als Madisons.

»Andy, lass uns nach draußen gehen und deine Eltern bitten, hinten zu parken, damit wir sie in diesem kleineren Büro unterbringen können«, schlug Ben vor.

Andys Eltern kamen an und wurden zu Kate und Jimmy geführt. Ben brachte Andy in Madisons Büro unter, die in puncto Unordnung nach ihrem Chef kam. Er setzte sich auf den einzigen Stuhl, der frei vom Papier war. »Wir kommen und holen dich, sobald wir dich brauchen.«

Andy ließ den Kopf hängen. »Okay, ich bin sicher, sie wird wütend sein. Die ganze Geschichte wird an die Öffentlichkeit kommen und könnte Taylor am Boden zerstören. Es tut mir so leid, dass ich mich überhaupt mit Gray getroffen habe.«

Ben drückte seine Schulter. »Es wird alles gut werden. Es

wird keine angenehme Nacht, aber alle werden darüber hinwegkommen, vor allem, wenn sie merken, dass Sie nur helfen wollten.« Ben ließ Andy mit einer Zeitschrift zurück und schloss die Tür.

Ein Kleinwagen fuhr an den Bordstein. »Coop, sie sind hier«, sagte Ben, als er seinen Kopf in Coops Büro steckte.

»Ich denke, wir sollten Andys Besuch nicht erwähnen und die Sache wie eine Todesermittlung angehen. Erkläre Abby, dass wir ihren Sohn befragen müssen, und dann werden wir gemeinsam mit ihnen reden. Mal sehen, ob sie sich darauf einlässt, damit wir die besten Informationen aus ihm herausholen können, bevor die Emotionen des Abends überhandnehmen«, sagte Coop.

»Das überlasse ich dir, und ich bleibe hier draußen. Wenn da etwas rauskommt, möchte *ich* nicht derjenige sein, der einen Jugendlichen ohne seine Eltern befragt hat. Ich werde mein Bestes tun, um ihr die Situation zu erklären, während du mit Taylor sprichst. Danach holen wir die Familie zusammen, um ihnen beizustehen, das mit Grayson zu erklären.«

Coop seufzte. »Das wird nichts.« Er öffnete die Tür. »Miss Nelson, ich bin Coop Harrington. Und Sie müssen Taylor sein«, sagte er und schüttelte die Hand des jungen Mannes.

Abbys dunkles Haar war zu einem Pferdeschwanz gebunden, unter ihren leuchtend blauen Augen lagen dunkle Augenringe. Sie sah erschöpft aus, und Coop wusste, dass sie ihr gleich noch mehr zusetzen würden.

»Das ist der Chef der Ermittlungen, Ben Mason. Ich bearbeite diesen Fall im Auftrag der Familie des Opfers und wollte Taylor ein paar Fragen stellen, was er letzte Nacht bemerkt haben könnte. Ben wird Ihnen Gesellschaft leisten, Miss Nelson, und Ihnen die Situation erklären, während ich mich mit Taylor in meinem Büro unterhalte. Machen Sie es sich bequem.« Coop deutete auf die Couch.

»Äh, okay. Kommst du allein zurecht, Taylor?«, fragte sie.

»Ja, Mom. Mir geht's gut.« Taylor rollte mit den Augen. »Lustiges Shirt!«, sagte er, während er Coop folgte.

Coop führte den Jungen zu den Stühlen in der Nähe des Kamins, dem am weitesten von der Tür entfernten Sitzbereich. Er bot ihm ein paar M&Ms aus seiner Schale an. »Also, ich habe ein paar Fragen. Sie haben sicher noch nicht gehört, dass heute Morgen ein Mann im Silverwood tot aufgefunden wurde.«

»Nein, Sir. Ich habe den ganzen Tag Hausaufgaben gemacht und mit niemandem gesprochen. Ich arbeite erst nächstes Wochenende wieder. Mom hat es mir gesagt, kurz bevor wir hierherkamen. Wer war es?«

»Ein Mann namens Grayson Taylor. Er war ein leitender Angestellter bei *Global Records*, aber in Los Angeles ansässig.« Coop zeigte ihm ein Bild, das Ben von *Global Records* erhalten hatte. »Erkennst du ihn?«

Taylor konzentrierte sich auf das Bild. »Ja, ich habe ihn auf der Party gesehen. Ich habe ihn mehrmals bei den Vorspeisenstationen gesehen.«

»Haben Sie gesehen, wie er auf der Party mit jemandem gesprochen oder gestritten hat?«

»Nein, Sir.«

»Haben Sie mit ihm gesprochen?«

»Nein, Sir. Vielleicht habe ich etwas gesagt wie *Kann ich Ihnen helfen?* oder *Haben Sie alles, was Sie brauchen?*, aber ich weiß es nicht mehr. Wir waren alle sehr beschäftigt.«

»Ja, ich weiß. Ich war auch auf der Party.«

»Hmm. Ich erinnere mich nicht an Sie, tut mir leid.«

»Haben Sie während Ihrer Arbeit gestern Abend etwas Zeit auf der Terrasse verbracht?«

»Ähm«, er blickte auf die Wand über Coops Kopf, »nicht wirklich. Wir mussten aufräumen, also bin ich nach der Party rausgegangen, um sicherzugehen, dass keine Gläser oder so da sind, aber wir haben nicht auf der Terrasse serviert.«

»Haben Sie Gläser gefunden?«

»Ja, ein paar im Gartenbereich bei der Terrasse, aber nicht auf der Terrasse.«

»Wo im Gartenbereich haben Sie die Gläser gefunden?«

»Auf dem Steinsockel. Ich habe sie eingesammelt und zum Saubermachen abgegeben.«

»Gab es sonst noch etwas Ungewöhnliches da draußen?«

Taylor tippte mit dem Schuh auf den Boden und schüttelte den Kopf. »Nein, nicht, dass ich wüsste. Es war ziemlich sauber, hat nicht lange gedauert.«

»Mussten Sie noch andere Bereiche außerhalb des Hauses reinigen oder inspizieren?«

»Nur den Gartenbereich bei der Terrasse und den Rasen vor dem Hauptspeisesaal. Dort waren ein paar Tische aufgestellt und jede Menge Teller und Gläser zum Einsammeln.«

»Okay, Taylor. Ist Ihnen auf der Party etwas Ungewöhnliches aufgefallen oder jemand, der Ihre Aufmerksamkeit erregt hat?«

»Nö. Ich war bei den Vorspeisenstationen in den oberen Etagen stationiert, bis wir aufräumen mussten. Dann hat Onkel Andy mich abgeholt und das war's. Ich habe nicht viel Ungewöhnliches gesehen.«

»Wann haben Sie Feierabend gemacht?«

»Es war kurz vor Mitternacht. Es dauert ein paar Minuten, um zum Parkplatz zu laufen, und als ich in Andys Wagen eingestiegen bin, war es Mitternacht – also kurz davor.«

»Sind Sie mit anderen Leuten zum Parkplatz gegangen oder allein?«

»Mit anderen. Es waren einige von uns, die zur gleichen Zeit gegangen sind.«

»Gab es irgendwelche fremden Autos auf dem Mitarbeiterparkplatz, die nicht dazugehörten, oder Autos, die Sie nicht erkannt haben?«

»Nein, nichts Ungewöhnliches.«

»Wissen Sie, wie lange Andy schon auf Sie gewartet hat?«

»Er sagte, er wäre schon eine Weile dort gewesen und hätte all die schicken Limousinen beobachtet, die abgefahren sind. Er sagte, er wäre früher gekommen, weil er sein Dinner in seinem Truck gegessen und noch an Angeboten für einige Aufträge gearbeitet hätte, während er gewartet hat.«

»Okay, Taylor. Sie waren sehr hilfreich. Wenn Ihnen noch etwas einfällt, gebe ich Ihnen meine Karte oder Sie rufen Ben, den Chief of Detectives, an. Er wird Ihnen seine Karte geben, bevor Sie gehen.« Coop erhob sich. »Wie wär's mit einer Cola, und ich sehe nach, ob die anderen für uns bereit sind?«

»Klar, ich nehme eine. Danke.«

Coop verließ sein Büro, und als er einen Blick auf Ben und Abby warf, sah er, dass sie leise weinte und ihre Eltern und Andy sich zu ihnen gesellt hatten. Er ging in die Küche und holte eine kalte Dose Cola aus dem Kühlschrank. Er wandte sich an Ben und fragte, ob sie bereit wären.

Ben nickte. »Okay, Leute. Coop ist fertig mit dem Gespräch mit Taylor, also können wir ihn zu uns bitten und ihm helfen, die Tragweite von Mr. Taylors Tod zu erklären.«

Abby sah Andy finster an. »Ich kann nicht glauben, dass du's ihm erzählt hast.«

Coop mischte sich ein. »Ich könnte versuchen, es Taylor zuerst in meinem Büro zu erklären, wenn das einfacher ist.«

Andy nickte. Seine Eltern zuckten hilflos mit den Schultern, aber ihre Augen flehten ihn an. Abby wischte sich über die Augen. »Das wäre im Moment vielleicht besser. Ich will nicht, dass er mich so aufgeregt sieht.« Andy bot ihr ein Taschentuch an, und sie schlug es ihm aus der Hand.

»Okay, wir sind in ein paar Minuten bei Ihnen.« Coop nahm den Drink und ging zurück in sein Büro.

»Bitte sehr, Taylor. Ihr Onkel hat mir erzählt, dass Sie Pläne fürs College haben. Wo wollen Sie hin?« Er schob sich ein paar M&Ms in den Mund, während er auf Taylors Antwort wartete.

Taylor lächelte. »Vanderbilt, Sir. Ich möchte Anwalt werden. Nächstes Jahr schließe ich die Highschool ab.«

»Gute Entscheidung. Ich bin dort zur Uni gegangen. Ich bin nicht nur Detektiv, sondern auch Anwalt. Das hier war die Firma meines Onkels, der letztes Jahr gestorben ist, und jetzt leite ich sie. Er war Polizeibeamter, ging in den Ruhestand und eröffnete diese Agentur.«

Taylor nahm einen Schluck von seinem Getränk. »Cool. Hat Ihnen die Vanderbilt gefallen?«

»Ich fand es toll. Ich stelle immer ein paar Praktikanten ein, wenn Sie also irgendwann Interesse haben, sagen Sie einfach Bescheid, vielleicht können Sie hier ein Praktikum absolvieren.«

Taylors Augen leuchteten auf. »Wirklich?«

»Wirklich. Jetzt habe ich noch einige andere Informationen, die ich mit Ihnen teilen möchte. Das wird nicht einfach sein, also werde ich mein Bestes tun, um es zu erklären, und dann können Sie zu Ihrer Familie gehen. Ihre Mutter und Ihre Großeltern sind draußen im Empfangsbereich, zusammen mit Andy.«

Taylor zog die Stirn in Falten. »Was meinen Sie?«

»Nun, der Mann, der gestorben ist, war jemand, der Ihrer

Familie nahegestanden hat. Er wuchs hier in Nashville auf und ging mit Ihrer Mutter zur Schule. Ihre Mutter und Mr. Taylor waren sogar in der Highschool zusammen.«

»Oh, wow. Das ist ja seltsam. Mom hat nichts erwähnt.«

»Sie wusste nicht, dass er das Opfer war. Ben hat es ihr gerade erst erzählt.«

»Oh, sie ist wahrscheinlich aufgebracht, wenn sie ihn kannte.«

»Eigentlich ist da noch ein bisschen mehr. Als sie mit Grayson zusammen war, wurde sie schwanger. Er dachte, sie hätte abgetrieben, aber das hat sie nicht. Er wusste nichts von ihrem Kind. Sie sind ihr Sohn, Taylor.« Coops Augen, die gewöhnlich die Farbe von teurem Cognac hatten, wurden weicher.

Die Dose in Taylors Händen begann zu zittern. »Was? Er war mein Vater?«

Coop nickte. »Ich fürchte ja. Es tut mir leid, dass Sie es auf diese Weise erfahren müssen, und es tut mir sehr leid, dass er gestorben ist. Das ist eine Menge zu verkraften.«

Taylor stellte die Dose auf dem Tisch ab. Tränen stiegen in seinen Augen auf. »Warum hat sie mir nie gesagt, dass ich einen Vater habe? Ich habe immer nach ihm gefragt, und sie sagte mir, er sei tot.«

»Das kann ich nicht beantworten, aber ich bin sicher, dass sie dachte, sie tue das Beste. Mütter wollen uns beschützen, das ist ihre Aufgabe. Ich kann sagen, dass Ihre Mutter eine gute Frau ist, also seien Sie nicht zu hart zu ihr. Ihre Familie liebt Sie sehr.«

»Mann, ich hätte ihn kennenlernen können. Die ganze Zeit …« Er konnte nicht weitersprechen, da seine Stimme brach und stille Tränen über sein Gesicht liefen.

Coop legte ihm eine feste Hand auf die Schulter. »Ich weiß, dass das schwer ist, Taylor. Ihr Onkel fühlt sich schrecklich wegen dieser Situation. Er war am Freitagmorgen bei Gray und hat ihm von Ihnen erzählt – ohne Ihrer Mutter davon zu berichten. Er hat versucht, Gray dazu zu bringen, sich an Ihren Collegekosten zu beteiligen, und Gray hat ihm gesagt, er wolle Ihnen helfen. Er war auch schockiert, als er von Ihnen erfuhr. Andy hat ihm gesagt, dass Sie bei der Veranstaltung im Silverwood arbeiten werden.«

Taylors Augen weiteten sich. »Er hat viel Zeit an meiner Vorspeisenstation verbracht, vielleicht war das der Grund.«

»Könnte sein. Ich bin sicher, er wollte Sie kennenlernen, Taylor. Ich habe nur kurz mit Ihnen gesprochen, aber ich bin mir sicher, dass Sie ein intelligenter und besonderer junger Mann sind. Er wäre stolz auf Sie.«

Taylor nickte und wischte sich das Gesicht ab. »Ich wünschte, ich hätte gestern Abend mit ihm gesprochen.«

»Sind Sie bereit, Ihrer Familie gegenüberzutreten? Sie haben mich gebeten, Ihnen die Nachricht zu überbringen, denn Ihre Mutter ist ziemlich aufgeregt und besorgt.«

»Ja, ich komme schon klar.« Er stand auf und ging zur Tür. Coop öffnete sie und gemeinsam gingen sie zu den anderen in den Empfangsbereich.

Abby stürzte zu ihm und umarmte ihn. »Es tut mir so leid, Taylor. Ich wollte dich nur beschützen.«

Er umarmte sie zurück. »Ich weiß, Mom. Mr. Harrington hat mir erklärt, dass du dein Bestes getan hast.«

Sie sah Coop an und bedankte sich. »Das habe ich. Das habe ich wirklich. Brauchen Sie uns heute Abend noch für etwas anderes?«, fragte sie an Coop gewandt.

Ben war es, der den Kopf schüttelte. »Nein, Ma'am. Es steht Ihnen frei, zu gehen. Wenn wir noch weitere Fragen haben, haben wir Ihre Kontaktdaten und werden uns melden. Ich habe allen anderen, die wir befragt haben, gesagt, dass sie die Stadt nicht verlassen sollen, ohne mir Bescheid zu geben. Hat jemand von Ihnen Reisepläne?«

Sie schüttelten alle den Kopf und Abbys Vater umarmte seinen Enkel. »Lasst uns heute Abend zu uns gehen, hm? Ein Eis essen und über alles reden.«

Coop schüttelte Taylors Hand. »Vergessen Sie nicht, wenn Sie reden wollen, kommen Sie jederzeit vorbei und kommen Sie zu mir, wenn Sie an der Vanderbilt anfangen oder wenn Sie Hilfe bei Ihrer Zulassung brauchen.«

Taylor schüttelte seine Hand. »Das werde ich. Danke, Sir.«

»Ich heiße Coop, okay?«

»Danke, Coop. Wir sehen uns später«, sagte Taylor, als er mit seiner Familie das Büro verließ. Coop schloss die Eingangstür, ließ sich auf die Couch sinken und sah Jimmy, Kate und Ben an. »Und, was habt ihr von den anderen erfahren?«

»Nichts Neues. Die Eltern haben nicht viel dazu beigetragen. Sie waren die ganze Nacht zusammen zu Hause. Wir können uns beim Sicherheitsdienst ihres Hauses vergewissern, aber ich glaube nicht, dass sie etwas damit zu tun hatten«, sagte Jimmy.

»Wir haben Andys Ankunft im Silverwood und seine Abreise bestätigt, die mit den von ihm angegebenen Zeiten übereinstimmen. Aber es gibt kein Filmmaterial, das bestätigt, dass er in seinem Truck geblieben ist, also war er technisch gesehen am Tatort und hätte die Tat begehen können«, fügte Kate hinzu.

Coop berichtete von seinem Gespräch mit Taylor, das nicht viel zu den Ermittlungen beigetragen hat. »Er bestätigt Andys Abreise und die Geschichte, dass er mit Freunden zum Abendessen war und früher ankam. Das einzige Wichtige ist die Tatsache, dass Taylor draußen aufgeräumt hat und einige Gläser auf dem Sims im Gartenbereich seitlich der Terrasse standen. Es ist also offensichtlich, dass Leute dort waren, wir wissen nur nicht, wer und wann.«

Ben gähnte. »Wir treffen uns morgen früh wieder und fangen an, die Gästeliste durchzugehen. Ihr zwei tut euer Bestes, um Andys Geschichte bei seinen Freunden und im Restaurant zu bestätigen und zu sehen, ob ihn jemand in seinem Truck gesehen hat.«

»Alles klar, Boss. Wir werden Abbys Aufenthaltsort klären, aber ich glaube nicht, dass sie etwas damit zu tun hat oder überhaupt wusste, dass Grayson in der Stadt war. Wir sehen uns morgen früh«, sagte Jimmy, als er und Kate gingen.

»Nach unserem Treffen am Morgen werde ich nach Bowling Green fahren und mit Emily Taylor sprechen. Ich werde ihr sagen, was wir bisher wissen, und sehen, was ich noch von ihr erfahren kann«, sagte Coop.

»Gute Idee. Danke für die Hilfe heute Abend. So ist es besser für die Familie. Wir sehen uns morgen gegen zehn. Bis dahin sollte ich die Todesursache und Grays Telefondaten haben«, sagte Ben, als er sich auf den Weg zur Hintertür machte.

»Klingt gut, ich werde da sein. Ich mag Taylor – er ist ein netter Junge. Ich hoffe, die Dinge laufen gut für ihn.«

KAPITEL SIEBEN

Als Coop nach Hause kam, fand er Gus und Tante Camille schlafend auf dem geblümten Sofa. Die mit Strasssteinen besetzte Lesebrille war auf ihrer Nase hinuntergerutscht. Er tätschelte ihre Hand. »Tante Camille, Zeit, ins Bett zu gehen. Es ist schon spät.«

Ihre Augen flatterten auf und sie lächelte, als sie ihn sah. »Oh, ich muss eingenickt sein.« Gus öffnete ein Auge und seufzte, als er es wieder schloss. Coop sah ihr aufgeschlagenes Notizbuch auf ihrem Schoß.

»Was hast du vor?« Er warf einen Blick auf ihre Einträge. »Woher hast du diese Liste mit Namen?«

»Ach, nichts. Eula Mae hat ein paar Leute erwähnt, die auf der Party waren, und ich dachte, ich mache mir ein paar Notizen über die, die ich kenne. Vielleicht hilft euch das weiter.«

Er schüttelte den Kopf, lächelte aber. »Tante Camille, komm, wir bringen dich ins Bett!« Er reichte ihr die Hand, und sie ließ sich in ihr Schlafzimmer bringen. Gus schlenderte zu Coops Schlafzimmer und kletterte auf den übergroßen Sessel, den er als seinen eigenen beanspruchte.

Als Coop sich bettfertig machte, drehten sich seine Gedanken um Taylor. Er wünschte sich, Gray hätte die Chance gehabt, ihn zu treffen und das Richtige zu tun. Die Angst, Emily Taylor von Grays Sohn zu erzählen, hielt ihn wach und ließ ihn zu viel nachdenken. Er atmete das natürliche Lavendelöl ein, das auf seinem Nachttisch stand. Sein letzter Versuch, sich zum Schlafen zu bringen, war nicht von Erfolg gekrönt gewesen, aber er versuchte es weiter. Gedanken an seinen Vater vermischten sich mit Theorien über Grays Fall, als er seine Augen schloss. Schließlich schlief er ein, nur um ein paar Stunden später vom Wecker geweckt zu werden.

Mrs. Henderson hatte das Frühstück fertig, als Coop aus der Dusche kam. Er holte sich erst einmal einen Kaffee, in der Hoffnung, damit seine obligatorischen Kopfschmerzen zu vertreiben, die durch den ständigen Schlafmangel hervorgerufen wurden. Dem bevorstehenden Besuch bei Emily Taylor geschuldet entschied er sich für ein Button-down-Shirt und Jeans.

»Guten Morgen, Mr. Cooper«, begrüßte Mrs. Henderson und präsentierte ihm einen Teller mit ihren berühmten Eiern Benedict mit Waffeln.

»Morgen, Mrs. Henderson. Das sieht köstlich aus.« Er aß seinen Teller leer bis auf den letzten Krümel und trank, wie es seine Gewohnheit war, noch mehrere Tassen Kaffee.

Dann gab er seiner Tante einen Abschiedskuss und sagte ihr, dass es spät werden würde, er aber Gus ins Büro bringen würde, damit der den Tag mit Annabelle verbringen konnte.

»Wir halten das Abendessen im Ofen warm, falls du es verpasst. Ich werde heute neue Informationen aus dem Salon haben, vergiss das nicht!«, sagte sie, als er und Gus in seinen Jeep stiegen.

Coop schüttelte den Kopf und lachte, als er wegfuhr. Gus lehnte seinen Kopf auf der Beifahrerseite aus dem Fenster, die Ohren flatterten im Wind und seine Lippen waren vom Wind aufgebläht. Es war nur eine kurze Fahrt ins Büro, und Coop verbrachte den ersten Teil des Vormittags damit, Annabelle von dem neuen Fall zu erzählen.

»Siehst du, es ist gut, dass du mit Shelby zum Silverwood gegangen bist«, zwinkerte sie, während sie einen Krug süßen Tee zubereitete und ihn im Kühlschrank verstaute.

»Es war auf jeden Fall interessanter, als ich dachte.« Er unterschrieb ein paar Schecks, die sie ihm hinhielt, und fügte hinzu: »Ich gehe zu einem Meeting in Bens Büro, dann fahre ich nach Bowling Green, um mit der Ehefrau zu sprechen.«

»Kein Wunder, dass ihr heute alle so professionell ausseht«, sagte sie mit einem Grinsen.

»Es könnte spät werden heute. Kommt darauf an, was sich ergibt. Wenn ich nicht rechtzeitig zurückkomme, lass Gus im Büro, wenn du gehst. Ich hole ihn ab, bevor ich nach Hause fahre.«

»Du hast morgen ein Meeting wegen der Simpson-Scheidung. Ich werde die Berichte heute Morgen fertigstellen und lege sie dir auf den Schreibtisch. Eine Kopie schicke ich dir per E-Mail.« Sie räusperte sich. »Apropos Schreibtisch: Ich war zuerst überrascht, wie aufgeräumt er war. Dann habe ich auf dem Boden und in dem Sideboard nachgesehen. Coop, du musst mir erlauben, in deinem Büro aufzuräumen und dein Durcheinander in Ordnung zu bringen.«

»Ich weiß«, sagte er und ließ den Kopf hängen. »Du

kannst alles zu den Akten legen, außer dem, was ich zu Graysons Fall habe. Ich werde versuchen, es dieses Mal ordentlich zu halten.«

Sie schüttelte den Kopf und rollte mit den Augen. »Ja, ja, das habe ich doch schon mal gehört.«

»Danke, AB. Wir sehen uns später oder morgen«, sagte Coop, während er Gus den Kopf kraulte. Er füllte seinen To-go-Becher mit frischem Kaffee und ging durch die Hintertür hinaus.

Als er bei Ben ankam, wurde er mit einer Schachtel sündigen Gebäcks begrüßt. »Auf dem Weg habe ich beim Donut Hole angehalten«, erklärte Ben und wählte ein Stückchen mit Salted-Caramel-Schokolade darauf.

Coop schnappte sich einen Ahorn-Speck-Kringel, nahm sich eine Tasse Kaffee und wappnete sich, die neuesten Entwicklungen zu hören.

Jimmy und Kate setzten sich zu ihnen an den Tisch. »Grays Telefonaufzeichnungen zeigen Anrufe mit einer Immobilienfirma, einigen Songschreibern und ein paar Künstlern, dem Bluebird Café, seinem Anwalt in Los Angeles, Andy Nelson, seinen Eltern und seiner Frau. Es gab keine Anrufe oder SMS an Pamela, Mel, Beau, Abby oder Taylor, nur eine Terminerinnerung für Montag für ein Gespräch mit Beau. Er schrieb seiner Frau, was sie bei der Befragung angegeben hat, und auch seinem Anwalt eine SMS, in der es um die Überweisung einer großen Geldsumme für ein Stipendium für Taylor ging«, sagte Jimmy, während er aus seinen Notizen las.

»Er wollte also das Richtige tun. Ich hoffe, sein Anwalt hat das für ihn erledigt«, sagte Coop.

»Ich habe heute Morgen mit ihm gesprochen«, fügte Kate hinzu. »Er hat die Befugnis, Grays Finanzen zu verwalten, und hat tatsächlich die Überweisung veranlasst, nachdem er von Gray gehört hatte. Es scheint, als sei der einer seiner VIP-Kunden gewesen zu sein. Er sagte mir auch, er wisse, dass Emily nicht glücklich darüber sein würde, von Taylor zu erfahren, und dass sie schwierig und anspruchsvoll sein könne. Er beneidet uns nicht um die Aufgabe, mit ihr zu reden, und deutet an, dass er hofft, wir würden es tun, damit er es nicht tun muss.« Kates Augenbrauen hoben sich, als sie ein Stückchen von ihrer Zimtschnecke abbiss. »Ich dachte mir schon, sie könnte eine harte Nuss sein, als wir sie kennenlernten, und er hat es bestätigt.«

Ben warf einen Blick auf Coop. »Das wird ein lustiges Treffen mit der Gattin. Gute Entscheidung, auf eines deiner üblichen lustigen Shirt zu verzichten.«

»Ja«, gab Coop achselzuckend zu. »Hoffentlich hat der Anwalt alles richtig gemacht und sie kann das Geld für Taylor nicht zurückholen.«

Jimmy meldete sich zu Wort. »Apropos Geld. Gray ist so reich, dass er sich ein neues Boot kaufen kann, wenn er eines nass gemacht hat. Der Typ ist stinkreich, hat Millionen auf der Bank. Alles ist bezahlt – ein riesiges Haus in Malibu, direkt am Meer. Teure Autos, Boote, was auch immer es gibt, er hat es. Ich sehe keine Geldprobleme. Alles von seinem Job bei *Global Records*. Er verdiente etwa drei Millionen im Jahr, plus Bonus. Es sieht so aus, als hätte die Familie seiner Frau ein wenig Geld gehabt, aber nicht so viel wie jetzt. Ihre Familie war schon immer in Bowling Green – Pferdeleute.«

»Wir werden heute Morgen mit seinen Eltern sprechen und die Anrufe bei den Künstlern und dem Immobilienbüro überprüfen, aber sie machen Sinn, wenn er sein eigenes Label geplant hat«, sagte Kate und wischte sich den Zimt und Zucker von den Händen. »Er ist mit dem Taxi zum Silverwood gefahren, es hat also kein Fahrer auf ihn gewartet, um ihn zurück zum Hotel zu bringen.«

»Ich habe die Ergebnisse der Autopsie erhalten. Die Ärztin schätzt den Todeszeitpunkt zwischen zehn Uhr dreißig und zwölf Uhr dreißig. Das passt zu unserem Augenzeugenbericht, der Gray gegen zehn Uhr dreißig gesehen hat.« Ben blickte zu Coop. »Sie sagt, die vorläufige Todesursache sei eine stumpfe Gewalteinwirkung auf den Kopf durch einen schweren Gegenstand, der zu der Steinskulptur auf dem Terrassengeländer passt. Die Spuren deuten auf kleine Fragmente hin, die zu der Statue passen. Die Spurensicherung macht weitere Tests, aber sie hat Blut und Gewebe auf der Statue gefunden. Aufgrund der porösen Beschaffenheit des Steins gibt es keine eindeutigen Abdrücke, nur Flecken. Grayson hatte nur eine geringe Menge Alkohol im Blut, nichts deutet darauf hin, dass er von allein gestürzt ist. Auch keine Drogen. Der vollständige Tox-Screen wird Wochen dauern, aber sie ist sicher, dass es das Kopftrauma war.«

»Ich hatte auf bessere Nachrichten gehofft«, sagte Coop. Er nahm einen weiteren Schluck aus seiner Tasse. »Was habt ihr über Beaus Alibi herausgefunden?«

»Seine Limousine verließ die Party um zehn Uhr vierzig mit ihm und drei Frauen, die ihn anhimmelten, und sie fuhren in die Innenstadt in eine Bar. Er nahm eine von ihnen mit zu sich und sie verbrachten die Nacht zusammen in seinem Hotel. Auf Grays Telefon ist eine Erinnerung, Beau am Montag anzurufen, was bedeutet, dass er vorhatte, das Gespräch fortzusetzen. Wir haben Beaus Geschichte überprüft und sie stimmt. Er wurde von Limousinenfahrern gesichtet und von Fans umringt, bis er ins Auto stieg, also ist er nicht unser Mann«, sagte Jimmy.

Kate sagte: »Ich habe gestern auf Twitter nachgesehen, und Grays Tod wurde tatsächlich getweetet, also könnte Mel auf diese Weise davon erfahren haben. Wir haben auch eine

Aufzeichnung eines einminütigen Anrufs von Pamela an Mel gesehen, gleich nachdem ihr beide ihre Wohnung verlassen habt, wahrscheinlich um ihn zu warnen.«

»Sie versucht, ihre Wohnung zu behalten. Ich frage mich, ob sie noch einen Job hat«, sagte Coop und blickte auf seine Uhr. »Ich mache mich besser auf den Weg und besuche die Witwe. Ich melde mich, wenn ich zurück bin.«

Coop hielt unterwegs, um zu tanken und sich ein kaltes Wasser zu kaufen, bevor er die einstündige Fahrt auf der I-65 antrat. Er freute sich nicht darauf, einer privilegierten Frau zu sagen, dass ihr Mann einen unehelichen Sohn hatte, dem er gerade Hunderttausende von Dollar geschenkt hatte, oder dass er eine Affäre mit einer Sekretärin hatte und seinen Job aufgeben wollte.

Er überflog die Wegbeschreibung und folgte einer mit weißen Zäunen gesäumten Einfahrt, die mehrere Pferde einschloss, zu einem großen Backsteinhaus. Er klingelte und wurde von einer atemberaubenden Brünetten begrüßt, die ein schlichtes schwarzes Kleid trug, das mit einer großen Diamantkette und passenden Ohrringe ausgeschmückt wurde.

»Mr. Harrington, danke, dass Sie gekommen sind«, sagte die Frau. »Ich bin Emily Taylor.«

Coop streckte seine Hand aus und bemerkte ihre manikürten und polierten Nägel. »Mit Vergnügen, Ma'am. Mein Beileid zu Ihrem Verlust.«

»Danke. Kommen Sie doch herein! Wir sind allein. Ich wollte nicht, dass meine Tochter unser Gespräch hört, deshalb hat meine Mutter sie mit in die Ställe genommen. Möchten Sie etwas trinken?«

»Klar, ich nehme einen Tee, wenn Sie welchen haben.«

Die Frau führte Coop in einen Raum, der mit gerahmten Bildern von jungen Mädchen und Pferden dekoriert war. Er wählte einen Ledersessel und studierte die Fotos. Er erkannte Emily als junges Mädchen, das neben seinem Pferd lächelte und von Schleifen und Trophäen umgeben war. Ein anderes Mädchen, von dem er annahm, dass es Emilys Schwester war, war ebenfalls auf mehreren Bildern zu sehen. Sein Blick ruhte auf einem Familienfoto mit Grayson, Emily und ihrer Tochter, das ein neueres Foto zu sein schien.

»Hier, bitte sehr«, sagte sie und reichte ihm ein Glas. »Also, was haben Sie herausgefunden?«

»Eigentlich mehrere Dinge, aber noch keine festen Verdächtigen. Ich habe einige Informationen, die sich für Sie als schwierig erweisen werden.« Er sah sie über den Rand seines Glases hinweg an und musterte ihren Gesichtsausdruck.

Sie saß kerzengerade, auf ihrem leeren Gesicht war nichts zu sehen, außer einer leichten Erweiterung der Pupillen. »Fahren Sie fort!«

»Zunächst hatte Gray vor, *Global* zu verlassen und zurück nach Nashville zu ziehen, um sein eigenes Label zu gründen. Er hat bei Mr. Lewis am Freitag gekündigt.«

Sie schüttelte widerwillig den Kopf. »Darüber hat er schon früher gesprochen, aber ich dachte immer, es wäre eine Überreaktion auf die Dinge bei der Arbeit. Ich habe ihm gesagt, dass wir nicht neu anfangen und uns um ein eigenes Unternehmen kümmern müssen, wenn er einen fabelhaften Job bei Mel hat. Das macht doch keinen Sinn. Was sonst?«

»Die nächsten beiden Neuigkeiten sind etwas brisanter, Ma'am. Ihr Mann hatte seit einem Jahr eine Affäre mit einer Sekretärin der Firma, wenn er nach Nashville kam. Am Freitag sagte er ihr, er wolle die Beziehung beenden, weil es Ihnen und Ihrer Familie gegenüber nicht fair sei. Er wollte es beenden.«

»Name?«, fragte sie mit flacher Stimme.

»Pamela Hargrove. Kennen Sie sie?«

»Ich habe sie ein paar Mal auf Veranstaltungen getroffen, aber nein, ich kenne sie nicht. Weiter?«

»Gray hat am Freitag erfahren, dass er einen Sohn hat. Er ist siebzehn Jahre alt und stammt aus einer Highschool-Beziehung mit einem Mädchen namens Abby Nelson. Der Name des Jungen ist Taylor.«

»Einen Sohn? Hat diese Frau ihn also umgebracht?«, fragte sie mit vor Wut glänzenden Augen.

»Nein, Ma'am. Sie wusste nicht, dass er in der Stadt war. Ihr Bruder besuchte Gray in seinem Hotel und erzählte ihm von Taylor. Abby wollte nicht, dass Gray von dem Jungen erfährt, aber ihr Bruder hoffte, dass Gray ihm beim College helfen könnte.«

»Natürlich hat er das«, sagte sie in einem abschätzigen Ton. »Ich bin sicher, dass er dachte, Gray könnte es sich leisten, und warum sollte er ihn nicht um etwas Geld anpumpen. Wenn der Junge überhaupt der Sohn von Gray ist.«

»Aus Grays Gespräch mit dem Onkel geht hervor, dass Ihr Mann schockiert war, aber nicht daran gezweifelt hat, dass Taylor sein Sohn ist. Es scheint, dass Abby in der Highschool schwanger wurde und er ihr Geld für eine Abtreibung gegeben hat, aber sie bekam das Baby und sagte es ihm nie. Taylor arbeitet im Silverwood und war auf der Veranstaltung, die Gray am Samstagabend besuchte.«

»Also hat er vielleicht Gray getötet. Klingt, als ob die ganze Familie mit drinsteckt.« Ihre Stimme hätte in Stein gemeißelt sein können, so hart klang sie. »Wahrscheinlich ein Haufen Abschaum auf der Suche nach etwas Geld.«

Coop schüttelte den Kopf. »Das glaube ich nicht, Mrs. Taylor. Wir haben sie alle ausführlich befragt und keiner von ihnen scheint etwas damit zu tun zu haben. Ihr Mann starb durch eine stumpfe Gewalteinwirkung auf den Kopf. Höchstwahrscheinlich durch eine Steinstatue im Garten. Wir haben keine eindeutigen Verdächtigen und werden die Liste der Anwesenden durchgehen, die in die Hunderte geht.«

»Sagen Sie diesen blutrünstigen Hinterwäldlern, dass sie keinen Penny für Grays angeblichen Sohn bekommen.« Mit zusammengebissenen Zähnen und zitternden Lippen fügte sie hinzu: »Er hat eine Tochter und eine Frau und wir sind seine einzige Familie.«

Coop nahm einen langsamen Schluck Tee. »Kennen Sie die Familie Nelson? Abby oder ihren Bruder Andy?«

Sie schüttelte den Kopf. »Nein, natürlich nicht. Ich habe hier gelebt, als ich zur Highschool gegangen bin, und Grayson erst auf dem College kennengelernt. Aber ich kenne ihre Art«, sagte sie und ihre Stimme klang gereizt.

Das Grauen arbeitete sich in Coops Nackenmuskulatur ein. »Gray hat am Freitag seinen Anwalt angerufen und ihm eine SMS geschickt, in der er ihn angewiesen hat, einen Stipendienfonds für Taylor Nelson einzurichten, was der auch sofort erledigt hat. Soweit ich weiß, ist Steve, sein Anwalt, befugt, solche Transaktionen vorzunehmen, und es wurde am Freitag erledigt.«

»Wie viel?«, zischte sie und die Wut quoll aus jeder Pore ihrer perfekten Haut.

»Vierhunderttausend.«

Ihre dunklen Augen verengten sich. »Das werden wir ja noch sehen.«

Coop trank seinen Tee aus und begann, seine Fragen zu stellen. »Kennen Sie jemanden, der Ihrem Mann etwas antun wollte?«

Sie schüttelte den Kopf. »Er hatte geschäftliche Beziehungen zu Leuten, die nicht immer gut liefen, aber er wurde nie bedroht. Die meisten Menschen mochten ihn.«

»Und Sie wussten nicht, dass er vorhatte, innerhalb eines Monats zurück nach Nashville zu ziehen?«

Sie schüttelte den Kopf und runzelte die Stirn. »Nein. Es ist lächerlich zu denken, dass wir so schnell hätten umziehen können. Hannah hat ihre ganzen Aktivitäten. Mein Vater ist unheilbar krank. Ich schätze, er hat an niemanden außer sich selbst gedacht.« Sie wedelte mit ihrem Telefon. »Er hat mir am Samstag von der Party aus eine SMS geschickt und gesagt, er wolle etwas ändern.« Sie öffnete die SMS und zeigte sie Coop.

»Es tut mir leid, dass ich Ihnen das sagen muss, Mrs. Taylor. Nach allem, was man hört, war Ihr Mann ein guter Kerl und hat versucht, Veränderungen herbeizuführen, die er für das Beste hielt.«

Sie starrte ihn schweigend an, ein Sturm braute sich in ihren Augen zusammen und ihre Lippen bildeten eine dünne Linie.

»Sobald ich eine Kopie der Gästeliste habe, werde ich mich mit Ihnen in Verbindung setzen und herausfinden, ob Sie einen der Anwesenden kennen oder Informationen haben, die einen von ihnen verdächtig erscheinen lassen.«

»Ich werde für die absehbare Zukunft hierbleiben. Bis ich mehr über meinen Vater weiß. Wenn ich nach L.A. zurückkehre, werde ich es Sie wissen lassen.« Sie erhob sich und entließ Coop damit.

Coop folgte ihr zur Eingangstür. »Danke für Ihre Zeit. Wir bleiben in Kontakt.«

Sie beobachtete ihn vom Eingang aus, und als er sich umdrehte, um die Treppe hinunterzugehen, schlug sie die Tür zu, ohne sich zu verabschieden.

Coop schauderte, als er sich hinter das Steuer seines Jeeps setzte. Er rief Ben an und sagte ihm, dass er auf dem Rückweg war und bei ihm vorbeikommen würde, um ihm von seinem Besuch zu berichten. Er überlegte kurz, ob er den armen Steve anrufen sollte, denn er wusste, dass der Anwalt der Nächste sein würde, der den Zorn der Witwe zu spüren bekam.

Als er sich auf die Interstate schlängelte, weckten die Attribute von Emily Taylor Erinnerungen an seine Tante Liz – genau genommen seine Ex-Tante. Sie war mit Geld geboren worden und hatte den Bruder seines Vaters, Onkel Mike, das nie vergessen lassen. Der war kurzzeitig Profibaseballer gewesen, verletzte sich aber und sein Traum von einer Karriere in der ersten Liga war ausgeträumt. Er hatte immer hart gearbeitet, aber niemals mit den materiellen Ansprüchen seiner Frau mithalten können. Sie hatten einen Sohn, Phillip, der viel jünger war als Coop.

Die Echse, wie sie hinter ihrem Rücken genannt wurde, mied Mikes Seite der Familie. Es war klar, dass keiner von ihnen gut genug für sie war. Sie hatte die gleichen dünnen, gemeinen Lippen wie Emily. Sie war ein kaltblütiges Reptil, daher der Spitzname.

Ihr Verlangen nach schicken Autos, neuen Dingen und besseren Häusern hatten Mike veranlasst, mehrere Jobs anzunehmen, um sie bei Laune zu halten. Er starb an einem Herzinfarkt, noch bevor er vierzig wurde. Nach Mikes Tod nahm die Echse ihren Sohn und ließ sich in der Nähe ihrer Familie in Kalifornien nieder, wo sie einen neuen reichen Interessenten fand und wieder heiratete. Coop erinnerte sich daran, dass sein Vater versucht hatte, den Kontakt aufrechtzuerhalten, aber er gab schließlich auf, und seit zwanzig Jahren hatte keiner von ihnen mehr mit Phillip gesprochen.

Trotz der Hitze fröstelte er, als er den Fuß auf dem Gaspedal ließ. Emily und Liz waren zusammen mit seiner Mutter drei hervorragende Anreize, um Single zu bleiben.

Coop aß unterwegs einen Burger und fuhr vor drei Uhr auf den Parkplatz von Bens Büro. Als er die Tür zu Bens Büro öffnete, piepste sein Telefon. Er überflog das Display und sah eine SMS von Shelby, die ihn nach einem Update fragte. Er ignorierte sie und schloss den Bildschirm. Er fand Ben am Tisch vor dem Whiteboard mit einem Blatt Papier vor sich.

»Die Ehefrau ist ein echter Barrakuda«, sagte Coop und ließ sich auf einen Stuhl neben Ben fallen.

»Sie war wütend, ja?«

»Eher kalt mit einer Prise Ekel. Sie wollte sofort Abby oder Andy oder sogar Taylor für den Mord verantwortlich machen. Sie nannte sie Hinterwäldler, die auf das schnelle Geld aus sind.«

»Kennt sie sie?«

»Nach ihrer Aussage nicht. Und unser Anwalt in L.A. wird eine Standpauke halten, fürchte ich. Sie war sehr verärgert wegen des Geldes für Taylor.«

»Wir haben heute Graysons Laptop aus dem Hotel und alle Dateien auf seinem Bürocomputer gesichtet. Nichts Brauchbares, außer einem Brief, den er am Samstagmorgen an Taylor geschrieben hat. Ich habe dir eine Kopie ausgedruckt. Du kannst ihn gerne an seine Frau weiterleiten, vielleicht hilft er ja.«

Coop nahm den Ausdruck, den Ben ihm reichte. »Was hast du von seinen Eltern erfahren?«

Ben schüttelte den Kopf. »Nichts, wirklich nichts. Sie wussten von der Schwangerschaft, aber sie wussten nicht, dass Abby entbunden hat. Sie scheinen ganz normale Leute zu sein, völlig am Boden zerstört wegen Gray. Er war ihr einziges Kind. Er wollte sich am Sonntag mit ihnen treffen, aber er rief an und sagte ihnen, dass er wegen Emilys Vater zu dem müsse. Er versprach, sie von Kentucky aus anrufen und an einem anderen Tag vorbeizukommen. Er wollte sich mit ihnen treffen und sagte ihnen bereits, dass er einen Umzug zurück nach Nashville plane. Sie waren glücklich und freuten sich darauf, ihn in ihrer Nähe zu haben. Sie sagten, dass sie Abby und ihre Familie immer gemocht haben und sich freuen, dass sie einen Enkel haben. Sie wollen Taylor sehen.«

»Du hattest also einen angenehmen Besuch, und ich musste ein Gespräch mit Cruella Deville über mich ergehen lassen?«

»Deshalb bekommst du auch das große Geld«, lachte Ben. »Außerdem wurden alle Anrufe auf Grays Telefon bestätigt. Er war auf der Suche nach einem Büro für sein neues Label und sagte dem Makler, dass er es in einem Monat brauchen würde. Er hat mehrere Künstler kontaktiert und ihnen gesagt, dass er sich nächste Woche mit ihnen treffen wollte, um neue Verträge zu vereinbaren. Nichts Verdächtiges.«

»Ist das die Gästeliste?«, fragte Coop und zeigte auf die Zettel auf dem Tisch.

»Ja. Wir geben sie in den Computer ein, aber ich habe angefangen, sie von Hand zu bearbeiten. Ich denke, wir sollten alle ausschließen, die vor zehn Uhr dreißig gegangen sind, und einen nach dem anderen abarbeiten.«

»Ich habe Mrs. Taylor gesagt, dass ich ihr eine Kopie zukommen lasse, falls sie jemanden erkennt, der mit Gray in Verbindung stehen könnte.«

»Ich werde jemanden bitten, dir die Liste zu mailen, sobald sie fertig ist, bevor wir irgendwelche Notizen machen. Das sollte heute vor fünf Uhr erledigt sein.«

»Ich nehme mir die Mitarbeiter vor und befrage sie alle. Ich kann heute Abend damit anfangen.«

»Ja, fang ruhig damit an! Ich kümmere mich um die

Musikleute, und wir können uns gemeinsam die Politiker vornehmen. Wenn etwas auftaucht, lass es mich wissen! Ansonsten treffen wir uns am Mittwochmorgen wieder hier und vergleichen unsere Notizen.«

»Gus ist noch im Büro. Ich schaue kurz vorbei und bin dann zu Hause, falls du etwas brauchst«, sagte Coop und nahm Grays Brief entgegen. Er winkte Jimmy und Kate zum Abschied zu, die beide an gegenüberliegenden Schreibtischen telefonierten.

Auf der Fahrt zum Büro rief er Tante Camille an und versprach, pünktlich zum Abendessen um sechs zu Hause zu sein. Er parkte hinter dem Büro, im Schatten einer der Eichen, die den Hof schmückten. Gus begrüßte ihn an der Hintertür, und er blieb stehen und schenkte sich ein Glas süßen Tee mit Eis ein.

»Hey, AB«, sagte er, als er an ihrem Schreibtisch vorbeiging, Gus dicht auf den Fersen. »Gibt es etwas Neues?«

»Nicht viel, ich mache nur die Rechnungen fertig. Die Leute in Rochester haben eine andere Firma empfohlen, und sie wollen, dass wir ihre Hintergrundberichte erstellen, also habe ich ihnen einen Vertrag geschickt und werde morgen daran arbeiten. Ich habe den größten Teil des Tages damit verbracht, das Papierchaos in deinem Büro aufzuräumen. Was gibt es bei dir Neues?«

Coop ließ sich auf das Sofa fallen und die kühle, klimatisierte Brise um die Nase wehen. »Nicht viel, außer dass Mrs. Taylor mit ihrem Blick heiße Lava einfrieren könnte und wahrscheinlich Welpen ertränkt. Sie ist wütend wegen der Affäre, Taylor, und vor allem wegen des Geldes, das Gray für seinen Sohn angelegt hat. Ich muss an der Gästeliste arbeiten. Dafür brauche ich diese Woche deine Hilfe.« Er entfaltete den Brief. »Ben hat mir das gegeben. Es ist ein Brief, den Gray am Samstag an Taylor geschrieben hat. Willst du ihn hören?«

»Sicher, nur zu.«

Coop scannte das Blatt und las laut vor: »Lieber Taylor, dies ist ein schwieriger Brief, aber ich möchte, dass du weißt, dass ich erst gestern von dir erfahren habe. Ich bin dein biologischer Vater. Ich war mit deiner Mutter auf der Highschool und wir waren verliebt und unvorsichtig und sie wurde schwanger. Ich wusste bis jetzt nicht, dass sie das Baby bekommen hat. Ich bin so traurig und es tut mir leid, dass ich die letzten siebzehn Jahre mit dir verpasst habe. Ich fühle mich geehrt, dass sie dich Taylor genannt hat.

Ich lebe in Los Angeles, werde aber im nächsten Monat wieder nach Nashville ziehen. Meine Eltern, deine Großeltern, leben immer noch in Nashville in dem Haus, in dem ich aufgewachsen bin. Sie werden begeistert sein, dich kennenzulernen – sie haben deine Mutter immer sehr geschätzt. Andy kam gestern zu mir und erzählte mir von dir. Ich weiß, es ist nicht viel, aber ich habe einen Stipendienfonds für dich eingerichtet. Er hat mir erzählt, dass du aufs College gehen willst, und es wäre mir eine Ehre, wenn ich dir helfen darf. Ich möchte, dass du das College besuchst, ohne dich um die Kosten zu sorgen.

Wenn deine Mutter es erlaubt und du es möchtest, würde ich dich gerne treffen und kennenlernen. Es wäre toll, etwas Zeit mit dir zu verbringen. Mein Leben ist im Moment ein bisschen kompliziert. Ich bin mit einer Frau, Emily, verheiratet, und wir haben eine Tochter, Hannah. Ich habe es ihnen noch nicht gesagt, aber das werde ich morgen tun. Am Anfang ist es vielleicht schwer, aber es wird schon klappen. Ich werde in ein paar Wochen wieder in der Stadt sein. Sag mir Bescheid, wenn du dich zum Essen treffen willst. Du wählst den Ort und ich treffe dich oder hole dich ab.

Ich weiß, dass ich nicht für dich da war, aber ich möchte es sein. Ich hoffe, du gibst mir eine Chance, zu beweisen, dass ich der Aufgabe gewachsen bin. Ich füge meine Handynummer und E-Mail bei, bitte melde dich. Mit all meiner Liebe, Gray.«

Coop blickte auf, als er fertig war, und sah, wie Annabelle sich mit einem Taschentuch die blaugrünen Augen abtupfte. »Wie traurig«, flüsterte sie.

»Ja. Dieser Fall ist scheiße. Ich weiß, dass Gray einige Fehler gemacht hat – große Fehler –, aber tief im Inneren war er ein guter Mensch. Er wollte das Richtige für Taylor tun. Und ich werde herausfinden, wer ihn getötet hat.«

Annabelle schaute auf ihren Computer, als dieser ein klingendes Geräusch machte. »Ben hat die Gästeliste geschickt. Ich werde sie für dich ausdrucken lassen, damit du eine Arbeitskopie hast. Er hat alle, die vor zehn Uhr dreißig gegangen sind, rot durchgestrichen, aber er hat eine zweite vollständige Liste geschickt. Er hat auch die Zugehörigkeit jeder Person angegeben – Politiker, Angestellter, Musiker oder Gast.«

»Schicke bitte eine vollständige Kopie an Mrs. Taylor unter meinem Namen und bitte sie, sie zu überprüfen und sich bei mir zu melden, wenn sie jemanden erkennt, der mit ihrem Mann in Verbindung stand.«

Annabelles Finger tanzten über die Tastatur, und innerhalb weniger Minuten schickte sie die Nachricht ab und sortierte die Liste, damit Coop sich auf die Mitarbeiter konzentrieren konnte. »Ich rufe im Silverwood an und lasse mir die Kontaktdaten aller Mitarbeiter geben.«

»Tolle Arbeit, danke, AB«, sagte Coop, als er und Gus in sein Büro schlurften. »Wow, hier sieht es fantastisch aus. Du hast dich selbst übertroffen, wie immer.«

Sie murmelte etwas vor sich hin und ging wieder an ihre Arbeit.

Er checkte seine Nachrichten, wobei ihm vier von Shelby auffielen, und begann, den Hintergrund von Emily Taylor zu überprüfen. Er wollte mehr über sie erfahren, falls er es später brauchen würde. Ihr Mädchenname war Emily Dutton, das jüngste Kind von Wheelock und Iris Dutton. Ihre Schwester Isabelle war zwei Jahre älter und mit einem der reichsten Bauunternehmer in Nashville, Harold Palmer, verheiratet. Nichts fiel ihm auf, aber er druckte die Berichte aus und legte sie in eine neue Akte, die er voller Stolz in seiner Schreibtischschublade ablegte, um den frisch aufgeräumten Schreibtisch nicht wieder zu verwüsten.

Bevor Annabelle Feierabend machte, gab sie ihm die ausgedruckte Liste. »Es sind fast fünfzig Mitarbeiter auf dieser Liste. Ich habe mit der Managerin gesprochen und sie wird dir per E-Mail mitteilen, wann jeder von ihnen am Samstagabend Feierabend gemacht hat. Sie freut sich, dir helfen zu können, und sagt, du sollst sie anrufen, wenn du noch etwas brauchst.«

Sie beugte sich hinunter, um Gus zu streicheln, und er drehte sich, um sich am Bauch kraulen zu lassen. »Ich sehe euch morgen früh. Ich habe die Vordertür abgeschlossen«, sagte sie, als sie durch die Küche nach hinten ging.

Coop zog ein persönliches Gespräch dem Telefonat vor und nahm Kontakt zu den Mitarbeitern auf, um ein Treffen zu vereinbaren. Die einzigen Vollzeitmitarbeiter waren die Gärtner, das Sicherheitspersonal sowie die Geschäftsführerin und ihre Assistentin. Alle anderen, die bei der Veranstaltung gearbeitet hatten, würden erst am Freitagnachmittag wieder zur Arbeit erscheinen. Er vereinbarte Termine mit den zehn Festangestellten für den nächsten Morgen im Silverwood und wandte sich den übrigen Teilzeitkräften zu.

Als er zum Abendessen nach Hause fuhr, war er schon ein gutes Stück weitergekommen. Er überlegte, ob er Shelby auf dem Heimweg anrufen sollte, aber er hatte nichts zu erzählen und keine Lust, ihre Fragen zu beantworten. Er wusste, dass er und Shelby nicht füreinander geschaffen waren, und dachte sich, dass er es beenden musste, bevor sie noch anhänglicher wurde. Sie war zu jung für ihn und zu sehr auf die Musikwelt konzentriert. Er konnte sehen, wie sie sich in eine Pamela verwandelte, während sie sich danach sehnte, mehr zu sein.

Als er und Gus nach Hause kamen, stand Eula Maes Auto in der Einfahrt und der Duft von Mrs. Hendersons Hackbraten und frischen Keksen zog durchs Haus. Tante Camille und ihre Freundin saßen im Wohnzimmer und tranken süßen Tee.

»Hey, Eula Mae, wie geht es dir?«, fragte Coop.

»Ziemlich was los hier, oder?«, antwortete sie, während sie einen Schluck Tee trank.

Coop lächelte. »Allerdings. Dann ist wohl an der Zeit, dass wir was herausfinden.« Gus klopfte zustimmend mit dem Schwanz. »Dann bin ich aber froh, dass du hier bist. Ich wollte dich über die Nacht der Musikveranstaltung und den Mord an Grayson Taylor befragen.«

»Lasst uns essen, während du Eula Mae ausfragst, und danach erzähle ich euch, was ich bei Bella in Erfahrung bringen konnte«, schlug Camille vor, stand auf und führte sie ins Esszimmer. »Essen ist nämlich schon fertig.«

Während sie die Teller reichten und aßen, fragte Coop Eula Mae nach ihrem Zeitplan und ihren Aufgaben in der Nacht des Mordes.

»Ich war früh da, um beim Aufbau zu helfen, und wir

bekommen immer ein kostenloses Essen, wenn eine Veranstaltung stattfindet. Also waren viele der Arbeiter gegen sechs Uhr zum Essen da. Vor sieben Uhr ging ich mit meiner Gästeliste zum Ticketschalter und hakte die Namen ab, die eintrafen. Um kurz nach elf schloss ich die Kasse, gab meine Liste ab und ging nach Hause. Die Sicherheitsleute bewachten den Ein- und Ausgang, nachdem ich gegangen bin, um irgendwelche Probleme mit den Gästen zu verhindern.«

»Gab es denn an diesem Abend irgendwelche Probleme mit jemandem oder hattest du unerwartete Gäste, die nicht auf der Liste standen?«, fragte Coop und beschmierte ein Biscuit mit Butter.

»Die Sache ist die, dass ich zwar eine Liste mit den Namen der eingeladenen Gäste hatte, viele von ihnen aber Gäste mitgebracht haben, deren Namen nicht auf der Liste standen. Das war nicht weiter schlimm, weil es keine Veranstaltung war, bei der ich Geld einnehmen musste. Und dann all diese Limousinen mit ihren dunklen Fenstern, in denen ich nichts sehen konnte. Der Fahrer nannte mir den Namen des Gastes und ich hakte ihn ab. Einige von ihnen sagten mir, dass sie weitere Gäste mitbringen würden, also machte ich einen Vermerk auf meinem Blatt. Diese Politiker hatten alle eine ganze Reihe von Leuten dabei.«

»Aber du sagtest, du hättest außer den geladenen Gästen keine weiteren Namen, oder?«

»Richtig. Aber ich bin akribisch bei meinen Notizen, also habe ich mir jeden, der sagte, dass er jemanden mitgebracht hat, notiert.«

»Glaubst du, dass sich jemand unbemerkt ins Silverwood hinein- oder herausschleichen könnte, wenn er zu Fuß unterwegs gewesen wäre?«

»Es gibt nur eine Straße, die direkt zum Einlass führt,

aber wenn der Mörder zu Fuß unterwegs war, konnte er wahrscheinlich rein- oder rausgehen und den offiziellen Einlass umgehen. Ich weiß, dass es an der Kasse eine Kamera gibt, aber ich bin mir nicht sicher, was sie außerhalb der Straße aufnimmt.«

Er hielt inne und zögerte, bevor er seine nächste Frage stellte, denn er wusste, dass er damit den Amateurdetektiv in seiner Tante anheizen würde. »Hat einer von euch eine Theorie?«

Camille und Eula Mae sahen sich an. »Es war das Gesprächsthema in Bellas Salon«, sagte Camille. »Im Laden war man sich einig, dass er eine Affäre gehabt hat. Ich denke immer noch, dass seine Frau darin verwickelt gewesen sein könnte und ihn umbringen ließ. Wir müssen nur noch das Motiv finden.«

»Einige der Angestellten haben Mr. Taylor mit einer jungen blonden Frau sprechen sehen. Sie vermuten, dass sie etwas miteinander zu tun haben … du weißt schon …«, sagte Eula Mae und wölbte die Brauen, von denen Coop vermutete, dass sie sie jeden Morgen auf ihre Stirn malte.

»Ja, ich habe mit der Blondine gesprochen. Sie ist eine Sekretärin bei *Global Records* und sie hatten eine Affäre. Was«, fügte er mit ernster Stimme hinzu, »nicht für die Öffentlichkeit bestimmt ist.«

»Und glaubst du, sie hat ihn getötet?«, fragte Camille.

Coop schüttelte den Kopf. »Bis jetzt haben wir niemanden, der ein Motiv zu haben schien. Gray hat sich mit der Sekretärin, Mel Lewis und Beau Branson gestritten.«

Mrs. Henderson brachte Teller mit Erdbeerkuchen als Nachtisch.

»Eula Mae, erinnerst du dich, dass Beau Branson ging, als du noch vorn in der Kabine warst?«, fragte Coop.

»Nicht sicher. Wenn Autos wegfahren, kontrollieren wir

nichts, und mehrere Limousinen sind weggefahren, bevor ich den Stand geschlossen habe. Die halten nicht an, und wegen der getönten Scheiben kann ich nicht sagen, wer drinnen saß.«

»Hast du Andy Nelson gesehen, als er seinen Neffen Taylor abgeholt hat?«

Sie lächelte. »Ja, ich habe sogar mit Andy gesprochen. Er war früh dran, aber er sagte, er habe noch etwas zu tun, während er auf Taylor warte. Sie sind beide immer nett und höflich.«

Camille stand auf und holte die Liste von Eula Mae aus ihrem Notizbuch. »Hier sind die Notizen, die wir über jeden gemacht haben, den wir auf der Liste kennen. Viel Geld und Macht auf dieser Liste, Coop.«

»Ja, ich weiß. Wie du gesagt hast, wir müssen das Motiv finden.«

»Nun, ich habe heute bei Bella noch etwas erfahren«, sagte Camille mit leuchtenden Augen. »Es scheint, als gäbe es einige Gerüchte über Mrs. Emily Taylor. Sie war in der Highschool mit einem jungen Mann namens Seth Hill zusammen. Seine Familie ist mit Beulahs Cousine befreundet, also weiß sie über ihn Bescheid. Wie auch immer, als Emily nach Los Angeles zog, stellte sie Seth ein, um ihre Ställe in Kalifornien zu verwalten. Sie behauptete, sie traue niemandem außer ihm zu, sich um ihre wertvollen Pferde zu kümmern. Also hat er dort gelebt. Es gibt Spekulationen, dass sie und Seth immer noch ein Paar sind. Beulah sagte, dass sie heute Morgen mit ihrem Cousin gesprochen hat und dieser bestätigte, dass Seth am vergangenen Wochenende seine Eltern in Bowling Green besucht hat, er war also in der Stadt.«

Eula Mae schnalzte mit der Zunge. »Na, wenn das mal kein Motiv ist.«

Coop machte sich ein paar Notizen und Camille gab ihm Beulahs Telefonnummer sowie den Namen und die Nummer ihrer Cousine. »Ich wusste, dass es dich interessieren würde. Hier ist auch die Adresse seiner Eltern.« Sie strahlte, als sie ihm einen weiteren Zettel aus ihrem mit Blumen verzierten Notizbuch reichte.

»Gute Arbeit, Tante Camille. Du auch, Eula Mae. Ich werde die Sache morgen weiterverfolgen.« Er winkte Gus zu und machte sich auf den Weg zum Pool.

KAPITEL ACHT

Normalerweise machte ein abendliches Bad Coop müde, aber nicht so letzte Nacht. Gus hingegen war wie weggetreten gewesen und hatte geschnarcht, sobald er auf sein Bett fiel. Der Fall nagte an Coop und veranlasste ihn, auf den Schlaf zu verzichten und früh ins Büro zu gehen. Er brühte sich eine Kanne Kaffee auf und studierte erneut die Liste. Er überflog die Namen und Berufsbezeichnungen der Mitarbeiter und hielt inne, als ihm der Name des Fotografen auffiel. Er nahm sein Handy in die Hand und tippte auf Bens Symbol, wobei ihm mehrere SMS von Shelby auffielen, die ihn aufforderten, zurückzurufen.

»Hey, Ben. Tante Camille hat ein bisschen bei Bella herumgeschnüffelt und ein paar Informationen über Emily Taylor herausgefunden. Es geht das Gerücht um, dass sie etwas mit ihrem Freund aus der Highschool habe, den sie zufällig auch für die Arbeit mit ihren Pferden engagiert hat und der in Kalifornien lebt. Laut Camilles Freundin Beulah war dieser Typ, Seth Hill, dieses Wochenende in Bowling

Green. Wir müssen ihn und seine Frau unter die Lupe nehmen. Ich schicke dir die Infos, die ich habe.«

»Also zuerst, kannst du schon wieder nicht schlafen? Wenn du mich um fünf Uhr morgens anrufst ... Du musst auf dich aufpassen, Coop! Sobald ich im Büro bin, werde ich mich darum kümmern und ihn überprüfen. Es wäre schon seltsam, dass sie dich anheuert, um den Mörder zu finden, wenn sie darin verwickelt ist, aber ich habe schon verrücktere Dinge gesehen«, sagte Ben.

»Ja, dieser Fall macht mir zu schaffen, deshalb schlafe ich noch weniger als sonst. Aber ich komme schon klar.« Coop machte eine Pause und trank einen Schluck Kaffee. »Ich arbeite gerade an der Personalliste und bin auf einen Fotografen gestoßen. Dabei habe ich über all die Fotos nachgedacht, die während der Party gemacht worden wären. Gibt es eine Möglichkeit, dass deine Mitarbeiter sie durchgehen, damit wir sehen, ob wir die Aufenthaltsorte der Leute während des Tötungszeitfensters zusammensetzen können? Ich wette, die Musikleute haben Fotos für die Öffentlichkeitsarbeit machen lassen, und da jeder eine Handykamera hat, werden sicher viele Fotos gepostet werden.«

»Ich kümmere mich darum. Tolle Idee, übrigens. Ich habe selbst versucht, eine Matrix zu erstellen, wo sich jeder Gast in diesen zwei Stunden aufgehalten hat, und es ist richtig viel Arbeit.«

»Außerdem habe ich gestern Abend mit Eula Mae gesprochen und sie sagte, sie habe Notizen auf ihrer Gästeliste vom Ticketschalter, auf denen sie zusätzliche Namen notiert hat, die nicht auf der ursprünglichen Liste standen. Du musst den Manager fragen, ob du Eula Maes Liste bekommen kannst, da einige der offiziellen Gäste jemanden mitgebracht haben. Ich habe gesehen, dass mein

Name auf der Liste stand, Shelby muss sie dann nachgetragen haben, aber ich glaube nicht, dass unsere Liste vollständig ist.«

»Verstanden, ich rufe gleich als Erstes dort an.«

»Eine Sache noch, über die ich gestern Abend nachgedacht habe. Gibt es eine Chance, Epithelzellen vom Stein zu bekommen?«

»Ich habe das im Labor erwähnt. Sie sind nicht sehr zuversichtlich, da in der Nacht zuvor eine große Party auf der Terrasse stattfand. Es ist schwer, eine qualitativ hochwertige Probe zu bekommen, und da es sich um einen so öffentlichen Ort handelt, ist es wahrscheinlich, dass es mehrere Proben geben wird. Sie sammeln alles, aber wir müssen erst einen Verdächtigen haben, bevor wir die Kosten für einen DNA-Test bei einem so weit umfangreichen Test rechtfertigen können. Ich geb dir morgen Bescheid, es sei denn, wir erfahren heute etwas Wichtiges.«

Coop legte auf und zwang sich, bis sieben Uhr zu warten, um weitere Anrufe zu tätigen. Er musste einen Blick auf die Fotos werfen. Der Fotograf, der nicht glücklich darüber war, so früh geweckt worden zu sein, willigte widerwillig ein, sich mit Coop im Silverwood zu treffen und ihm das Videomaterial und die Fotos von der Veranstaltung zu zeigen.

Gus düste wie ein Geschoss zur Hintertür und kündigte die Ankunft von Annabelle an.

»Ihr zwei seid heute früh dran«, sagte sie, verstaute ihr Mittagessen im Kühlschrank und legte zwei übergroße Tüten mit Erdnuss-M&Ms in den Schrank, bevor sie Gus streichelte. Sie goss sich eine Tasse Kaffee ein und schlenderte in Coops Büro. »Wow, zwei Tage hintereinander Button-down-Hemden. Ich bin beeindruckt.«

Er rollte mit den Augen. »Ja, dieser Fall geht mir auf die

Nerven. Ich habe ab neun Uhr Termine draußen im Silverwood. Ich werde bis mittags dort sein, und dann kommen ab eins einige Mitarbeiter hierher.« Er gab ihr die Liste. »Kümmerst du dich bitte um den Rest und versuchst, die Termine heute oder heute Abend zu bekommen? Je früher, desto besser.«

Annabelle nahm die Liste, und Gus folgte ihr, wobei er sich zu ihren Füßen niederließ, während sie telefonierte.

Coop machte sich auf den kurzen Weg zum Silverwood. Sarah, die Managerin, führte ihn in einen kleinen Konferenzraum mit Blick auf den Terrassengarten. Sie deutete auf eine Anrichte mit Kaffee, Tee, Gebäck und eiskalten silbernen Wasserkrügen. »Ich hoffe, Sie finden Gefallen daran, Mr. Harrington. Wir sind alle ziemlich erschüttert von diesem Mordfall.« Ihr Akzent floss wie warmer Sirup.

»Ja, vielen Dank für Ihre Hilfe. Ich weiß die Erfrischungen zu schätzen.«

»Ich konnte unsere Mitarbeiter, die sich am Samstagabend freiwillig gemeldet haben, dazu bewegen, heute Morgen zu kommen, sodass sie zur Verfügung stehen, wann immer Sie sie brauchen.«

»Wunderbar. Oh, hat Chief Mason Sie wegen der Gästeliste angerufen?«

»Ja, Sir. Ich hatte gar nicht an die Kassenbons gedacht. Ich war ein bisschen neben der Spur mit all dem hier. Ich habe eine Kopie von Eula Maes Gästeliste mit ihren Notizen gemacht. Ich hole sie für Sie. Ich habe bereits eine Kopie an Chief Mason gemailt.«

Ein paar Minuten später kam sie mit dem Papierkram und Coops erstem Termin, einem der Gärtner, zurück. »Wenn Sie für den nächsten Termin bereit sind, rufen Sie einfach nach mir. Das Telefon steht auf der Anrichte und meine Durchwahl ist auf einem kleinen rosa Zettel am Telefon vermerkt.«

Coop sah ihr beim Gehen zu und betrachtete ihr spitzenbesetztes Etuikleid und die hohen Absätze, die ihre wohlgeformte Figur und ihre durchtrainierten Beine betonten. Dann begrüßte er den Gärtner und begann mit seiner Befragung, indem er ihn bat, zu beschreiben, was er gesehen hatte und wo er am Tag des Mordes war.

Coops Befragungen gingen voran und er füllte einen Block mit Notizen, als er mit allen Sicherheitsbeamten, Gärtnern und Mitarbeitern fertig war.

Sarahs Assistentin war die Nächste und bot an, Coop in den Fotografenbereich zu begleiten, sobald sie fertig waren. Sie half ihm dabei, einige der Namen der fehlenden Gäste einzutragen.

Jake, der Fotograf, arbeitete an mehreren großen Monitoren in seinem Bearbeitungsraum und begann, sich durch Hunderte von Bildern der Party zu klicken. Coop erfuhr, dass noch ein paar andere Fotografen auf der Veranstaltung waren. Sowohl die Plattenfirmen als auch die Politiker hatten offizielle Fotografen mitgebracht, und Jake wies auf ihre Namen auf der Gästeliste hin. Coop fragte ihn, ob er Kopien aller Fotos und Videoaufnahmen bekommen könnte, und Jake bot an, die Fotos nach Zeitstempeln zu ordnen, um die Suche zu erleichtern. Mit ein paar Mausklicks verkündete er, dass er fertig wäre. Er lud die Fotos und Videodateien online hoch und gab Coop ein Passwort, mit dem er alles, was er brauchte, ansehen und herunterladen konnte. Er schickte Coop auch den Link zu der Facebook-Veranstaltung, auf der mehrere Fotos von Teilnehmern gepostet worden waren. »Wenn ich auf weitere Seiten mit Fotos von der Party stoße, werde ich Ihnen eine E-Mail schicken«, bot er an.

Während Jake arbeitete, stellte Coop ihm Fragen, um herauszufinden, ob er etwas über den Mord herausfinden konnte. Jakes Aufenthaltsort konnte anhand seiner Bilder festgehalten werden, und da sein Auge auf die Kamera gerichtet war, hatte er nur das gesehen, was die Fotos verrieten.

»Danke für Ihre Hilfe. Tut mir leid, dass ich Sie so früh belästigt habe, aber dieser Fall ist wichtig. Ich werde diese Informationen an Chief Mason weitergeben, und er wird die Techniker sofort darauf ansetzen lassen.«

Danach fand Coop den Weg zu Sarahs Büro und wurde sofort hineingeführt.

»Wie ist es gelaufen?«, fragte sie.

»Jake hat mit den Fotos gute Arbeit gemacht. Ich habe nur noch eine Befragung – mit Ihnen«, sagte er und nahm Platz. »Gab es irgendetwas Ungewöhnliches bei der Veranstaltung am Samstagabend?«

Sie glättete ihren Rock mit den Händen. »Nicht, dass ich wüsste. Es war eine anstrengende Nacht, aber mir fällt nichts ein.« Sie nahm einen Schluck Wasser. »Ich versuche, mich zu erinnern, seit die Leiche entdeckt wurde, ist es hier so verrückt. Ich bin kurz davor, eine Panikattacke zu bekommen bei all dem.«

Coop nickte und sprach ruhig. »Wann sind Sie nach Hause gegangen?«

»Kurz nach ein Uhr nachts. Ich war eine der Letzten, die gegangen sind. Einer der Sicherheitsleute begleitete mich zu meinem Auto, und er und ich fuhren zur gleichen Zeit.«

»Was haben Sie noch so lange nach dem Event getan, dass Sie noch so lange hier waren?«

»Nun, ich musste einige Unterlagen für den Veranstaltungsbericht ausfüllen. Das war nicht allzu schwer, da wir die Barkosten in Rechnung stellen und das Essen vorbestellt wurde, also habe ich die Bareinnahmen zusammengezählt. Wir zählen immer die Getränke aus, damit wir die Rechnung aufschlüsseln können.«

»Kontrollieren Sie die Villa und schließen Sie ab?«

»Ich mache einen Rundgang, um nach Schäden oder verlorenen und gefundenen Gegenständen zu suchen, die noch nicht vom Personal abgegeben wurden. Wir führen ein Protokoll über alle verlorenen und gefundenen Gegenstände und legen sie in eine Box mit Namen und Datum der Veranstaltung.«

»Haben Sie eine Box von Samstagabend?«

»Aber sicher doch«, lächelte sie. Sie griff nach ihrem Telefon und bat jemanden, die Sachen in ihr Büro bringen zu lassen.

»Haben Sie etwas Ungewöhnliches auf der Terrasse oder im Gartenbereich gesehen?«

»Nein, es war alles aufgeräumt. Normalerweise finden wir dort Gläser und Teller, aber das Personal hat alles aufgeräumt. Ich habe nirgendwo etwas gesehen, das nicht an seinem Platz war.«

Ihre Tür öffnete sich, ihre Assistentin stellte die Box auf dem Konferenztisch ab und ging wieder.

»Darf ich?« Coop wies mit dem Kopf auf den Tisch.

»Klar. Nur zu!«

Er öffnete den Deckel und durchwühlte die Box. Er fand Handys, Sonnenbrillen, Lesebrillen, Parfüm, Lippenstifte, ein paar Abendtaschen mit Make-up, eine Halskette, eine Krawatte, zwei Schlüsselbunde und zwei Pullover. Er scrollte durch die Handys, fand deren Nummern und schrieb sie auf. »Ich würde die Telefone gerne mitnehmen und bei der Polizei abgeben, falls sie hilfreiche Informationen oder Fotos enthalten. Ich werde Ihnen eine Quittung dafür ausstellen.«

»Das ist in Ordnung. Ich schreibe sie auf und lege sie in die Box, falls der Besitzer sich meldet.«

»Holen die Leute normalerweise ihre Sachen ab?«

»Normalerweise schon. Bei den meisten Veranstaltungen wie dieser wird viel Alkohol getrunken, und die Leute lassen ihre Sachen liegen und vergessen sie bis zum nächsten Tag oder auch mal zwei Tage, bis der Kater abgeklungen ist.« Sie schaute auf eine Akte in der Schachtel. »Wir haben drei Anrufe zu dieser Veranstaltung erhalten. Einen wegen eines Schlüsselbundes, einen wegen einer Sonnenbrille und einen wegen eines Ohrrings.«

»Ich habe keinen Ohrring in deiner Box gesehen.«

»Nein, wir haben auch keinen gefunden.« Sie hielt das Blatt mit der Liste der Gegenstände und den Angaben zum Anrufer in der Hand. »Ich mache Ihnen eine Kopie davon.«

Sie schlüpfte aus dem Zimmer und war in Sekundenschnelle mit einer Kopie der Liste für Coop zurück. »Danke. Nur noch ein paar Fragen. Hatten Sie irgendwelche Probleme mit jemandem auf der Veranstaltung?«

»Das Einzige, wovon ich gehört habe, war, dass Beau Branson und der arme Mr. Taylor auf der Terrasse ein kleines verbales Handgemenge hatten. Soweit ich weiß, dauerte es nicht lange und Mr. Branson schien sich zu beruhigen, nachdem die beiden ein paar Minuten geredet haben. Viele der Gäste beobachteten die beiden, als sie auf der Terrasse waren, und sahen sie über die Außentreppe weggehen.«

»Haben Sie irgendwelche Theorien oder Ideen, wer Mr. Taylor getötet hat?«

Ihre Hand flog zu ihrer Brust. »Ich? Aber nein, überhaupt nicht.«

»Sie haben keine Mitarbeiter gehört, die über Theorien oder Ideen gesprochen haben?«

Sie schüttelte den Kopf, ihre blonden Locken wippten. »Nein, gar nichts. Wir sind alle schockiert und ein bisschen verängstigt.«

»Gibt es Mitarbeiter, bei denen Sie sich nicht sicher sind?«

Sie schnappte nach Luft, ihre kornblumenblauen Augen weiteten sich vor Überraschung. »Nein, natürlich nicht. Wir haben ein wunderbares Personal. Ich kann mir nicht vorstellen, dass irgendjemand im Silverwood daran beteiligt ist.«

»Ich musste das fragen, es ist nichts Persönliches«, sagte Coop.

Sie nickte. »Ich verstehe. Tut mir leid, ich bin ein wenig außer mir.«

»Okay, Sarah. Nochmals vielen Dank für Ihre Hilfe. Ich werde in den nächsten Tagen mit den anderen Mitarbeitern sprechen.« Er klappte sein Notizbuch zu und stand auf. »Wenn Ihnen etwas einfällt, rufen Sie mich an!« Er reichte ihr seine Karte. »Und wenn jemand wegen seines Handys anruft, sagen Sie mir Bescheid.«

Sie nahm die Karte. »Das werde ich. Ich hoffe, Sie fangen den Mörder bald. Ich möchte, dass das alles vorbei ist.« Sie hielt inne und fügte hinzu: »Sie können gerne zum Mittagessen bleiben.«

»Oh, wie nett von Ihnen, aber ich habe noch einen anderen Termin und muss jetzt los.«

Sie nahm eine ihrer eigenen Karten aus einem Halter auf dem Schreibtisch und kritzelte etwas auf die Rückseite. »Hier ist meine Karte. Ich habe Ihnen meine Handy- und Privatnummer gegeben, falls Sie mich außerhalb der

Geschäftszeiten brauchen.« Sie klimperte mit den Augen, als sie ihm die Karte überreichte.

Er liebäugelte mit dem Gedanken, sie zum Essen einzuladen, verwarf ihn aber als töricht. »Danke, Sarah. Wir bleiben in Kontakt.« Sie war zweifellos hübsch anzusehen, aber ein bisschen wie eine Jungfrau in Nöten, und er war sich nicht sicher, ob er noch mehr Drama brauchte. Er musste erst die Situation mit Shelby klären, bevor er überhaupt daran denken konnte, mit einer anderen Frau auszugehen. Er eilte zum Jeep, in der Absicht, vor seinem nächsten Termin noch etwas zu essen zu finden.

Er fuhr zum Pickle Barrel und aß ein Barbecue-Sandwich mit Krautsalat, während er seine Notizen durchging. Er schickte Ben eine SMS mit den Online-Fotodaten, damit die Mitarbeiter mit der Recherche beginnen konnten. Er setzte sich auf eine Holzbank und machte es sich mit seinem Notizbuch und einem Glas süßen Tee bequem. Sein Telefon klingelte und Shelbys Name erschien. Er drückte auf den roten Knopf, um ihren Anruf zu ignorieren. »Ich habe keine Zeit für so etwas«, murmelte er. Er las seine Gesprächsnotizen noch einmal durch, während er sein Sandwich aß, bevor er zurück ins Büro ging.

Gus begrüßte ihn, sobald er die Hintertür des Büros öffnete. Coop schnupperte und witterte den Duft von frisch gebackenen Keksen – Tante Camilles Pekannuss-Schoko-Kekse, wenn er sich nicht irrte.

»Hey, AB, ich bin wieder da«, rief Coop. Als er durch die Küche ging, entdeckte er einen Teller mit Keksen und stibitzte eine Handvoll davon.

Annabelle blickte von ihrem Schreibtisch auf. »Wie ich

sehe, hast du die Kekse gefunden. Du hast deine Tante leider verpasst. Sie hat mir angeboten, später Essen vorbeizubringen, als ich ihr sagte, dass es wohl spät werden würde.«

Coop leckte einen Klecks geschmolzener Schokolade von seiner Hand. »Die mag ich am liebsten. Du musst einen probieren.«

Sie lächelte. »Ich weiß, und das werde ich auch, sobald ich das hier fertig habe. Ich habe dir einen Zeitplan auf deinen Schreibtisch gelegt. Ich warte noch auf zwei weitere Anrufe, habe aber alle anderen für heute geplant. Das heißt, wir werden heute Abend bis neun Uhr arbeiten.«

Er nickte und kaute auf seinem zweiten Keks herum. »Okay, klingt machbar. Du hattest doch heute Abend keine Pläne, oder?«

»Nö. Ich gehöre ganz dir.«

»Sag bitte Tante Camille, dass wir ihr Lieferangebot gern annehmen, und wenn sie fragt, sage ihr, dass Ben dem Hinweis von Bella folgt. Du entscheidest, wann die beste Zeit ist, einen Happen zu essen.« Er eilte in sein Büro, um sich für sein erstes Vorstellungsgespräch vorzubereiten. Ein Krug mit süßem eisgekühlten Tee stand bereits auf dem Konferenztisch. Er lächelte. »Sie denkt wirklich an alles, bevor ich überhaupt weiß, dass ich es brauche.«

Gus wedelte zustimmend mit dem Schwanz und beäugte den letzten Keks.

Wenige Augenblicke später hörte Coop, wie sich die Eingangstür öffnete und Annabelle den ersten Termin brachte. Sie warf Gus einen Blick zu, winkte ihn mit dem Kopf hinaus und schloss die Bürotür. Er folgte ihr zu ihrem Schreibtisch, wo sie ihn prompt mit einem Bissen von ihrem Keks belohnte.

Am Nachmittag herrschte reges Treiben, und die

Interviewpartner kamen und gingen. Camille kam mit einem Picknickkorb voller Köstlichkeiten vorbei, frischer Limonade, weiteren Keksen und übrig gebliebenen Erdbeertörtchen. »Gibt es etwas Neues im Mordfall?«, flüsterte sie, während sie die Sachen im Kühlschrank verstaute.

»Nein, Coop führt heute Abend alle Mitarbeitergespräche. Ich hatte den gesamten Nachmittag noch keine Gelegenheit, mit ihm zu sprechen. Wir sind voll mit Terminen, aber ich soll dir ausrichten, dass Ben der Spur nachgeht.«

Camille erzählte die Neuigkeiten über die Verbindung zwischen Seth Hill und Emily Taylor und den Verdacht der Mädchen im Bella's. »Ich habe ein Buchklubtreffen in Franklin, also muss ich mich beeilen, aber ruft mich an, wenn ihr zwei etwas braucht. Ich werde sehen, ob ich etwas Neues erfahren kann, das euch heute Abend helfen könnte.« Camille umarmte Annabelle und eilte zur Hintertür. Gus drückte sich noch kurz an Camille, um zu schmusen, bevor sie ging.

Coop war dem Zeitplan voraus, sodass sie eine halbe Stunde Zeit für eine schnelle Mahlzeit hatten. Annabelle packte kalte Hühnersalat-Sandwiches und Buttercroissants, Obstsalat und Makkaronisalat aus. Sie füllte die Gläser mit frischer Limonade und holte die Erdbeertörtchen heraus.

Zwischen zwei Bissen informierte Coop sie über seine Fortschritte. »Ich habe von den Mitarbeitern nicht viel Neues erfahren. Niemand hat etwas oder jemand Verdächtigen auf der Terrasse gesehen. Im Gartenbereich, der nur wenige Meter von der Terrasse entfernt ist, herrschte reger Verkehr, aber es gab nichts Konkretes, das jemanden mit dem Mord in Verbindung gebracht hätte. Hast du etwas von der Witwe zu der Gästeliste gehört?«

Annabelle nickte. »Sie hat eine E-Mail geschickt und gesagt, dass sie einige Namen von *Global* wiedererkennt, Beau, Senator Wagner, die Parlamentssprecherin Evans und ein paar andere politische Namen, aber keiner von ihnen bereitet ihr Sorgen.«

»Ich glaube, das wird ein langer Fall werden. Es ist seltsam. Eula Mae und Tante Camille haben beide gesagt, dass wir das Motiv finden müssen, und das ist es, was mir auf den Nägeln brennt. Alle Motive, die mit seiner Affäre, dem Geld und dem unehelichen Sohn zu tun haben, sind Sackgassen. Es gibt einige Fragen zum Zeitablauf von Andy, aber ich glaube nicht, dass er ein Motiv hat. Vielleicht erweist sich dieses neue Gerücht über eine Affäre zwischen Mrs. Taylor und dem Pferdetypen als etwas.«

Sie hörten die Eingangstür. »Du isst auf, Coop. Ich kann essen, während du die Befragung führst«, bot Annabelle an, während sie aufstand und den nächsten Termin begrüßte.

Sie waren kurz nach neun Uhr fertig und arbeiteten sogar noch die beiden Angestellten ein, die nach dem Abendessen zurückgerufen hatten. Coop ließ sich auf das Sofa sinken, umklammerte seine Schultern und drehte seinen Hals hin und her. »Wow, das war ein Marathontag. Danke, dass du geblieben bist, AB.« Er betrachtete Gus, der neben Annabelles Schreibtisch auf dem Boden lag, das Gesicht in der Nähe des Ventilators.

»Kein Problem. Hast du irgendwelche neuen Informationen bekommen?« Sie hob den Teller mit den Keksen an und stellte ihn auf den Tisch neben der Couch, woraufhin Gus aufhorchte und sich woanders hinlegte.

»Nicht wirklich. Niemand hat Gray mit jemand anderem als Pamela, Mel und Beau sprechen sehen. Ich habe meine Notizen von den Sicherheitsleuten durchgesehen, und zwei von ihnen, die auf dem Personalparkplatz patrouillierten, bestätigen, dass Andy in seinem Wagen saß, können aber nicht sagen, ob er den Parkplatz nicht verlassen habe. Er könnte aus dem Wagen geschlüpft und unbemerkt zur Villa gelaufen sein. Zwischen den Patrouillen liegen etwa zwanzig Minuten, sodass er technisch gesehen auf die Terrasse gelaufen sein könnte, Gray umgelegt hat und zu seinem Wagen zurückgekehrt ist, bevor ihn jemand vermisst hat. Beide erinnern sich, ihn jedes Mal gesehen und sogar mit ihm geplaudert zu haben, aber ihre Aussagen können ihn nicht entlasten.«

Coop nahm einen Keks in die Hand und biss hinein. »Also, zurück zu den Motiven! Es gibt eine Handvoll grundlegender Motive für Mord. Geld, Liebe, Drogen oder andere Verbrechen, Hass und Rache fallen mir ein.« Er kaute einen weiteren Bissen und leckte ein Stückchen Meersalz von seinem Daumen ab.

Annabelle fügte hinzu: »Vergiss nicht, dass manche töten, um jemanden zu schützen oder ein Geheimnis zu bewahren.«

Coop nickte. »Wenn es sich nicht um Liebe in Form einer Affäre der Ehefrau oder um Hass von Andy handelt, haben wir es wohl mit einem Geheimnis zu tun.« Er stand auf und holte seine Gesprächsnotizen hervor. »Kannst du die für mich abtippen? Ich werde sie mir morgen noch einmal ansehen. Ich bin müde.«

»Sicher, ich mache das gleich morgen früh. Wenn du dich mit Ben triffst, kann ich sie schon fertighaben.«

»Du bist die Beste«, sagte er, gab ihr einen Kuss auf die Wange und rief nach Gus, der ihr über das Knie leckte, bevor er ging.

KAPITEL NEUN

Alle paar Wochen zwang die pure Erschöpfung Coops Körper in den Schlaf. Nach seinem Marathon-Arbeitstag fiel er in einen tiefen Schlaf und erwachte durch ein leises Klopfen an seiner Zimmertür.

»Coop, bist du wach?«, fragte Camille.

»Ja, ich bin wach«, murmelte er und schob den Kokon aus Bettdecken von seinem Kopf. Er blinzelte, um den Lichtspalt, der durch die Türöffnung kam, auszublenden, und konzentrierte sich auf seine Tante.

»Das Frühstück ist fertig. Es ist schon nach acht, ich wollte dich nicht früher wecken.« Gus schlängelte sich durch die Tür und öffnete sie weiter.

»Okay, ich komme in einer Minute.« Er richtete sich auf und nahm eine heiße Dusche, in der Hoffnung, die Verspannungen in seinem Nacken und seinen Schultern zu lösen.

Er ließ sich das Frühstück schmecken und las die Zeitung, während Gus neben ihm faulenzte. Sein Blick blieb auf einem Artikel über den Mord hängen. Ben wurde mit der

Aussage zitiert, dass die Abteilung allen Hinweisen nachginge und Hunderte von Personen befragte, die an der Veranstaltung teilgenommen oder dort gearbeitet hatten.

Er wusste, dass Ben unter dem Druck stand, bald eine Verhaftung vorzunehmen. Mord war weder für Politiker noch für den Tourismus gut, vor allem nicht der Mord an einem millionenschweren Musikmanager in einem exklusiven Viertel.

Coop steckte sein Handy ein und sah eine weitere Nachricht von Shelby sowie weitere SMS. Er war erst zweimal mit ihr ausgegangen, aber er wusste, dass es kein drittes Date geben würde. Er würde sich später die Zeit nehmen, sie anzurufen und ihr zu sagen, dass er nicht an einer Beziehung interessiert war. Er mochte sein Leben so, wie es war; er tat, was er wollte, ohne jemandem Rechenschaft ablegen zu müssen.

Halb zehn schlenderten er und Gus durch die Hintertür des Büros. »AB, wir sind da«, rief er.

»Ich habe deine Notizen fertig. Lass mich wissen, was du noch brauchst. Ich arbeite heute mit Madison und Ross an einem Bericht und habe dann frei.«

Coop nahm die Mappe von seinem Schreibtisch und setzte Gus auf dessen Sessel. »Ich werde den Rest des Vormittags in Bens Büro sein. Danach weiß ich noch nicht. Es hängt davon ab, was wir aus all diesen Befragungen zusammenstellen können.«

»Oh, Shelby hat heute Morgen angerufen und klang verärgert. Sie sagte, sie müsse von dir hören und es sei persönlich«, sagte sie und reichte ihm einen Zettel mit der Nachricht.

Coop rollte mit den Augen. »Ja, ich muss heute mal mit ihr reden. Ich komme nicht damit klar, dass sie ständig anruft. Wir sind erst ein paar Mal ausgegangen, und sie tut so, als wären wir schon fest zusammen.«

Annabelle sagte nichts und wandte ihre Aufmerksamkeit wieder ihrem Computer zu, sodass Coop ihren blonden Hinterkopf betrachten konnte. Coop überflog die getippten Zusammenfassungen, während er durch das Büro ging. Er nahm eine Flasche Tee aus dem Kühlschrank, wischte das Kondenswasser an seinem T-Shirt mit der Aufschrift *4 von 3 Leuten haben Probleme mit Mathe* ab und rief ihr seinen Abschiedsgruß zu.

Er fand Ben, Kate und Jimmy um den Tisch und vor der Wandtafel versammelt. Ben bat einen Angestellten, Kopien von Coops Unterlagen anzufertigen, und reichte ihm einen Stapel mit seinen Notizen. »Und, hast du einen Durchbruch erzielt?«, fragte Ben.

Coop schüttelte den Kopf. »Nein. Ich hatte gehofft, Andy loszuwerden, aber er ist immer noch im Rennen. In unserem Tötungsfenster bleiben zwanzig Minuten, in denen er die Tat hätte begehen und zu seinem Wagen zurückkehren können. Was ist mit den Fotos?«

»Die Techniker gehen sie immer noch durch, aber sie haben uns geholfen, einige Leute auszusortieren, und Jimmy und Kate haben die Liste der Limousinen abgearbeitet und die Namen mit den Autovermietungen abgeglichen.« Ben hielt inne und nahm ein weiteres Blatt Papier zur Hand. »Und es sieht so aus, als hätte Tante Camille mit ihrem Tipp richtig gelegen. Wir haben bestätigt, dass Seth Hill und Emily in der Highschool tatsächlich ein Paar waren und dass er eingestellt wurde, um ihre Pferde zu verwalten. Er wohnt in der Nähe der Ställe und wird recht gut bezahlt. Wir arbeiten an den Finanzen und den Handy-Aufzeichnungen und hoffen, mit Grays Anwalt sprechen zu können, um zu sehen, ob er etwas Licht in die Sache bringen kann. Mister Hill war tatsächlich am vergangenen Wochenende in Bowling Green. Er kam am Freitag an und flog am Sonntag zurück nach Kalifornien. Sein Rückflugticket wurde am Sonntagmorgen gebucht.«

Coop hob die Brauen. »Interessant. Wir müssen seine Bewegungen nachvollziehen, um zu sehen, ob er ein möglicher Verdächtiger ist, und uns die Ehefrau noch genauer ansehen.« Coop grinste. »Ich sollte sagen, dass du sie etwas genauer unter die Lupe nehmen solltest. Das wird sicher ein amüsantes Gespräch.«

»Ja, ich freue mich schon darauf«, lächelte Ben. »Kate und ich werden zu ihr fahren, sobald wir mehr Informationen haben.«

Kate fügte hinzu: »Wir haben uns bei den Gästen aus der Musikindustrie umgehört und sind zu keinem Ergebnis gekommen. Keine laufenden Probleme mit irgendjemandem. Die meisten von ihnen mochten Gray. Beau war unser bester Kandidat für den Fall der Rache, aber sein Alibi ist solide. Niemand, mit dem wir gesprochen haben, hat irgendjemanden mit Gray gesehen oder irgendetwas Verdächtiges.« Sie griff nach ihren Notizen. »Wir haben eine kleine Liste von einem halben Dutzend Leuten aus der Musikbranche, die im Gartenbereich gesehen wurden. Wir haben sie mehr als einmal befragt, und sie haben zugegeben, im Garten gewesen zu sein, die meisten von ihnen, um dem Lärm zu entkommen oder heimlich eine zu rauchen. Keiner von ihnen hat Gray oder etwas anderes Ungewöhnliches gesehen. Sie schätzten die Zeit, in der sie dort waren, und nur zwei von ihnen waren innerhalb des Zwei-Stunden-Fensters dort, also werden wir weiter forschen.«

»Ich bin bei den Befragungen nicht viel

weitergekommen«, sagte Coop. »Ich habe eine Liste mit verlorenen und gefundenen Gegenständen bekommen und die Handys, die gefunden wurden, mitgebracht. Ich dachte, ihr könntet vielleicht etwas auf ihnen finden.« Coop schob zwei Handys über den Tisch. »Die Liste ist in meinen Notizen.«

»Wir haben die anderen Gäste aus dieser Gruppe überprüft und sind zu keinem Ergebnis gekommen. Die meisten von ihnen hatten keine Ahnung, wer Gray war, und konzentrierten sich auf Beau. Er war die größte Attraktion des Abends«, referierte Jimmy.

»Wenn wir die Sache nicht mit Emily, Seth oder Andy in Verbindung bringen können, bleiben uns nur noch die Politiker, richtig?«, fragte Coop.

Ben nickte. »Ja. Ich glaube, die sind sogar noch nerviger als die Musiker.«

»Sowohl Senator Wagner als auch die Parlamentssprecherin Evans waren bei Weitem die wichtigsten Gäste auf der Party. Ein paar jüngere Abgeordnete kamen hinzu, aber keiner von ihnen hatte den Bekanntheitsgrad der beiden. Außerdem hatten sie alle Mitarbeiter und Praktikanten dabei und die allgegenwärtigen Lobbyisten, die ihnen auf den Fersen waren«, so Coop.

»Ich denke, wir müssen ins Kapitol gehen und mit allen sprechen, die wir finden können. Ich habe heute in der Zeitung gelesen, dass die Sitzungen zu den Steuerfragen noch andauern, was bedeutet, dass sowohl Evans als auch Wagner arbeiten werden. Alles Weitere müssen wir abwarten«, sagte Ben und sah sich die Liste an. »Wo sollen wir anfangen?«

Coop hatte ein Praktikum in der Generalversammlung von Tennessee absolviert und während seines Jurastudiums im Repräsentantenhaus gearbeitet. Er kannte das Innenleben des politischen Prozesses und unterhielt immer noch einige Kontakte in dem Gebäude. »Ich rufe meinen Kumpel David an. Er ist jetzt der Chefsekretär des Senats. Er wird uns den richtigen Weg zeigen. Kann ich dein Büro benutzen?«

Während er weg war, glichen die drei die Liste der Autos, die das Gelände bis halb elf verlassen hatten, mit der Liste der Politiker ab. Kate benutzte einen roten Marker, um jeden auf der Liste zu streichen, den sie ignorieren konnten. »Es sieht so aus, als wären einige zusätzliche Gäste bei den Politikern gewesen. Die müssen wir berücksichtigen«, gab Kate zu bedenken. Sie markierte die zusätzlichen Gäste für Ben.

Es war kurz vor Mittag und Ben bestellte eine Pizza. Als die kam, tauchte Coop aus Bens Büro auf. »Tut mir leid, dass das so lange gedauert hat. Sie haben heute viel zu tun, um den Haushalt zu verabschieden. David sagte, er rechne nicht damit, dass die Abgeordneten viel freie Zeit hätten, aber er vermute, dass es am Freitagmorgen am besten wäre. Da ist ein vertrauliches Führungstreffen angesetzt, und er weiß, dass unsere beiden hohen Tiere daran teilnehmen werden. Die jüngeren Abgeordneten auf der Liste hätten mehr Zeit, und er schlug vor, ihr Büro anzurufen und einen Termin zu vereinbaren. Er sagte, es sei Zeitverschwendung, zu versuchen, einen Termin mit den beiden anderen zu vereinbaren, da er weiß, dass die Mitarbeiter angewiesen wurden, alle Anfragen abzulehnen. Er sagte, es sei besser, wenn wir mit Hilfe von Bens Ausweis am frühen Freitag auftauchen und darauf bestehen, mit ihnen zu sprechen.«

»Kate und ich müssen nach Bowling Green fahren und mit der Witwe sprechen. Steve, Grays Anwalt in Kalifornien, hat angeboten, seinen Ermittler auf Seth und Emily anzusetzen und zu sehen, ob er eine Bestätigung für eine

Affäre finden kann. Er wird Seth heute befragen. Er hat seine Dienste kostenlos angeboten, weil er Gray mochte und hofft, alles zu finden, was ihm hilft, seinen Mörder zu finden.«

»Ich kann weiter an der Liste arbeiten, während ihr sie besucht. Ich will nicht in dieses Gespräch verwickelt werden. Wegen euch werde ich wahrscheinlich sowieso gefeuert«, sagte Coop.

»Ich werde sehen, ob ich einen Termin bei den jungen Politikern bekommen kann, und wir können uns heute Abend oder morgen treffen und unsere Erfahrungen austauschen«, bot Jimmy an.

»Machen wir es morgen früh, und wenn wir Seth oder Emily nicht verdächtigen können, fangen wir mit dem Rest der Politiker an«, sagte Ben.

***

Kate und Ben beschlossen, Emily Taylor zu überraschen, und ihrem finsteren Gesichtsausdruck nach zu urteilen, als sie die Tür zum Haus ihrer Eltern öffnete, war ihnen das gelungen. »Chief Mason, ich wusste nicht, dass wir eine Verabredung hatten«, sagte sie wie eine Lehrerin, die ihre Schülerin zurechtweist.

»Das haben wir nicht, Ma'am. Es gibt einige neue Entwicklungen und wir brauchen Ihre Hilfe, um ein paar Dinge zu klären.«

Sie blickte in die Ferne und sagte: »Meine Mutter hat Hannah wieder zu den Pferden gebracht. Sie wird bald zurück sein, also müssen Sie sich beeilen.« Sie öffnete die Tür weiter und winkte die beiden hinein. Sie führte sie in den Trophäenraum.

Ben öffnete seinen Notizblock. »Wir müssen Ihnen ein paar Fragen über Seth Hill stellen.«

Emilys Augen weiteten sich für einen Moment und sie leckte sich über die Lippen. »Was ist mit ihm?«

»Welche Art von Beziehung haben Sie zu Mr. Hill?«, fragte Kate.

»Er verwaltet unsere Pferde in Kalifornien.«

»Und er war letztes Wochenende hier in Bowling Green?«

Sie zuckte mit den Schultern und sagte: »Er hatte das Wochenende frei und erwähnte etwas von einem Besuch bei seiner Familie hier.«

»Sie beide hatten also keinen Kontakt während seiner Reise nach Bowling Green am vergangenen Wochenende?«, fragte Ben.

Sie schüttelte den Kopf und starrte ihn an. »Nein.«

»Wir haben gehört, dass Sie und Mr. Hill auf der Highschool ein Paar waren. Stimmt das?«, fragte Kate.

»Wir waren in der Highschool zusammen, aber das ist schon lange her. Seth konnte schon immer gut mit Pferden umgehen, und als wir umzogen, wollten wir jemanden, dem wir vertrauen konnten, also haben wir ihn eingestellt.«

»Und Ihr Mann wusste von Ihrer Vergangenheit mit Seth in der Highschool?«

Sie setzte sich aufrecht auf einen Stuhl und sagte: »Mir gefällt nicht, was Sie da andeuten, Chief Mason.«

»Ma'am, wir untersuchen den Mord an Ihrem Mann und müssen jeden überprüfen, der ein Motiv für seinen Tod gehabt haben könnte. Wenn Sie und Seth eine Affäre hatten und er in der Nähe war, ist es unsere Pflicht, ihn vollständig zu untersuchen. Bitte beantworten Sie nur die Frage!«, bat Ben.

»Das ist absolut lächerlich. Sie sollten nach Grays Mörder suchen und stattdessen verhören Sie mich und unterstellen mir, dass da etwas zwischen uns laufe.« Sie redete um den heißen Brei herum, während ihre übliche korrekte Sprache in die einer gebürtigen Kentuckianerin abglitt.

»Das ist es, was wir wissen müssen«, sagte Kate. »Hatten Sie jetzt oder zu irgendeinem Zeitpunkt in Ihrer Ehe eine Affäre mit Seth Hill?«

Emilys Nasenflügel blähten sich und ihr Gesicht wurde rot. »Wie können Sie es wagen?«, zischte sie.

»Wir brauchen eine Antwort, Ma'am«, sagte Ben. »Oder wir nehmen Sie zu einem formelleren Verhör mit.« Ben war der Meinung, dass ein bisschen Bluff bei einem feindseligen Verhör nie schaden kann, und es machte ihm Spaß, den bösen Cop zu spielen, während Kate den guten Cop mimte.

»Sie werden nichts dergleichen tun. Ich … habe … keine«, sie drehte sich um und warf Kate einen trotzigen Blick zu, »noch hatte ich jemals eine Affäre mit Seth Hill.«

»Wissen Sie, ob Seth einen Grund hatte, Gray etwas anzutun?«, fragte Kate und beobachtete Emilys Reaktion.

»Das hat er ganz sicher nicht. Er und Gray kamen sehr gut miteinander aus. Sie haben sich nicht oft gesehen. Seth lebt draußen bei den Ställen und kümmert sich um die Pferde. Hannah betet ihn an.« Die elegante Gesellschaftsdame aus Los Angeles war wieder da.

»Hatte Ihr Mann jemals den Verdacht, dass Sie beide eine Liebesbeziehung haben?«, fragte Kate.

Emilys dunkle Augen verengten sich zu Schlitzen. »Nein, hatte er nicht. Er hatte keinen Grund, so etwas zu vermuten. Er war der Mistkerl, der mit anderen geschlafen hat, wie wir nun alle erfahren haben.«

»Sie bestätigen also, dass Sie weder persönlich noch per E-Mail, SMS oder Telefon Kontakt zu Seth Hill hatten, während er seine Familie in Bowling Green besuchte?« Kate fuhr mit ihrer Litanei von Fragen fort.

Emily nickte, während sie ihren Diamantring drehte.

»Das ist richtig. Ich war ein wenig damit beschäftigt, mich um meinen kranken Vater zu kümmern, wie Sie wissen.« Sie hörten eine Tür zuschlagen und schnelle Schritte. »Das wird Hannah sein. Sie können sich selbst hinausbegleiten.« Sie stand auf und verließ den Raum.

Kate hob die Brauen und Ben zuckte mit den Schultern. Sie machten sich auf den Weg zur Tür, ohne auf jemanden im Haus zu treffen. Als sie ins Auto stiegen, sagte Kate: »Es wird interessant sein, was Steves Ermittler zu sagen hat und ob sie jetzt Kontakt zueinander aufnehmen.« Sie tippte auf ihr Telefon und fuhr fort: »Ich habe die Technik so eingestellt, dass ich benachrichtigt werde, wenn einer der beiden den anderen anruft.«

Sie fuhren zurück nach Nashville, während sie sich über das Gespräch austauschten und einen Anruf von Steve in Los Angeles entgegennahmen. Sein Ermittler hatte Seth Hill befragt, der bestätigte, dass er von Freitag bis Sonntag in Bowling Green war. Steve berichtete, dass Seth nervös wurde, als er nach einem Kontakt mit Emily gefragt wurde, während er in Kentucky war, aber er leugnete jegliche Kommunikation. Seth wäre am Samstagabend mit einigen Freunden nach Nashville gefahren und hätte Namen und Telefonnummern angegeben. »Seth war nervös, als er nach irgendwelchen romantischen Beziehungen gefragt wurde, weder jetzt noch jemals. Er sagte, sie hätten nichts miteinander zu tun, aber da ist etwas«, sagte Steve, dessen ruhige Stimme das Auto erfüllte. »Wir werden weiter Freunde und Nachbarn befragen, die vielleicht etwas wissen, aber was wir wissen, ist, dass Emily viel Zeit ohne Hannah in den Ställen verbringt.«

Ben fügte hinzu: »Sie leugnet jede Beziehung und wurde sehr empört, als wir sie nach etwas fragten, das mit Seth zu tun hatte.«

Steve erzählte weiter, dass Seth nicht unhöflich oder gereizt gewesen wäre, sondern angespannt und nervös wirkte. »Ich glaube, er ist das schwächste Glied, wenn es da etwas gibt.«

Kate und Ben bedankten sich bei ihm und versprachen, sich zu melden, sobald sie die Telefonaufzeichnungen überprüft und Seths Reise nach Nashville weiterverfolgt hätten.

Kaum hatte Coop den Hörer aufgelegt, meldete sich Annabelle, um ihm mitzuteilen, dass Emily Taylor in der Leitung war. Er zuckte zusammen und holte tief Luft, bevor er den Hörer abnahm und mit hoffentlich fröhlicher Stimme »Hallo, Mrs. Taylor.«

»Ich habe gerade den ärgerlichsten Besuch von Ihrem Freund Chief Mason und dieser Detektivin überstanden. Sie haben mich ohne Ende über meine Beziehung zu meinem Pferdemanager belästigt. Sie müssen Ihren Job machen und den wahren Mörder finden, Mr. Harrington.« Ihre Stimme zischte verärgert. »Dieser Unsinn, zu glauben, Seth hätte etwas mit dem Mord an Gray zu tun, ist lächerlich.«

Coop hielt inne, da er ihre Tirade nicht unterbrechen und eine weitere Rüge einstecken wollte. »Es tut mir leid, dass sie Sie verärgert haben. Ich weiß, dass diese ganze Situation sehr beunruhigend für Sie sein muss, besonders weil Ihr Vater so krank ist. Die Polizei muss jedoch jeder möglichen Spur nachgehen, und da Seth zum Zeitpunkt des Mordes in der Gegend war, wäre es nachlässig, wenn sie keine Fragen stellen würde. Wenn der wahre Mörder gefasst wird, würde sein Verteidiger ein Problem damit haben, dass sie nicht alle möglichen Verdächtigen überprüft haben. Es ist wirklich zu

Ihrem Vorteil, wenn die Polizei gründlich ist.« Er zuckte zusammen und wartete darauf, dass sie sich auf ihn stürzen würde.

Sie brummte. »Ich will damit sagen, dass ich Sie dafür bezahle, Grays Mörder zu finden, und dass Sie meine Interessen im Auge behalten müssen. Seth und ich hatten nichts mit Grays Tod zu tun. Bitte stellen Sie das Chief Mason gegenüber klar. Und ich erwarte Ergebnisse für mein Geld.«

»Mrs. Taylor, ich verstehe Ihre Frustration und glauben Sie mir, ich konzentriere mich auf diesen Fall und auf nichts anderes. Ich kann und will nicht kontrollieren, was die Polizei untersucht – das kann kein Privatdetektiv. Ich weiß, dass die Polizei mehrere Spuren verfolgt, Seth ist eine davon. Wenn er unschuldig ist, gibt es keinen Grund zur Sorge. Chief Mason wird ihn als Verdächtigen ausschließen, wenn die Beweise dafür sprechen. Wenn Sie mit meinen Diensten nicht zufrieden sind, können Sie unsere Beziehung jederzeit beenden. Ich bin entschlossen, Grays Mörder zu finden, aber echte Verbrechen werden nicht immer so gelöst, wie Sie es aus dem Fernsehen kennen. Es ist noch sehr früh in diesem Fall. Es braucht Zeit, alles zu sichten, besonders bei einer so großen Gästeliste auf der Party.«

»Sie sind nicht gefeuert … noch nicht«, sagte sie, wobei ihr Zorn durch Zuversicht ersetzt wurde, gefolgt von einem lauten Klicken.

Er schüttelte den Kopf und griff, statt das Telefon zuzuknallen, nach einer Handvoll M&Ms, um sein Temperament zu besänftigen. Annabelle lugte um die Ecke. »Ich konnte nicht anders und habe deine Seite des Gesprächs mitgehört. Du warst schon immer ein Diplomat und hast das mit ihr sehr gut gemacht.«

Coops Kiefer arbeitete, um die Süßigkeiten zu kauen. »Es

ist mir egal, ob sie mich feuert. Ich werde trotzdem an diesem Fall arbeiten. Gray verdient Gerechtigkeit, und ich fange an, ihre Beteiligung infrage zu stellen. Ich lasse mich ungern benutzen, wenn es das ist, was sie will.«

»Es ist zu schade, dass Gray sein Testament nicht ändern konnte. Ich glaube nicht, dass die böse Hexe etwas Gutes für Taylor tun wird.«

Coop nickte. »Ich mag den Jungen und habe Mitleid mit ihm.« Er wühlte in einigen Papieren. »Ich habe mir die Gäste angesehen, um alle Lobbyisten zu finden, die wir befragen müssen, und ich kann drei große Namen nennen, die ich auf der Party gesehen habe, die aber nicht auf dieser Liste stehen, also wahrscheinlich Gäste von Wagner oder Evans waren. Das wären Craig Baker, Reed Simmons und Anna Prosser. Außerdem haben wir noch diese anderen Lobbyisten für die Plattenindustrie und die Unterhaltungsbranche«, sagte er und zeigte auf Namen, die er hervorhob.

»Morgen wird ein langer Tag«, sagte sie.

KAPITEL ZEHN

Die vier trafen sich früh am Morgen in Bens Büro. Jimmy berichtete, dass sein Besuch bei den jungen Abgeordneten nichts gebracht hatte. Kate gähnte und warf einen Blick auf ihre Notizen. »Ich habe letzte Nacht lange gearbeitet und die Finanzen und Telefondaten von Seth und unserer Lieblingswitwe durchforstet. Es gab keine Anrufe von ihren Nummern bei Seth zu Hause oder auf seinem Handy, aber ich habe ein paar interessante Dinge gefunden. Sie erhält jeden Monat mehrere Anrufe von einem Wegwerfhandy und hat einige Anrufe an dasselbe Wegwerfhandy getätigt. Bei näherer Betrachtung zeigt sich, dass die meisten dieser Anrufe getätigt wurden, als Gray in Nashville war. Und gestern Abend rief sie mit dem Wegwerfhandy an. In den Finanzen fällt nichts auf, aber sie zahlen Seth satte zehn Riesen pro Monat.«

»Ich hätte in die Pferdebranche gehen sollen statt zur Polizei«, sagte Ben. »Ich denke, wir müssen unseren Kumpel Seth etwas unter Druck setzen. Kate, du und Jimmy, ihr fliegt heute nach L.A. und kontaktiert die Leute dort und warnt sie höflich vor. Wir brauchen ein paar ehrliche Antworten. Coop und ich werden uns heute um die Lobbyisten kümmern und morgen die Hallen des Kapitols abklappern und so lange wie nötig abhängen.«

»Alles klar, Boss«, sagte Jimmy.

»Ruft mich an, wenn ihr mit Seth fertig seid, und wir treffen uns am Freitagabend wieder, es sei denn, einer von uns hat das Glück, vorher ein Geständnis aus jemandem herauszubekommen.«

»Ich werde einen anderen Freund bei der Capitol Police anrufen und fragen, ob er uns morgen früh bei der Logistik helfen kann. Sie haben überall Kameras und werden uns sagen können, wann und wo wir Parlamentssprecherin Evans und Senator Wagner am besten finden können. Beide haben eine Reihe von Pförtnern, und ich würde lieber versuchen, sie so zu finden, ohne einen Angestellten zu fragen«, schlug Coop vor.

»Gute Idee. Ich organisiere die Liste der Lobbyisten und wir können den Rest des Tages damit verbringen, einige der reichsten Erfüllungsgehilfen von Tennessee zu interviewen.« Er grinste. »Wenn wir fertig sind, müssen wir duschen.«

»Ich weiß, dass das die allgemeine Meinung über Lobbyisten ist, aber als ich ein Praktikant war, habe ich ein paar gute kennengelernt, die für ihr Wissen und ihre Ethik respektiert werden«, sagte Coop, als er in Bens Crown Victoria stieg.

»Da bin ich mir sicher. Ich bin müde und hasse den Umgang mit Politikern und ihresgleichen. Ich bin mir nicht sicher, ob einer von denen in der Lage ist, die Wahrheit zu sagen, und ich hatte gehofft, diesen Fall lösen zu können, ohne den Tag mit ihnen verbringen zu müssen.« Ben benutzte seinen Parkausweis für das Gerichtsgebäude – einer der wenigen Vorteile, die er als Chief of Detectives hatte. Von dort aus war es am einfachsten, zu Fuß zu den meisten Lobbyfirmen zu gehen, die in der Regel in den Bürogebäuden zwischen dem Gericht und dem Kapitolgebäude untergebracht waren.

Insgesamt waren acht Lobbyisten auf der Gästeliste aufgeführt, plus die drei, die Coop im Silverwood gesehen hatte. Sie begannen mit Anna Prosser, einer langjährigen Lobbyistin, die zusammen mit ihrem Vater eine der angesehensten Firmen in Nashville besaß. Ben zeigte der Empfangsdame seinen Ausweis, und er und Coop wurden in einen luxuriösen Konferenzraum geführt, wo ihnen kalte Getränke angeboten wurden.

Anna, gekleidet in ein marineblaues Seidenkostüm, das ihre pummelige Figur verbarg, begrüßte sie mit einem freundlichen Lächeln. »Was kann ich heute für Sie tun?«, fragte sie. Sie warf einen weiteren Blick auf Coop. »Sie sind Camilles Neffe, stimmt's?« Der süße Klang in ihrer Stimme verriet ihre Nashville-Wurzeln.

»Ja, Ma'am, das ist richtig.«

Ben erklärte, dass sie den Tod von Grayson Taylor auf der Silverwood-Veranstaltung untersuchten. »Ich habe von dem Mord gelesen. Schrecklich«, sagte sie.

Ben und Coop stellten ihre Fragen und erfuhren, dass Anna Gray nicht persönlich gekannt hatte, sondern nur durch seine Arbeit bei *Global*. Sie bat ihre Assistentin, die Einladung zu der Veranstaltung zu recherchieren, und fand heraus, dass sie sowohl von Senator Wagner als auch von Parlamentssprecherin Evans eingeladen worden war und sich mit beiden getrennt im Gartenbereich traf. Sie erfuhren, dass Anna in Begleitung ihres Praktikanten Jackson erschienen war und beide sich ein Auto mit Peter Collins, einem anderen Lobbyisten, teilten. Coop schaute auf die Liste und sah, dass Peter auf der Liste vermerkt war, und

Eula Mae zwei weitere Gäste neben seinem Namen notiert hatte. Er blickte auf und nickte Ben zu.

»Fällt Ihnen ein Grund ein, warum jemand Mr. Taylor tot sehen will?«, fragte Ben.

»Überhaupt nicht. Ich habe nie viel über ihn gehört, bis jetzt. Ich wusste, dass er für Mel das Büro in L.A. leitete, aber sonst weiß ich leider nicht viel.«

Während der Befragung gab Mrs. Prosser an, dass sie an diesem Abend gegen halb zwölf gegangen wäre und nichts Verdächtiges gesehen hätte, als sie im Garten war. »Es war ein ruhiger Ort zum Plaudern, und wir waren vielleicht zehn Minuten dort. Ich kann mich nicht erinnern, noch jemanden gesehen zu haben.«

»Wie haben Sie sich mit Sprecherin Evans und Senator Wagner verabredet?«

»Ich habe es nicht arrangiert. Ich bin auf sie zugegangen, als ich sie draußen entdeckt habe, und habe vorgeschlagen, dass wir in eine ruhige Ecke gehen und reden.«

»Wissen Sie, wann Sie mit ihnen gesprochen haben?«

»Ich habe mich zuerst mit Lois Evans getroffen. Ich würde sagen, so gegen zehn Uhr. Ihre Tochter war bei ihr und wollte unbedingt die Musik hören, also war es ein kurzes Gespräch und sie gingen.«

»Was ist mit dem Senator?«

»Kurz nachdem Parlamentssprecherin Evans ging. Er unterhielt sich draußen mit einigen Leuten und ich unterbrach ihn. Er hatte seine Stabschefin Meredith Stevens dabei. Es war ein kurzes Gespräch, in dem ich ihn nur an die Positionen meiner Klienten zu den Haushaltsvorlagen erinnerte, und ich ließ sie im Garten zurück. Es muss so gegen viertel elf gewesen sein.«

Ben beendete seine Fragen und bat darum, mit Jackson zu sprechen. Der wurde gerufen, und Anna ließ sie in ihrem

Büro zurück, um zu ihrer Arbeit zurückzukehren. Jackson sah aus wie ein Kind, das im Anzug seines Vaters Verkleiden spielte, mit einem ernsten Blick in seinem geröteten Gesicht. Er kaute zwischen den Fragen auf seinen Fingernägeln und schluckte während des zehnminütigen Gesprächs drei Gläser Wasser. Auf seinen Lippen standen Schweißperlen, und als es so aussah, dass Jackson nichts Neues hinzufügen hätte, drängten Coop und Ben weiter.

»Gibt es etwas, das Sie uns nicht gesagt haben, Jackson?«, fragte Ben. »Haben Sie Informationen, die für unsere Mordermittlung hilfreich wären?«

»Nein, nein, äh, nein, Sir, nicht, dass ich wüsste«, antwortete Jackson und hielt sein Wasserglas so fest umklammert, dass Coop Angst hatte, es würde zerbrechen.

»Sagen Sie, Jackson, Sie scheinen furchtbar nervös zu sein. Geht es Ihnen gut?«, fragte Coop.

Der junge Mann nickte. »Ja, Sir. Ich bin es nicht gewohnt, von der Polizei befragt zu werden. Ich bin nur ein Praktikant. Ich recherchiere und, ähm, erstelle Berichte und, äh, analysiere Statistiken und Rechnungen.«

»Besuchen Sie die Vanderbilt?«, fragte Ben, um Jackson zu beruhigen.

»Ja, Sir.«

»Coop und ich waren beide auf der Vanderbilt. Es ist eine gute Uni. Haben Sie politische Ambitionen?«

»Ich möchte Anwalt werden, aber ich interessiere mich für Politik.« Sein Griff lockerte sich. »Ich werde Ende Juni mit dem Praktikum fertig sein.«

»Viel Glück für Sie, Jackson. Wenn wir noch etwas brauchen, werden wir uns melden. Ich habe mir Ihre Kontaktdaten notiert«, sagte Ben.

Als sie das Gebäude verließen, schüttelte Coop den Kopf und lächelte. »Ich glaube, sie sollten diesen Jackson-Jungen besser im Hinterzimmer behalten und dort Recherchen betreiben lassen. Ich glaube nicht, dass er in einem politischen Prozess bestehen kann.«

Ben sagte: »Ich dachte, dass er vielleicht etwas über den Mord verschweigt, aber ich glaube, er ist nur ein nervöser Junge, der seine Karriere überdenken sollte.«

Sie lachten, als sie das Büro von Prosser verließen und zum nächsten Lobbyisten auf der Liste schlenderten. Der Zwischenstopp bei Peter Collins erwies sich als kurzer Besuch. Er war freundlich, in Trainingsklamotten auf dem Weg ins Fitnessstudio, bestätigte aber Annas Ankunft und Abreise. Als sie sich dem Ende der Liste näherten, hatten sie immer noch nichts von Bedeutung in Erfahrung gebracht, außer dass die meisten der befragten Lobbyisten in der Mordnacht im Gartenbereich gewesen waren und keiner von ihnen etwas gesehen oder gehört hatte.

Eine der Lobbyistinnen auf der offiziellen Liste, Susan Bates, sagte, sie habe Reed Simmons gebeten, sich ihr anzuschließen. Sie arbeiteten gemeinsam an einem Thema und hofften, eine Formulierung in einem Gesetzentwurf auszuhandeln, die für ihre beiden Klienten von Vorteil wäre. »Wir Lobbyisten sind eigentlich eine recht eng verbundene Gruppe und arbeiten oft zusammen«, erklärte sie. »Reed und ich verbrachten die meiste Zeit an einem der Tische im Freien am Rande des Gartenbereichs, denn dort versammelten sich die Abgeordneten, nachdem sie drinnen ihre Botschaft verkündet hatten.«

»Erinnern Sie sich daran, wen Sie in jener Nacht von Ihrem Tisch aus gesehen haben, der in den Garten ging?«, fragte Ben.

»Junge, das ist hart. Ich weiß, dass die meisten Lobbyisten diese Ecke irgendwann einmal genutzt haben, weil es dort relativ ruhig war und die Bäume und Sträucher die Musik dämpften. Außerdem bot er ein wenig Privatsphäre. Ich kann mich nicht mehr genau erinnern, aber ich kann mit Sicherheit sagen, dass alle Abgeordneten und fast alle Lobbyisten oft in diesem Bereich ein und aus gingen. Ich habe auch einige der anderen Gäste und Mitarbeiter gesehen, aber ich habe nicht besonders darauf geachtet.«

Sie konnte nicht genau sagen, wann sie mit den Abgeordneten im Garten gesprochen hatte, aber sie wusste, dass sie die Veranstaltung gegen elf Uhr verließ. »Ich weiß, dass Senator Wagner der Letzte war, mit dem ich gesprochen habe. Ich erwischte ihn, als er aus dem Gartenbereich kam, und wir unterhielten uns an den Tischen. Das muss so gegen viertel vor elf gewesen sein, würde ich schätzen.«

Sie erwischten Reed Simmons, als er von einem Training am späten Nachmittag zurückkehrte. Er bestätigte Susan Bates' Bericht und gab zu, zum Zeitpunkt des Todes in der unmittelbaren Umgebung gewesen zu sein, konnte sich aber nicht daran erinnern, etwas Seltsames gesehen zu haben. Wie Susan kannte er Grayson Taylor nicht persönlich, sondern nur vom Hörensagen. Seine Geschichte stimmte mit der von Susan überein, was den zeitlichen Ablauf betraf. Ben und Coop bedankten sich bei ihm für seine Zeit und machten sich auf den Weg zur letzten Station.

Das Büro von Craig Baker lag dem Kapitolgebäude am nächsten und war das beeindruckendste. Er war einer der Partner von *Whitehead, Baker und McCord*, der ältesten Lobbying-Firma in Nashville und bekannt für ihr Knowhow. Coop und Ben warteten fast dreißig Minuten, wurden dann aber schließlich in einen Konferenzraum mit Blick auf das Gelände und das massive Kalksteingebäude des Kapitols, das auf einem Hügel thronte, geführt. Man brachte sie zu einer weichen Ledercouch und bot ihnen eine

Reihe von Getränken und Snacks an, die sie jedoch ablehnten.

Craig Baker trat ein, sobald sie Platz genommen hatten. »Ich bitte um Entschuldigung, meine Herren, um diese Jahreszeit sind unsere Freunde auf der anderen Straßenseite sehr beschäftigt«, sagte er, warf einen Blick auf die Aussicht aus dem Fenster und bot jedem von ihnen einen festen Griff an.

Coop betrachtete Craigs teuren Anzug, die dazu passenden Hosenträger, die Krawatte und das Einstecktuch sowie die Manschettenknöpfe mit Monogramm und bemerkte, dass sich das Jackett seiner muskulösen Gestalt anpasste. Der Mann sah aus wie und roch nach Geld. Ben dankte ihm, dass er sie empfangen hatte, und erklärte, dass sie alle Gäste der Samstagsveranstaltung überprüfen würden. »Uns ist aufgefallen, dass Ihr Name nicht auf der offiziellen Gästeliste steht, aber Coop erinnert sich, Sie auf der Veranstaltung gesehen zu haben«, sagte Ben.

Craig nickte. »Ja, ich war eigentlich als Gast von Senator Wagner dort. Wir hatten einige Gesetzesentwürfe zu besprechen, und er schlug vor, dass ich als sein Gast teilnehme, damit wir uns unterhalten können, außerdem vertreten wir *Global*, und ich genieße immer gern die Musik. Ich bin mit meinem eigenen Auto gefahren und habe den Senator dort getroffen.«

»Ich brauche das Kennzeichen, die Automarke und das Modell«, sagte Ben. Er notierte sich eine BMW-Limousine und stellte weitere Fragen. Craig bestätigte, dass er im Laufe der Nacht sowohl mit Senator Wagner als auch mit Parlamentspräsident Evans und den anderen Abgeordneten gesprochen hatte. Auf der Liste von Eula Mae stand ein BMW als Gast von Senator Wagner.

Craig bestätigte, dass er zusammen mit den anderen

Lobbyisten Zeit im Gartenbereich verbrachte. »Der Garten bot einen Hauch von Privatsphäre für die Treffen, die wir alle haben wollten, insbesondere mit den führenden Vertretern der Legislative. Es sind wichtige Haushaltsgesetze in Arbeit.«

Craig wusste nicht genau, wie lange er im Garten gewesen war, aber er sagte, er hätte den größten Teil des Abends draußen an den Tischen in der Nähe des Gartens verbracht. Er sagte, er sei um halb zwölf ins Büro zurückgekehrt, sodass seine Abreise aus dem Silverwood etwa um gegen elf erfolgt sein musste. Er hätte sich nicht auf der Terrasse aufgehalten und den Garten von der anderen Seite in der Nähe der Tische betreten. Er kannte Mr. Taylor nur flüchtig von seinen Besuchen bei *Global* und niemanden, der ihm etwas antun wollte. Sie sprachen über seine getrennten Treffen mit Parlamentssprecherin Evans und Senator Wagner. Er erinnerte sich, dass Parlamentssprecherin Evans allein war, und fügte hinzu: »Senator Wagner war natürlich mit Meredith zusammen.«

»Ich nehme an, Meredith ist oft mit dem Senator unterwegs?«, fragte Coop.

»Ja, sie ist seine rechte Hand. Es ist das Beste, sich mit Meredith gut zu stellen, wenn man Zugang zu Senator Wagner haben will. Es ist ein geschäftiges Büro und sie regiert es mit eiserner Faust.«

Ben hinterließ seine Karte bei Craig und bat ihn, anzurufen, wenn ihm noch etwas einfiele. Sie wurden den Flur hinuntergeführt, ihre müden Füße genossen den dicken, gepolsterten Teppichboden. Sie verließen die Empfangshalle und machten sich auf den Weg zu ihrem Auto. Es war schon nach sechs und Ben schlug vor, auf dem Weg zum Parkhaus bei einem Starbucks anzuhalten. Sie gönnten sich eisgekühlte Mischgetränke mit

Schlagsahne und ließen sich an einem Tisch im hinteren Bereich nieder.

»Also, was denkst du?«, fragte Ben und seufzte.

»Ich denke, die Chancen stehen gut, dass unser Mörder auf der politischen Liste steht, denn wir haben bestätigt bekommen, dass mehrere von ihnen Zeit in der unmittelbaren Umgebung des Mordes verbracht haben. Es wird interessant sein, zu sehen, was wir von den tatsächlichen Politikern erfahren.«

»Ja, heute hat sich niemand als unser Mann … oder unsere Frau herausgestellt«, sagte Ben und nahm einen Schluck von seinem eisgekühlten Getränk. »Wir haben niemanden gefunden, der auch nur im Entferntesten etwas mit Gray zu tun hat.«

»Glaubst du nicht, dass dieser Stein mindestens dreißig Pfund wiegt?«

Ben nickte. »Dreiunddreißig, um genau zu sein.«

»Das lässt mich vermuten, dass es ein Mann sein muss. Keine der Frauen auf unserer Liste sieht so aus, als könnte sie das Ding stemmen und so stark schwingen, dass es Gray den Schädel einschlagen konnte. Alle männlichen Lobbyisten sehen muskulös und fit aus und scheinen Fitnessstudios zu besuchen.«

»Ganz zu schweigen davon, dass die Frauen eher klein und alle Männer groß sind. Da stimme ich dir zu«, sagte Ben und löffelte den Rest seines Getränks in seinen Mund.

Sie leerten ihre Getränke. Coop holte seinen Jeep und fuhr im Büro vorbei, um Gus abzuholen. Auf dem Heimweg piepte sein Telefon und er sah eine weitere SMS von Shelby. »Ich muss sie heute Abend anrufen. Das kann ja heiter werden«, brummte Coop. Gus jammerte und steckte seinen Kopf aus dem Fenster, er würde sich nicht einmischen.

Sobald er die Tür zum Haus seiner Tante erreicht hatte,

piepste sein Telefon. Gus sprang hinein und ging zu seiner Schüssel. Coop schaute auf sein Telefon und sah eine Nachricht von seinem alten Freund bei der Capitol Police. Er schlug vor, dass Coop und Ben morgen früh gegen halb acht auftauchen sollten, da zu dieser Zeit die beiden Chefs erwartet würden. Er sagte, sie könnten sie erwischen, wenn sie das Gebäude betraten.

Coop bedankte sich per SMS und schickte eine weitere SMS an Ben. Sie beschlossen, Peg's auszulassen und in der Innenstadt zu frühstücken, damit sie schon in der Nähe des Capitols wären. Ben bot an, Coop um sechs Uhr morgens in seinem Büro abzuholen.

KAPITEL ELF

Nach dem Essen entschuldigte sich Coop, schenkte sich ein großes Glas süßen Tee ein und schlurfte in sein Büro zu Hause. Er musste Shelby anrufen. Er hatte es aufgeschoben, weil er fürchtete, dass es unangenehm werden würde. Er wusste, dass es schlimm war, als er sich dafür entschied, zuerst Mrs. Taylor zu informieren.

Er schrieb eine E-Mail und zog es vor, mitten in Bens Ermittlungen gegen Seth kein weiteres Gespräch mit ihr zu führen. Er berichtete von den Dutzenden von Gesprächen mit Mitarbeitern und Teilnehmern und dem Fehlen eines festen Verdächtigen, versprach aber, die Ermittlungen fortzusetzen. Er scannte den Brief ein, den sie auf Grays Computer gefunden hatten, und fügte ihn bei, in der Hoffnung, dass der ihr Herz erweichen würde.

Er räumte seinen Schreibtisch auf, ordnete den Stapel Papiere, der seit Monaten darauf wartete, und ordnete die Gästeliste, legte einen Satz farbiger Stifte und mehrere Textmarker neben die Dokumente. Er holte sich ein kaltes Bier aus seinem Minikühlschrank. Gus starrte ihn von seinem Ruheplatz auf dem Ledersessel aus an. »Sieh mich nicht so an!«, murmelte Coop. »Ich werde sie anrufen.«

Er scrollte zu Shelbys Namen, nahm einen langen Schluck aus der Flasche *Yazoo Pale Ale* und drückte den Knopf. Sie antwortete nach dem ersten Klingeln. »Hey, Shelby. Ich bin's, Coop.«

Gus hob seinen Kopf von der Stuhllehne und seine Ohren versteiften sich, als er die hohe Stimme am anderen Ende des Telefons hörte. Coop rollte mit den Augen und sah Gus an.

»Ich weiß, es tut mir leid, Shelby. Ich habe Tag und Nacht an diesem Fall gearbeitet. Nein, ich habe keine konkreten Hinweise.«

Ihre Stimme sank um eine Oktave, während Coop mit dem Kopf wippte und ihr zuhörte. »Sag mal, Shelby, ich glaube sowieso nicht, dass das mit uns klappen wird. Du bist an einem anderen Punkt in deinem Leben und meine Arbeit macht mich manchmal unzuverlässig. Ich glaube, du wärst mit jemand anderem glücklicher. Jemand, der die gleichen Interessen hat wie du.«

Shelby kreischte, was Gus dazu veranlasste, den Stuhl zu verlassen und sich neben Coop zu stellen. Er ließ seinen Griff um die Flasche los und streichelte den Kopf des Hundes. Nachdem er sich Shelbys unnachgiebiges Geschimpfe angehört hatte, holte sie schließlich Luft, und er sagte: »Es tut mir wirklich leid, Shelby, aber ich denke, es ist das Beste, wenn wir das jetzt beenden. Du bist wunderschön und verdienst jemanden, der sich mehr Zeit für dich nehmen kann. Pass auf dich auf!«

Es folgte Schweigen. Sie legte auf, ohne sich zu verabschieden. Er schüttelte den Kopf und drückte auf den Knopf, um sie mit einer Fingerbewegung aus seinen Kontakten zu löschen. »Okay, Gus. Das ist vorbei. Ich hätte wissen müssen, dass es nicht klappt.«

Gus seufzte und lehnte sich auf seinem Sessel zurück, öffnete den Mund zum Gähnen und streckte seine riesige Zunge heraus. Coop nahm einen langen Zug von seinem Bier. Er und der Hund starrten sich gegenseitig an. »Verurteile mich nicht!«, sagte Coop.

Nach ein paar Stunden, in denen er die Liste bearbeitet hatte, wurden seine Augen müde. Er schaltete die Schreibtischlampe aus, und das Geräusch veranlasste Gus, seinen Kopf fragend zu neigen. »Komm schon, Gus, lass uns ins Bett gehen.«

Coop wälzte sich hin und her und fühlte sich schuldig wegen des Anrufs bei Shelby. Er hatte Dutzende von ersten und zweiten Verabredungen gehabt, aber keine schaffte es, auch nur halbwegs dauerhaft in seinem Leben zu bleiben. Er wurde nicht jünger und wusste, dass er sich eine ernsthafte Beziehung suchen musste, wenn er nicht allein enden wollte. Aber selbst wenn er jemanden finden würde, gab es keine Garantie, dass er nicht allein bleiben würde.

Beim Frühstück berichtete Ben, dass er gestern Abend spät von Kate und Jimmy gehört hätte. Ihr Flug hatte Verspätung, sodass sie mit Verspätung ankamen. Sie würden Seth befragen und versprachen, sich zu melden, wenn sie mehr Informationen hätten, aber sie würden heute Abend nicht mehr zu einem Treffen kommen.

Als Coop sein letztes Stück Toast mit Marmelade bestrich, grinste er. »Rate mal, was ich heute unter meinem politisch korrekten Anzug trage?«

Ben lachte und sagte: »Möchte ich das wissen?«

Coop knöpfte sein Hemd auf und zeigte ein weißes T-Shirt mit einem Bild des US-Kapitols und der Aufschrift

Unterschätze niemals die Macht dummer Menschen in großen Gruppen.

Ben lachte laut. »Es ist perfekt, aber du solltest hoffen, dass du heute keinen Unfall hast, bei dem du dein Hemd ausziehen musst. Die haben vielleicht keinen Sinn für Humor.«

»Das befriedigt meinen rebellischen Drang.« Coop übernahm die Rechnung. »Das hier geht auf Mrs. Taylor.«

Da Coops Tante die Parlamentssprecherin Evans kannte, hatte er sich bereit erklärt, mit ihr zu sprechen. Ben würde mit Senator Wagner sprechen. Sie tranken ihren Kaffee und postierten sich am Ende des Tunnels, um die beiden Politiker auf dem Weg von ihren Büros und den sicheren Parkplätzen auf der Legislative Plaza abzufangen. Coop entdeckte Parlamentssprecherin Evans, die auf ihn zukam. Sie telefonierte mit ihrem Handy, aber ihre Augen flackerten auf, als sie Coop anschaute.

Sie unterbrach das Gespräch und streckte ihre Hand aus. »Coop Harrington, richtig?«

»Ja, Ma'am. Entschuldigen Sie, dass ich Sie so erwische, aber ich arbeite mit der Polizei an den Ermittlungen zum Mord an Grayson Taylor im Silverwood.«

»O ja, das ist unfassbar. Meine Tochter war bestürzt, als wir am nächsten Tag davon hörten. Silverwood ist kein Ort, an dem ich einen Mord erwartet hätte. Sie sind sich sicher, dass es Mord war, nicht wahr?«

»Ja, leider. Hätten Sie ein paar Minuten Zeit, um einige Fragen zu beantworten?«

Sie warf einen Blick auf ihre Uhr. »Sicher, lassen Sie uns in einen der Konferenzräume gehen.«

Coop überprüfte Zeiten ihrer Ankunft und ihrer Abfahrt anhand des Videoprotokolls vom Einlass. Sie schilderte ihren Abend, der aus ein wenig Wahlkampf und

Gesetzgebungsgeschäften mit Lobbyisten bestand. »Die Priorität an diesem Abend galt meiner Tochter. Sie freute sich darauf, Beau Branson und einige der anderen Musiker zu sehen, also habe ich versucht, meine politischen Possen auf ein Minimum zu beschränken«, sagte sie lachend. »Ich war in letzter Zeit viel mit den Sitzungen beschäftigt und wollte ihr etwas von meiner Zeit schenken.«

Coop lächelte und nahm sein Notizbuch heraus. »Ich verstehe. Können Sie sich daran erinnern, dass Sie sich im Garten hinter dem Rasen aufgehalten haben, und wann Sie sich dort aufgehalten haben könnten?«

Sie runzelte die Stirn und zählte die Lobbyisten auf, mit denen sie draußen gesprochen hatte. »Was die Zeit angeht, bin ich mir nicht sicher. Ich weiß nur, dass es nicht während einer von Beaus Vorstellungen war. Ich verpasste einen Künstler kurz vor der kurzen Pause und ließ meine Tochter zuhören, während ich versuchte, meine Verpflichtungen zu erledigen. Ich habe auch mit meinen Kollegen aus der Regierung gesprochen, während ich im Garten war. Nur für ein paar Augenblicke hier und da. Ich ging zurück in die Villa und hörte mir die Bands an, bis wir gegen elf Uhr gingen.« Auch sie hatte den Garten von der Rasenseite aus betreten und sich nicht auf der Terrasse aufgehalten. Wie bei den anderen, die sie befragt hatten, konnte Evans sich nicht daran erinnern, etwas Verdächtiges oder Ungewöhnliches gesehen zu haben. Sie wusste, wer Grayson war, da er aus ihrer Heimatstadt war, hatte aber keine persönliche Beziehung zu ihm. Sie bestätigte, dass sie von ihrer Tochter und keinem Mitarbeiter begleitet wurde.

»Fällt Ihnen ein Grund ein, warum jemand Mr. Taylor töten wollte?«

Sie schüttelte den Kopf. »Nein, ich bin fassungslos. Es

schien eine vornehme Gesellschaft zu sein. Wie wurde er getötet?«

»Wir haben noch nicht alle Beweise ausgewertet, aber soweit wir wissen, wurde er mit einem dekorativen Stein von der Terrasse auf den Kopf geschlagen und fiel auf die darunter liegende Steinmauer.«

»Oje, das ist schrecklich. Ich glaube ehrlich gesagt nicht, dass er in irgendwelche politischen Geschäfte verwickelt war. Vielleicht stand sein Tod im Zusammenhang mit seiner Arbeit.«

Coop reichte ihr Bens Karte zusammen mit seiner. »Bitte rufen Sie einen von uns an, wenn Sie sich an etwas erinnern, das uns helfen könnte.«

»Das werde ich. Wie ich höre, hat er eine Frau und eine kleine Tochter zurückgelassen. Bitte sprechen Sie ihnen mein Beileid aus!«

Coop nickte. »Ich weiß Ihre Zeit zu schätzen, Parlamentssprecherin Evans. Ich weiß, wie beschäftigt Sie sind.«

Sie nahm ihre Tasche und steckte die Visitenkarten in ihr Portemonnaie. »Ich denke, wir könnten bald fertig sein. Ich hoffe es. Grüßen Sie Camille von mir.«

Coop folgte ihr nach draußen und schickte Ben eine SMS, in der er ihm mitteilte, dass er in der Cafeteria auf ihn warten würde. Er holte sich eine Tasse Kaffee und ging seine Notizen von dem Gespräch mit Parlamentssprecherin Evans durch, während er das Treiben der Machtmogule in den Fluren beobachtete.

Ben saß in einem Konferenzraum und wartete auf Senator Wagner, der für einen Moment das Gebäude verließ, um einen Anruf entgegenzunehmen. Ben fing ihn zusammen mit seinem Stabschef ab, als sie durch den Tunnel, der das Kapitolsgebäude mit dem Legislative Plaza verbindet, zum Gebäude gingen. Als erfahrener Politiker verbarg Senator Wagner seine Verärgerung, aber Meredith Stevens tat wenig, um ihre Verärgerung zu verbergen. Als Ben darum bat, mit dem Senator unter vier Augen sprechen zu können, verließ sie verärgert den Raum. Sie erinnerte Ben mehr als einmal daran, dass sie heute einen engen Zeitplan hatten und er die Haushaltsverhandlungen unterbrechen würde.

Die Tür öffnete sich und Senator Wagner sagte: »Es tut mir leid, Chief Mason. Wir sind in den letzten Zügen, um diesen Haushalt auszubügeln. Wie kann ich Ihnen helfen?«

»Ich bin sicher, Sie wissen von dem Mord an Grayson Taylor am Samstagabend im Silverwood. Wir sind mitten in den Ermittlungen und befragen jeden, der an der Veranstaltung teilgenommen hat.« Senator Wagner nickte. »Sir, hatten Sie während der Veranstaltung Kontakt mit Mr. Taylor?«

»Ich habe ihn zwar begrüßt, zusammen mit einer Menge anderer, aber ich kannte ihn nicht. Ich kannte ihn aufgrund seiner Position bei *Global*, aber ich hatte nichts mit ihm zu tun.«

»Ich habe gehört, dass Sie sich an diesem Abend mit mehreren Lobbyisten im Gartenbereich getroffen haben. Haben Sie einen Teil Ihrer Zeit auf der Terrasse verbracht?«

Er schüttelte den Kopf und erklärte, dass er sich im Gartenbereich befanden hätte und von den Tischen auf dem Rasen gekommen wäre. Er erzählte von seinen Gesprächen mit den Lobbyisten und sagte, dass Meredith im Tagebuch eine Liste derjenigen hätte, mit denen er gesprochen hatte.

Senator Wagner sagte, dass sie die Veranstaltung um halb zwölf verlassen hätten und schätzungsweise zwei Stunden damit verbrachten, sich unter freiem Himmel mit Lobbyisten und anderen Abgeordneten zu unterhalten.

»War außer Miss Stevens noch jemand bei Ihnen?«

»Es gab ein paar Praktikanten, die mit mir über einige Wahlkampfthemen sprechen mussten. Sie sind gegen neun gegangen. Meredith hat ihre Kontaktinformationen, falls Sie mit ihnen sprechen wollen.«

»Haben Sie etwas Ungewöhnliches gesehen oder jemanden, der sich in der Gegend oder auf der Terrasse verdächtig verhalten hat?«

»Nein, da fällt mir nichts ein. Die Terrasse ist wegen der Bäume und des Laubes im Garten nicht einsehbar, aber die einzigen Leute, die ich gesehen habe, waren meine Abgeordnetenkollegen, Mitarbeiter und Lobbyisten.« Er hielt inne und schaute auf sein Handy. »Wissen Sie, ich habe ein bisschen Lärm gehört, von dem ich dachte, er käme von der Terrasse. Nach dem, was die Leute sagten, waren es Beau Branson und Mr. Taylor.«

Ben nickte. »Ja, sie waren gegen halb elf in eine verbale Auseinandersetzung auf der Terrasse verwickelt.«

»Wie wurde Mr. Taylor ermordet?«

»Stumpfe Gewalteinwirkung auf den Kopf. Er wurde mit einem der dekorativen Steine oben auf der Balustrade getötet.«

»Oh, das ist ja furchtbar. Vielleicht bekommen Sie ja ein paar Fingerabdrücke.«

Ben lächelte. »Wir sind zuversichtlich und warten auf weitere Ergebnisse aus allen Beweismitteln. Wenn Ihnen etwas einfällt, das hilfreich sein könnte, rufen Sie mich bitte an!« Ben reichte ihm seine Karte. »Bitte schicken Sie Miss Stevens herein.«

»Machen Sie weiter so, Chief!« Senator Wagner nahm sein Telefon in die Hand und öffnete die Tür.

»Meredith, er ist bereit für dich«, brüllte er. »Ich habe dieses Treffen. Schick mir eine SMS, wenn du etwas brauchst.«

Meredith kam durch die Tür. »Ich habe nicht viel Zeit, Chief Mason. Ich muss wirklich zurück ins Büro.«

»Ich verstehe das. Ich muss Ihnen nur ein paar Fragen zu Samstagabend im Silverwood stellen.«

Sie starrte Ben an. »Machen Sie schon!«, sagte sie und klopfte mit der Schuhspitze auf den Teppich.

»Erzählen Sie mir von Ihrem Abend am Samstag im Silverwood. Wohin sind Sie gegangen und was haben Sie gemacht?«

»Ich habe Senator Wagner unterstützt und dafür gesorgt, dass er sich mit einigen der Lobbyisten trifft, die wir gebeten hatten, dabei zu sein. Ich habe auch dafür gesorgt, dass er ein paar Begrüßungsgespräche mit seinen Wählern führen konnte.«

»Waren Sie immer bei ihm oder haben Sie ihn auch mal allein gelassen?«

Sie warf ihm einen eisigen Blick zu. »Ich glaube, ich habe im Laufe des Abends die Damentoilette benutzt, aber ansonsten war ich bei Senator Wagner.«

»Kannten Sie Grayson Taylor oder hatten Sie auf der Veranstaltung mit ihm zu tun?«

»Nur aufgrund seiner Reputation und seiner Position bei *Global*. Vielleicht war er bei der Begrüßung dabei, ich weiß es nicht.« Sie konnte sich an keine Unregelmäßigkeiten erinnern, außer an die lauten Stimmen auf der Terrasse, von denen sie später erfahren hätte, dass sie zu Beau und Mr. Taylor gehörten.

»Waren Sie an diesem Abend auf der Terrasse?«

»Nein, ich habe die meiste Zeit im Gartenbereich oder bei den Tischen auf dem Rasen verbracht, abgesehen von ein bisschen Wahlkampf in der Kunstgalerie und dem Holen von Essen.« Sie schaute auf ihre Uhr und drehte die Brosche an ihrer Jacke. »Dauert das noch lange? Ich muss zurück.«

»Fast fertig. Wissen Sie, wer vielleicht Grayson Taylor töten wollte?«

Sie runzelte die Stirn und sagte: »Natürlich nicht. Ich hatte überhaupt keine Beziehung zu ihm.«

Sie blätterte in einem abgenutzten, in Leder gebundenen Buch und kreuzte die Namen der Lobbyisten an, die Senator Wagner im Garten getroffen hatte. Sie sagte, dass sie die Party um halb zwölf verlassen hätten und schätzungsweise gegen zehn Uhr draußen ankamen.

»Und Sie haben auf der Terrasse außer dem lauten Streit nichts gehört?«

»Das stimmt.«

Ben reichte ihr eine Visitenkarte. »Bitte rufen Sie mich an, wenn Ihnen noch etwas einfällt.«

Sie steckte die Karte in ihr Buch.

»Oh, werden Sie und der Senator uns in den nächsten Tagen für weitere Fragen zur Verfügung stehen?«

»Sobald die Sitzung zu Ende ist, werden wir zusammenpacken. Ich werde den größten Teil der zwei Wochen im Büro sein, um aufzuräumen, aber die Abgeordneten gehen nach den Tagungen alle nach Hause.«

»Danke, Miss Stevens. Sie waren sehr hilfreich.«

Sie nahm ihr Buch und ihr Telefon und öffnete die Tür, wobei ihre Absätze auf dem Boden klackten, als sie durch den Flur eilte.

Ben holte sein Handy aus der Tasche und sah Coops SMS. Er bahnte sich einen Weg durch die inzwischen überfüllten Gänge und ließ sich auf einen Stuhl neben Coops Tisch fallen. »Hast du lange gewartet?«

Coop schaute auf die Uhr an der Wand. »Nur etwa

dreißig Minuten. Parlamentssprecherin Evans hatte nicht viel beizutragen.« Coop und Ben rekapitulierten ihre Interviews.

»Meinst du, wir könnten deinen Freund David erwischen? Ich würde gern noch etwas mehr über diese Leute erfahren.«

»Klar, ich schreibe ihm und frage ihn, ob er sich mit uns treffen kann.« Ben holte sich eine Tasse Kaffee, während Coop eine Nachricht auf seinem Handy tippte.

Während Ben an seinem Kaffee nippte, beobachtete Coop die Menschenmenge, die an der Cafeteria vorbeiströmte. Sein Handy piepte und er scrollte durch die SMS. »David sagt, dass er uns in einer halben Stunde im Victory Park treffen kann. Er möchte lieber nicht gesehen werden, wie er mit uns im Gebäude plaudert.«

Ben nahm einen Schluck Kaffee. »Ich glaube, Gray wurde von einem dieser politischen Typen getötet. Die meisten von ihnen waren im Gartenbereich und könnten zur Terrasse durchgeschlüpft sein. Niemand erinnert sich daran, Gray dort gesehen zu haben, aber Beau sagt, dass Gray, als er ging, die Treppe zur Terrasse nahm. Ich glaube, er wurde kurz nach seiner Ankunft auf der Terrasse getötet. Irgendjemand in dieser Gruppe von Lobbyisten und Politikern lügt.«

Coop nickte. »Mir geht es genauso, aber ich kann mir nicht erklären, was Gray mit einem von ihnen verbindet. Der zeitliche Ablauf deutet auf jeden Fall auf einen von ihnen hin.«

Sie warfen ihre Becher weg und machten sich auf den Weg zum Ausgang. Dann gingen sie zum Victory Park und suchten sich eine Bank im Schatten, die ein wenig Linderung von der drückenden Hitze bot. Coop konzentrierte sich auf den Gehweg und hielt Ausschau nach David.

Er hob eine Hand zur Begrüßung, als er seinen alten Freund sah. »Hey, David. Danke für das Treffen.«

»Sicher, es tut mir leid, dass ich euch hierhergebeten habe, aber ich möchte nicht, dass die anderen denken, ich würde ohne Termin mit euch sprechen.«

Ben streckte seine Hand aus. »Ich bin Chief Ben Mason. Danke, dass Sie gekommen sind. Ich wollte von jemandem wie Ihnen ein Gefühl für ein paar der Leute bekommen, mit denen wir gesprochen haben. Einem Insider, sozusagen.«

David nickte. »Sicher, ich werde Ihnen sagen, was ich weiß.«

»Erzählen Sie mir von Meredith Stevens und Senator Wagner.«

David pfiff. »Ihr Jungs wisst, wie man mit den wichtigen Leuten anfängt.« Er holte tief Luft und begann: »Nun, Senator Wagner ist seit Jahrzehnten in der Generalversammlung. Er ist mächtig und hat gute Beziehungen. Er hat den Ruf, Dinge zu erreichen, die unmöglich erscheinen. Er ist höflich und immer ein Gentleman, aber niemand, mit dem ich mich anlegen möchte. Er hat jahrelang Geld von anderen Parlamentsmitgliedern gesammelt und ist der wichtigste Vermittler für Geschäfte. Er wird derjenige sein, der uns mit einer Art Haushaltskompromiss aus der Sitzung herausbringt. Er ist für den Großteil des wirtschaftlichen Entwicklungsbooms der letzten Jahre verantwortlich und hat dafür viel Bewunderung erhalten.«

»Und Miss Stevens leitet sein Büro? Ist sie schon lange bei ihm?«

»Ja, Meredith ist sein Goldkind. Sie ist klug und begabt, kann aber auch, äh, abweisend, unhöflich, herablassend und einfach schwierig sein. Bei der Arbeit mit ihr habe ich im Laufe der Jahre festgestellt, dass sie regelrecht beleidigend wird, wenn wir infrage stellen, was sie will, oder eine Alternative vorschlagen. Sie bekommt hier so ziemlich alles, was sie will, denn es ist einfacher, ihr zu gehorchen, als einen Anruf von Senator Wagner zu bekommen, der sie in jeder Kleinigkeit unterstützt. Um in seiner Gunst zu bleiben, muss man Meredith glücklich machen.«

Coop fragte: »Was ist mit Lois Evans. Ich weiß, dass sie im Repräsentantenhaus ist, aber wissen Sie viel über sie?«

»Ich hatte schon einige Male mit ihr zu tun. Sie ist eine der Lieblinge hier. Höflich zum Personal und vernünftig in ihren Forderungen. Aber sie ist kein Faulpelz. Wenn sie etwas will, bleibt sie im Kampf und setzt es durch. Sie ist etwas ruhiger, und da sie aus einer wohlhabenden Familie stammt, hat sie viel Unterstützung. Sie hat auch eine ziemlich aggressive Stabschefin – Susannah Tyler. Sie und Meredith könnten böse Zwillingsschwestern sein.«

Ben blickte auf sein Notizbuch und zeigte David die Liste der Lobbyisten, die sie befragt hatten. »Was ist mit diesen Lobbyisten? Ich bin neugierig auf ihre Beziehungen zu den beiden Politikern. Wer von ihnen hat die engsten Beziehungen zu den beiden?«

David überflog die Liste. »Auf der Liste stehen eine Menge Schwergewichte. Sie sind die prominentesten, was das Budget und das Geld angeht. Eine Menge beeindruckender Kunden.« Er studierte die Namen. »Ich würde sagen, Anna, Craig und Peter sind die ersten drei, was den Einfluss auf die Führung angeht. Anna steht Lois näher, da beide aus alten Familien stammen. Senator Wagner arbeitet viel mit Craig zusammen. Er sitzt während der Sitzung ständig auf der Couch in Senator Wagners Büro. Peter ist auch jemand, den man in beiden Büros antrifft.

»Wissen Sie von einer Verbindung zwischen diesen Leuten und Gray Taylor?«

David schüttelte den Kopf. »Nicht, dass ich wüsste. Ich kannte Gray nicht. Ich könnte in unseren Datenbanken nachsehen, ob er jemals ausgesagt oder Lobbyarbeit geleistet hat, aber da klingelt nichts.«

»Wie lange arbeiten Sie schon bei der Generalversammlung?«, fragte Ben.

»Oh, seit ich mit dem College fertig bin, fast zwanzig Jahre. Ich habe hier ein Praktikum gemacht und beschlossen, mich um einen Job zu bemühen. Ich habe zuerst im Repräsentantenhaus gearbeitet und vor etwa zwölf Jahren diesen Job im Senat angenommen.«

»Wissen Sie etwas über das Privatleben der Lobbyisten oder der Abgeordneten?«

»Ich war schon bei privaten Partys bei Senator Wagner zu Hause. Er hat ein riesiges Anwesen in Brentwood. Seine erste Frau ist gestorben und er hat eine jüngere Frau geheiratet. Wahrscheinlich jünger als seine eigenen Kinder. Parlamentssprecherin Evans ist mit einem Professor an der Vanderbilt verheiratet und hat eine Tochter im Teenageralter. Sie hat ein riesiges Anwesen in Green Hills. Meredith Stevens wohnt in einem Stadthaus in Forest Hills. Ich glaube nicht, dass sie jemals verheiratet war. Ich war auf einigen Partys, die von Anna Prosser und Craig Baker veranstaltet wurden. Craig hat ein Haus in Hidden River in Franklin. Er hat ein großes Grundstück mit ein paar Pferden. Anna lebt in Belle Meade in der Nähe des Anwesens ihrer Eltern. Peter ist in Green Hills. Das ist alles, was ich persönlich weiß.«

Ben kritzelte in sein Notizbuch. »Okay, danke für die Information.«

Coop fragte: »Glaubst du, dass sie heute oder am Wochenende den Etat verabschieden werden?«

David nickte. »Wenn ich etwas vorhersagen müsste,

würde ich sagen, spätestens morgen oder Sonntag. Sie sind alle müde, weil sie so lange hier waren, und wollen die Sache klären.«

»Meredith hat uns gesagt, dass das Personal noch ein paar Wochen da sein wird, aber die Abgeordneten werden gehen, sobald der Hammer gefallen ist. Siehst du das auch so?«

»Zum größten Teil. Die meisten haben es im Allgemeinen eilig, in ihre Heimatbezirke zurückzukehren und von hier zu verschwinden. Die meisten Mitarbeiter werden innerhalb von zwei Tagen oder so verschwunden sein. Meredith übertreibt gerne mit ihrer Wichtigkeit und wird bleiben. Sie und Susannah neigen dazu, miteinander zu konkurrieren, und beide mögen die Macht. Ich glaube, sie zögern, weil sie, wenn sie ihre Sitzungsbüros hier räumen, kein Gebäude voller Leute mehr haben werden, die sie befehligen können«, sagte David mit einem Grinsen.

Coop lachte. »Ich erinnere mich noch an die gigantische Mitarbeiterparty, die wir veranstalteten, wenn alle Abgeordneten und ihre hochrangigen Mitarbeiter endlich das Gebäude verließen. Es war eine große Erleichterung, sie gehen zu sehen.«

David griff nach seinem Handy und scannte den Bildschirm. »Ich muss zurück.« Er stand auf und sah sich in der Menge um. »Sag mir Bescheid, wenn ihr noch etwas braucht.«

Ben schüttelte seine Hand. »Danke für die Hilfe. Wir wissen es zu schätzen, dass Sie sich die Zeit genommen haben, und Coop schuldet Ihnen ein Bier«, sagte er mit einem Grinsen.

David lächelte und joggte mit einem Winken davon.

KAPITEL ZWÖLF

Ben setzte Coop in seinem Büro ab, und sie versprachen, sich über die Entwicklungen auf dem Laufenden zu halten. Coop zog seine Jacke und sein Hemd aus und fügte zu seinem politisch unkorrekten T-Shirt ein Paar Shorts hinzu.

Er richtete sich ein und verbrachte den Rest des Tages damit, Verbindungen zwischen Gray und den übrigen Namen auf der Gästeliste herzustellen. Gray war nicht in die Lobbyarbeit von *Global* involviert gewesen, hatte also keine direkten Verbindungen zu den Politikern oder den Lobbyisten. Mel und eine andere Führungskraft in Nashville kümmerten sich um die Lobbyarbeit. Gray hatte Beziehungen zu Lobbyisten in Kalifornien, aber Coop konnte keinen von ihnen mit Nashville in Verbindung bringen.

Er blickte von seinem Computer und seinen Akten auf, als Annabelle mit seinem Mittagessen hereinkam. »Du musst eine Pause machen und etwas essen. Ich habe dir einen Teller mit den Resten des Picknick-Abendessens deiner Tante gemacht.«

Er schaute auf seine Uhr und sah, dass es bereits Nachmittag war. »Sieht gut aus, danke.« Sie setzte sich auf die Couch und brachte ihn über die anderen Fälle auf den neuesten Stand, während er aß. Er bot ihr einen Keks an, sie nahm ihn und lächelte, als Gus sich zu ihren Füßen niederließ. »Er weiß, dass du ein weiches Herz hast.«

»Ja, ich weiß. Ich kann nicht widerstehen. Ich gebe ihm nicht viel und lasse die Schokostückchen weg.« Sie beugte sich vor, um Gus mit einem Leckerbissen zu belohnen, und bekam als Dankeschön ein kurzes Lecken über die Nase.

»Ich bin diese Liste immer wieder durchgegangen und kann Gray mit niemandem in Verbindung bringen, der als Verdächtiger infrage kommen könnte. Das macht mich wahnsinnig.«

Das Telefon klingelte, und Annabelle kaute schneller, bevor sie zum Telefon auf Coops Schreibtisch griff. Sie stellte den Anruf in die Warteschleife. »Taylor Nelson ist für dich am Telefon.«

Coop stopfte sich das restliche Stück seines Kekses in den Mund und nickte. Gus folgte Annabelle nach draußen, als sie die Tür schloss.

Coop ging an den Apparat und Taylor fragte, ob er vorbeikommen und mit ihm reden könnte. Er hätte das Auto seiner Mutter für ein paar Stunden zur Verfügung und hoffte, dass Coop Zeit hätte. Coop sagte zu, sich innerhalb einer Stunde zu treffen.

Coop legte auf und räumte sein Mittagessen auf. »Hey, AB, haben wir noch ein paar Kekse übrig?«

»Sie sind in der Küche. Sag mir nicht, dass du immer noch hungrig bist?«

»Nein, ich nicht. Taylor ist auf dem Weg hierher, und ich dachte mir, dass er vielleicht ein paar haben möchte.«

»Ich werde einen Teller vorbereiten und ihn in dein Büro stellen. Ich frage mich, was er will.«

»Das hat er nicht gesagt.« Coop hob seine Notizen und Listen auf und räumte den Tisch ab. Er füllte seinen Eistee nach und setzte sich auf die Couch am Eingang, um auf Taylor zu warten.

Annabelle war mit der Ablage beschäftigt. »Hast du am Wochenende große Pläne mit Shelby?«, fragte sie.

»Nein, keine Pläne, weder große noch andere, und Shelby ist Geschichte.«

»Oh, das tut mir leid.«

»Das muss es nicht. Sie war nur ein Date, nichts Ernstes. Ich gerate immer wieder an den falschen Typ Frau. Ich muss jemanden finden, der mehr zu mir passt, der meine Interessen teilt und nicht so bedürftig und anhänglich ist.« Er schüttelte den Kopf. »Was ist mit dir? Machst du dieses Wochenende irgendetwas Lustiges?«

Sie fuhr mit dem Abheften von Ordnern fort. »Nein, irgendetwas, wo es schön kühl ist. Vielleicht gehe ich ins Kino, aber nichts allzu Aufregendes. Es gibt eine neue Komödie im Theater.«

Er lachte. »Klingt lustig. Und es wird schön kühl da drin sein.«

Sie nickte und wollte gerade etwas sagen, als die Haustür aufging und Taylor über die Schwelle trat.

Coop stand auf, Gus sprang auf und begrüßte den Jungen mit seiner feuchten Nase. Taylor streckte die Hand aus, um den Hund zu streicheln. »Hallo, Mr. Harrington.«

»Denk dran, ich heiße Coop! Und das ist Gus. Ich glaube, du kennst AB noch nicht«, sagte er und wies auf sie. »Sie leitet den Laden.«

Taylor hörte auf, Gus zu streicheln, und reichte Annabelle seine Hand. »Schön, Sie kennenzulernen, Ma'am.«

Annabelle schüttelte seine Hand. »Hallo, Taylor. Nenn mich AB oder Annabelle, aber nicht Ma'am – dann fühle ich mich noch älter«, lächelte sie. »Wie wäre es mit einer Cola oder einem Eistee?«

»Eistee hört sich gut an, danke.«

Coop führte Taylor in sein Büro, Annabelle brachte ihm den Tee, sorgte dafür, dass Taylor einen Keks bekam, und schickte Gus aus dem Büro. »Also, was führt dich hierher?«, fragte Coop.

»Nun, ich hatte gehofft, du könntest mir bei etwas helfen. Du erwähntest, dass du auf der Vanderbilt studiert hast und es mir helfen würde, ein Empfehlungsschreiben von einem Ehemaligen zu bekommen. Wärst du bereit, eines zu schreiben?«

»Sicher. Ich brauche von dir einige Informationen über dein Studium und deine Aktivitäten, aber ich schreibe dir gerne etwas.«

Taylors Lächeln wurde breiter und füllte sein Gesicht. »Cool, danke. Die andere Sache sind meine Großeltern.« Taylor sah zu Boden und nahm einen Schluck von seinem Tee. »Ich meine die Eltern von Grayson. Ich habe zufällig gehört, wie Mom mit der Dame von der Polizei gesprochen hat und sie sagte, dass sie mich gerne kennenlernen würden. Meine Mutter ist sich da nicht so sicher, aber ich dachte, wenn wir uns hier treffen könnten, so wie neulich Abend, und du helfen könntest, würde sie mir vielleicht erlauben, sie zu treffen.«

»Das könnte ich tun, aber ich möchte mich nicht in ein Problem zwischen dir und deiner Mutter einmischen. Wenn sie dafür offen ist, habe ich kein Problem damit, ein Treffen hier zu veranstalten. Ich weiß von einem Gespräch mit

Chief Mason, dass deine Großeltern dich kennenlernen wollen.«

Taylor nickte und aß seinen Keks zu Ende. »Ja, ich glaube, sie ist überfordert und fühlt sich schlecht, weil sie mir nichts von meinem Vater erzählt hat. Sie ist besorgt und aufgeregt, aber ich werde mit ihr reden. Ich möchte einen Plan haben, wenn ich sie dazu bringen kann, zuzustimmen. Es muss an einem Wochenende sein.«

»Ich kann es so einrichten, dass es für euch alle passt. Wenn du das Okay von deiner Mutter bekommst, rufe ich die Taylors für dich an.«

»Das wäre toll. Mom und ich gehen morgen zur Beerdigung von Grayson. Sie hat zugestimmt und ihre Schicht in der Pizzeria geändert. Ich hatte gehofft, wir könnten es am Sonntag machen. Sie hat den ganzen Tag frei und ich auch.«

»Ich habe am Sonntag den ganzen Tag geöffnet. Ich bin froh, dass du zur Beerdigung gehst.« Coop nahm einen Schluck von seinem Tee. »Ich habe mit Emily, Graysons Frau, gesprochen. Sie ist offensichtlich bestürzt über seinen Tod und war mehr als nur ein bisschen überrascht, von dir zu erfahren. Vielleicht wird sie dich bei der Beerdigung nicht gerade herzlich empfangen. Es war ein enormer Schock.«

Taylor schaute auf seinen Schoß. »Ich dachte mir, sie wird sich wahrscheinlich nicht freuen, mich oder Mom zu sehen, aber ich will gehen.«

Coop nickte. »Ich denke, du tust das Richtige. Ich wollte nur, dass du vor ihr gewarnt wirst. Sie ist meine Klientin und ich tue mein Bestes, um herauszufinden, wer Grayson getötet hat, aber bisher haben wir nicht viel Glück.«

»Ich verstehe. Graysons Anwalt aus Kalifornien hat angerufen und gesagt, er würde sich gerne mit uns treffen, wenn er zur Beerdigung hier ist. Er sagte, er wolle uns von den Vorkehrungen erzählen, die Grayson getroffen hat, als er von mir erfuhr.«

»Ich glaube, dein Vater war ein guter Mensch, und ich weiß, dass er dich kennenlernen und dir helfen wollte.« Coop zögerte, Taylor den Brief von Grayson ohne die Zustimmung seiner Mutter zu geben, aber der Drang, ihn ihm zu geben, war überwältigend.

Taylors Augen wurden feucht und er nickte schweigend mit dem Kopf.

Coop vergewisserte sich, dass Taylor seine Handynummer hatte, und sagte ihm, er sollte ihn anrufen, sobald er mit seiner Mutter gesprochen hätte, und er würde seine Großeltern wegen Sonntag kontaktieren. Er ließ ihn ein paar Kekse für den Weg mitnehmen und legte seinen Arm um Taylors Schulter. »Es wird alles gut, Taylor. Du schickst mir deine Daten, und ich fertige das Empfehlungsschreiben für dich an, und dann reden wir weiter, okay?«

»Okay, Mr. Harrington … ich meine Coop«, sagte er lächelnd und verabschiedete sich von Annabelle, als er ging.

Kurz nachdem Taylor gegangen war, kamen Madison und Ross durch die Tür. »Hey, ihr beiden«, sagte Annabelle. »Seid ihr bereit für eine weitere Nacht der Spionage?«

Madison verdrehte die Augen. »Ich kann nicht glauben, wie viele Fälle wir mit betrügenden Ehepartnern haben.«

Coop unterbrach. »Habt ihr zwei morgen früh Zeit, zu einer Beerdigung zu gehen?«

Sie nickten beide. »Warum?«, fragte Ross.

»Man würde mich erkennen, aber ich brauche jemanden, der sich das ansieht. Behaltet die Witwe und ihre Familie sowie die Leute von *Global* im Auge und schaut, ob einer der Politiker auftaucht. Die Zeremonie findet im Memorial Hills statt, mit anschließendem Empfang. Die Beerdigung ist um zehn Uhr. Ich werde auch dort sein, aber es wird ein großes Ereignis sein und ich brauche Hilfe bei der Berichterstattung.«

»Okie dokie«, sagte Madison. »Hoffentlich wird uns niemand fragen, woher wir ihn kennen. Wir können improvisieren und sagen, dass wir ihn aus der Schule kennen.«

»Ihr macht das schon. Schaut einfach, ob euch etwas auffällt. Ich besorge euch eine Kopie der Namen, die wir nicht klären konnten, und AB kann Fotos für euch besorgen.«

»Alles klar, Boss«, sagte Ross.

Er und Annabelle arbeiteten die Liste ab und reduzierten sie auf die Namen von Personen, die noch durch Alibis, Fotos oder andere Mittel entlastet werden mussten. Sie durchsuchten Datenbanken und erstellten ein Fotolayout der verbleibenden Verdächtigen. Die meisten der Lobbyisten und Politiker sowie einige Gäste aus der Musikindustrie und der kürzlich hinzugekommene Seth Hill starrten sie von den ausgedruckten Seiten an.

Coop und Ben schrieben sich den ganzen Tag SMS, und keiner von beiden hatte etwas Handfestes zu berichten, bis Ben anrief, als sie das Büro schlossen. »Kate und Jimmy sind durch mit Seth. Er hat zugegeben, dass er ein Wegwerfhandy benutzt hat, um Emily zu kontaktieren, und sagte, dass sie seit mehreren Jahren ein Verhältnis miteinander hätten. Sie sagte ihm, er solle den Mund halten, weil sie sich Sorgen mache, Grays Millionen und sein Versicherungsgeld zu verlieren. Er sagte, er habe Gray nicht ermordet und er sei auch nicht im Silverwood gewesen, aber es gibt eine zeitliche Lücke in seinem Alibi zwischen dem Verlassen der Music Row und seiner Heimkehr, wo er es getan haben könnte.«

»Glaubst du, dass er die Wahrheit sagt?«, fragte Coop.

»Kate sagte, er war nervös. Er ist besorgt, dass er für den Mord an Gray verantwortlich gemacht wird, und sagte, er habe nichts damit zu tun, gibt aber zu, über die Affäre gelogen zu haben. Er hat auch bestätigt, dass er Emily bei den Ställen in Bowling Green getroffen hat, während er dort war.«

»Klingt so, als hättest du ein weiteres Gespräch mit der lieben Emily vor dir«, scherzte Coop.

»Da die Beerdigung morgen stattfindet, werde ich es am Montag bei ihr versuchen. Es wird Spaß machen, sie bei einer Lüge zu erwischen. Ich glaube, Kate und Jimmy haben Seth so viel Angst gemacht, dass er sich nicht mehr traut, sie zu kontaktieren. Laut Kate ist er ein Musterbeispiel an Kooperation. Kate glaubt, dass er wegen Emilys Zorn nervös ist, aber sie glaubt, dass er die Wahrheit sagt. Wir werden sein Alibi und seine Bewegungen analysieren müssen.«

»Wir sehen uns am Montag, es sei denn, wir haben dieses Wochenende Glück«, sagte Coop, als er auflegte.

»Wir müssen dringend vorankommen. Ich kann nicht glauben, dass wir diesen Fall noch nicht lösen können«, sagte Coop, während er seine Kopie der Fotos in einen Ordner schob. »Danke, dass du wieder so lange geblieben bist, AB. Wie wär's, wenn wir etwas essen gehen, auf meine Rechnung?«

Sie warf einen Blick auf ihre Uhr. »Ich könnte etwas essen.«

Er lud Gus auf den Rücksitz und schlug vor, zum *Gas Lamp* zu fahren, einem Restaurant in der Nachbarschaft ein paar Blocks entfernt. Sie wurden zu einem Tisch auf der Terrasse geführt.

»Dieser Ort weckt Erinnerungen. Während des Jurastudiums haben wir hier ständig gegessen«, sagt sie.

»Ja, ich war schon ewig nicht mehr hier, aber heute Abend hat es sich gut angehört.«

Sie entschieden sich für eine Pizza mit Hühnchen, Speck, Ananas, roten Zwiebeln, Barbecue-Sauce und Käse. Sie verbrachten den Abend mit Gesprächen über die Vergangenheit und ihre Zeit an der Vanderbilt und teilten sich zum Nachtisch ein Stück Schokoladenmousse-Torte.

Annabelle fragte nach Coops Vater.

»Ich muss ihn bald besuchen. Ich wünschte, ich könnte ihn überreden, hierherzufliegen, aber er ist ein Stubenhocker.«

»Camille würde sich freuen, wenn du ihn nach Nashville bringen könntest. Wenn du ihn jetzt schon fragst, kannst du ihn vielleicht überzeugen, die Ferien mit dir zu verbringen.«

Coop lächelte, als er seine Dessertgabel aus der Hand legte. »Ja, ich vermisse ihn. Unsere Mandantin in diesem Fall erinnert mich so sehr an die Frau meines Onkels Mike. Sie war eine Eiskönigin wie Emily. Sie hat meinen armen Onkel in ein frühes Grab getrieben und ist mit ihrem Sohn abgehauen und hat ihn unsere Familie nie wiedersehen lassen. Ihre Familie war stinkreich und keiner von uns, einschließlich Mike, war gut genug für sie. Ich glaube, der einzige Grund, warum sie sich an Mike klammerte, war seine vielversprechende Baseballkarriere. Als die vorbei war, war sie mit ihm fertig.«

»Ich erinnere mich, dass du sie während unserer Schulzeit erwähnt hast. Sie hat einen ziemlichen Eindruck auf dich gemacht.«

»Ja, und meine Mutter hat meinen Vater verlassen … und mich. Nicht die besten Erinnerungen.« Er hielt inne und nahm einen Schluck von seinem Tee. »Zum Glück habe ich dich und Tante Camille, die einzigen beiden Frauen, auf die ich mich verlassen kann.«

Sie lächelte und schob sich den letzten Bissen Kuchen in den Mund. »Du kannst dich immer auf uns verlassen, Coop.«

Er trug den Karton mit den Pizzaresten zum Jeep und schmiss Gus vom Fahrersitz. Er setzte Annabelle im Büro ab, damit sie ihr Auto holen konnte, und lief hinein, um die Pizza im Kühlschrank zu verstauen.

»Danke für die Gesellschaft heute Abend, AB. Es hat Spaß gemacht«, sagte er, als sie ihre Autotür öffnete. »Du warst mir immer eine wahre Freundin.«

»Ich habe es genossen. Ich war schon lange nicht mehr draußen. Ruf mich an, wenn du am Wochenende etwas brauchst«, sagte sie und winkte, als sie auf die Straße hinausfuhr.

Coop fuhr nach Hause, während Gus auf dem Beifahrersitz Platz genommen hatte. »Schade, dass ich niemanden wie AB finden kann, was?«, sagte er zu Gus. Der drehte den Kopf und starrte ihn einige Sekunden lang mit seinen unergründlichen braunen Augen an, bevor er seine Aufmerksamkeit wieder dem offenen Fenster zuwandte.

KAPITEL DREIZEHN

Die Beerdigungsüberwachung am Samstag gestaltete sich als Reinfall. Politiker und Lobbyisten waren nicht anwesend. Die Etatsitzungen dauerten noch an, also waren sie mit ihrer Arbeit beschäftigt. Die Beerdigung war voll mit Leuten aus der Musikindustrie. Alle Leute, die im Silverwood gewesen waren, und Hunderte mehr nahmen an der Trauerfeier teil, sogar Beau Branson.

Coop zollte Graysons Eltern seinen Respekt, die ihm dafür dankten, dass er sie wegen Taylor kontaktiert hatte, und ging dann zu Emily und ihrer Familie, um sie zu begrüßen. Als er ihr die Hand schüttelte, warf sie ihm einen kalten Blick zu und sagte: »Ich erwarte, dass Sie diese Woche einige Fortschritte machen, Mr. Harrington.« Sie fügte in einem roboterhaften Tonfall hinzu: »Danke, dass Sie gekommen sind«, bevor sie sich der nächsten Person in der Reihe widmete.

Er ging von der Kondolenzschlange weg und hatte Mitleid mit dem kleinen Mädchen Hannah, das schluchzte, aber neben ihrer Mutter stehenblieb und ihre Hand hielt. Er bemerkte, dass Abby und ihre Familie sich nicht lange aufhielten und nicht entlang der Schlange gingen. Er holte sie ein, als sie zu ihren Autos stapften.

»Hey, Coop«, sagte Taylor.

»Wie geht es euch?«, fragte Coop.

Abby lehnte ihren Kopf an die Schulter ihres Vaters, ihr Gesicht war rot und ihre Augen verquollen. »Nicht so gut«, murmelte sie.

Taylor schüttelte Coop die Hand und sagte: »Danke, dass du das Treffen mit Graysons Eltern arrangiert hast.« Er hielt inne, »Also mit meinen Großeltern. Ich wollte sie heute nicht belästigen, aber ich habe sie gesehen.«

»Sie freuen sich darauf, dich kennenzulernen. Wir sehen uns dann morgen Nachmittag in meinem Büro.« Coop blickte auf die düstere Gruppe. »Ich bedaure euren Verlust und die Umstände von Grays Tod sehr.«

Er schüttelte Andy die Hand und drückte Abby die Schulter, bevor er zu seinem Jeep ging. Er wusste, dass Madison und Ross bis zum bitteren Ende bleiben und alles beobachten würden, aber er hatte nicht das Gefühl, dass es noch etwas zu erfahren gab, wenn er bei der Zeremonie noch länger herumhing.

Coop schaute im Büro vorbei, um ein paar andere Arbeiten zu erledigen, und fand Annabelle an ihrem Schreibtisch. »Was machst du denn hier?«, fragte er.

»Ich bin nur kurz vorbeigekommen, um einen Bericht fertigzustellen, bevor ich ins Kino gehe.«

»Wie wäre es, wenn ich dich zum Mittagessen einlade?«

Sie grinste. »Klar, klingt gut.« Sie schaute auf ihre Uhr. »Wir haben ungefähr eine Stunde Zeit.«

Coop eilte in sein Büro und sah sein Postfach durch, wobei er eine Reihe von Berichten abzeichnete und Akten durchging. Er blätterte durch seine Notizen von den

Gesprächen mit den Lobbyisten und Politikern und zog sich eine Jeans und sein *„Ich wars... Ich habe die Hunde rausgelassen"*-T-Shirt aus dem Schrank in seinem Büro an.

»Bist du bereit, Coop?«, rief Annabelle, während sie ihren Computer ausschaltete und ihre Handtasche nahm.

Er bot an, sie zu fahren und nach dem Essen zurück ins Büro zu bringen. Sie genossen die Kühle des Kinos und die Ablenkung durch eine alberne Komödie. Nach dem Film kehrten sie in einem Cheeseburger-Laden in der Nähe des Einkaufszentrums ein.

Sie gönnten sich beide extra dicke Schokoladenshakes, die in Metallbechern serviert wurden. »Und, hast du bei der Beerdigung irgendwelche Hinweise bekommen?«, fragte sie und löffelte einen Löffel Eis in ihren Mund.

Er schüttelte den Kopf. »Überhaupt nichts. Ich habe mit Taylor und Abby gesprochen. Er freut sich darauf, morgen seine neuen Großeltern kennenzulernen. Cruella hat mir einen bösen Blick zugeworfen und mir strengstens befohlen, Fortschritte zu machen.«

Sie rollte mit den Augen. »Vielleicht ändert sich ihre Meinung morgen, wenn Ben sie besucht.«

»Ich hoffe es. Ich hasse diesen Fall. Es gibt immer noch kein klares Motiv, es sei denn, es stellt sich heraus, dass es Seth war, aber ich vertraue Kates Instinkten. Ich fange an zu glauben, dass du recht hattest, als du ein Geheimnis in Erwähnung gezogen hast.«

»Es könnte etwas sein, von dem Gray nicht einmal wusste, dass er es wusste. Es scheint ein Verbrechen aus Gelegenheit zu sein, den Stein von der Terrasse zu benutzen. Ich denke, es war nicht geplant. Andy oder Seth hätten einen Plan gemacht, um ihn zu töten, wenn sie mit dieser Absicht dort hingegangen wären.«

»Also, was würde jemanden dazu bringen, ein

dreiunddreißig Pfund schweren, gemeißelten Stein in die Hand zu nehmen und einen Mann damit zu erschlagen?«

Sie wurden durch das Vibrieren des Summers auf dem Tisch unterbrochen, der ihre Bestellung ankündigte. Sie holten ihre Burger und Pommes frites und bedienten sich an der langen Gewürztheke mit Toppings.

»Beau schien der beste Kandidat zu sein, da er sich mit Gray auf der Terrasse gestritten hat, aber er ist sauber, und die anderen, die ein Hühnchen mit ihm zu rupfen hatten, auch. Ben und ich sind überzeugt, dass der Mörder in der Politik zu suchen ist.«

»Warum sollte jemand aus dem politischen Umfeld Gray töten?«, fragte sie und nahm einen Bissen von ihrem Riesenburger.

»Es gibt keine direkte Verbindung zwischen einem von ihnen und Gray.«

»Also muss es etwas sein, das auf der Party passiert ist, richtig?«, fragte sie.

»Das ist die Theorie, die am meisten Sinn macht.«

»Politische Typen sind berüchtigt für zwielichtige Geschäfte und den Schutz ihrer Interessen. Wir müssen herausfinden, wie Gray mit so etwas in Verbindung stehen könnte.« Sie tauchte einen Pommes in den Ketchup.

»Da er nicht aus der Stadt kommt und keine offensichtlichen Verbindungen bestehen, muss das Motiv spontan gewesen sein.«

»Nur hat die Person keine Fingerabdrücke, keine DNA, keine Fußabdrücke, nichts hinterlassen. Das klingt nach jemandem mit Erfahrung.«

»Ich weiß, es sieht nach einem Verbrechen aus Leidenschaft aus, aber es gibt keine Beweise und kein Motiv.« Er trank seinen Shake und wischte sich die Hände ab. »Was wäre es wert, einen Mord zu riskieren, um es zu schützen? Ich vermisse Onkel John. Er könnte diesen Fall entschlüsseln.«

»Er war der Beste, aber er hat dich gut unterrichtet. Du wirst es herausfinden – das tust du immer«, sagte sie und schob ihren Teller weg. »Ich bin satt. Danke für das Essen.«

»Es war ein guter Tag. Wir sollten das öfter machen. Wir sind immer am Arbeiten und verbringen nicht mehr so viel Zeit wie früher«, sagte er.

»Ja, mein Chef ist ein Sklaventreiber«, erwiderte sie grinsend.

Auf dem Rückweg ins Büro bot sie an, am Sonntag zu dem Treffen mit Taylor und seinen Großeltern zu kommen. »Ich könnte ein paar Snacks machen und versuchen, die Stimmung aufzulockern.«

»Das wäre fantastisch, aber du musst nicht, wenn du was anderes vorhast.«

»Ich mache das gern. Ich mag Taylor und möchte, dass es für ihn gut läuft.«

»Das ist nett von dir«, sagte er und fuhr auf den Parkplatz seines Büros. »Wir sehen uns dann morgen Nachmittag.«

»Ich werde ein paar Kekse deiner Tante backen«, sagte sie mit einem Augenzwinkern, als sie aus dem Jeep kletterte.

***

Am Sonntagmorgen schlief Coop lange, nachdem er die ganze Nacht wach gewesen war. Gus lungerte gerade mit Tante Camille herum, als Coop sich endlich auf den Weg zum Frühstück machte. Er fand eine frische Pfanne mit Zimtbrötchen und ein Eieromelett im Ofen vor, die auf ihn warteten.

Er verweilte lange bei seinem Kaffee und las die Zeitung,

bis es Zeit wurde, ins Büro zu gehen. Er zog wieder ein Hemd an, als er bemerkte, dass nur noch eines im Schrank lag, und notierte sich, dass Mrs. Henderson seine anderen Hemden waschen sollte. Er entschied sich, Gus mitzunehmen, da das Begrüßen von Menschen zu den Lieblingsbeschäftigungen des Hundes gehörte. Tante Camille war in einen Film vertieft, also gab er ihr einen Kuss auf die Wange und wies Gus den Weg zum Jeep.

Der Duft von frischem Kaffee und warmen Keksen empfing sie, als er die Tür des Büros öffnete. Er sah eine Vase mit Blumen auf dem Empfangstisch und hörte Geräusche aus der Küche. Gus trabte vor ihm her und begrüßte Annabelle. Sie stellte ein Tablett mit Keksen, Bananenbrot und einer Art Zimtschneckenmischung bereit.

»Wow, alles sieht wunderbar aus, AB«, sagte Coop.

»Hilf mir, den Tee und die Limonade hinauszutragen, dann sind wir fertig.«

Der Empfangsbereich war immer einladend, aber heute war er in ein gemütliches Wohnzimmer verwandelt worden. »Ich dachte mir, wenn sie sich wohlfühlen und wir ihnen etwas Privatsphäre geben müssen, können wir uns in die Küche zurückziehen«, sagte sie und ordnete die Servietten und Teller. »Ich habe sogar noch ein paar Kekse in der Küche gebunkert, falls es länger dauert.«

Coop lachte. »Du bist immer vorbereitet, AB. Das ist es, was ich an dir bewundere.«

Das schnelle Wedeln von Gus' Schwanz kündigte die Besucher an. Abby und Taylor kamen zuerst. Coop schüttelte ihnen die Hand und sagte: »Abby, ich glaube, Sie kennen meine Mitarbeiterin noch nicht. Das ist Annabelle Davenport. Sie hat hier wirklich das Sagen.«

»Schön, Sie kennenzulernen, und Sie können mich gerne

AB nennen«, sagte sie und schüttelte Abbys Hand. »Schön, dich wiederzusehen, Taylor.«

»Sie auch, Miss Annabelle, ich meine AB«, sagte Taylor mit brüchiger Stimme.

»AB hat ein paar Leckereien gemacht und wir haben Limonade und Eistee. Wie wäre es mit einem Glas, Taylor?«, fragte Coop.

»Das wäre gut. Meine Kehle wird trocken, wenn ich nervös bin.«

»Deine Großeltern freuen sich schon sehr darauf, dich kennenzulernen. Sie freuen sich, dass Sie dem Treffen zugestimmt haben, Abby«, sagte Coop und reichte ihr ein Glas Limonade.

»Sie waren immer nett zu mir und meinen Eltern.« Abby lächelte ihren Sohn an. »Ich möchte, dass Taylor die Möglichkeit hat, eine Beziehung zu ihnen aufzubauen. Ich hätte das schon vor langer Zeit tun sollen.«

»Da sind sie ja«, sagte Coop und deutete auf das Fenster mit Blick auf die Veranda. »Mr. Taylor, Mrs. Taylor, schön, Sie wiederzusehen«, sagte er und öffnete die Tür.

»Bitte nennen Sie mich Chase, und meine schöne Frau heißt Lila Rose«, sagte der weißhaarige Mann mit den sanften Augen.

»Chase und Lila Rose. Bitte kommen Sie herein und fühlen Sie sich wie zu Hause. Meine Mitarbeiterin Annabelle hat ein paar leckere Snacks für uns alle gemacht.«

Abby und Taylor standen beide auf, um das Paar zu begrüßen. »Oh, Abby, meine Liebe, wie geht es dir?«, fragte Lila Rose und wollte sie in eine Umarmung ziehen.

Sie schüttelte den Kopf, während stille Tränen über ihr Gesicht rannen. »Es tut mir so leid wegen Gray«, flüsterte sie.

Lila Rose seufzte: »Ich weiß, Liebes, ich bin untröstlich.«

Chase streckte Taylor seine Hand entgegen. »Taylor, wir freuen uns sehr, dich kennenzulernen.«

»Ja, Sir. Ich auch«, sagte er und schüttelte seinem Großvater die Hand, während er bemerkte, wie die Traurigkeit aus seinen Augen wich.

»Du bist deinem Daddy wie aus dem Gesicht geschnitten«, sagte Lila Rose mit Tränen in den Augen.

»Das ist er. Das ist er«, lächelte Chase, als er zusah, wie Taylor seine Großmutter zum ersten Mal umarmte.

»Bitte setzen Sie sich und bedienen sich«, sagte Coop. Abby nahm einen Stuhl und Taylor die Couch zwischen seinen Großeltern.

Annabelle half dabei, selbstgebackenen Brote und Kekse zu servieren, und sie und Coop saßen auf dem Sofa, während Gus ihnen zu Füßen lag. Er benutzte seine Augen, um Coop seinen niedergeschlagenen Blick zuzuwerfen, bis der nachgab und sein Bananenbrot mit dem Hund teilte.

Das Gespräch drehte sich um Taylors Schule und seinen Wunsch, die Vanderbilt zu besuchen und Anwalt zu werden. »Mr. Harrington schreibt mir ein Empfehlungsschreiben und hat mir erzählt, dass Gray, äh, ich meine, mein Vater mir Geld hinterlassen hat, damit ich studieren kann.«

»Wie wunderbar«, sagte Lila Rose. »Er wäre sehr stolz auf dich.«

Taylor beantwortete weitere Fragen und erklärte, dass er keinen Sport trieb, weil dieser teuer wäre und er sich auf ein akademisches Stipendium konzentrierte.

Während einer Pause des Gesprächs ging Coop in sein Büro und kam mit einem Blatt Papier zurück. »Bei unseren Ermittlungen haben wir einen Brief entdeckt, den Gray am Samstagmorgen an Taylor geschrieben hat. Ich hielt es für das Beste, wenn Taylor ihn hier im Kreise seiner Familie liest.« Er reichte den Brief an Taylor weiter und fügte hinzu:

»AB und ich haben hinten noch etwas zu tun. Wenn Sie uns brauchen, sagen Sie Bescheid.«

Gus folgte den beiden in die Küche, wo sie schweigend saßen und versuchten, nicht zu lauschen, sondern auf Geräusche zu achten, die auf irgendeinen Kummer hindeuteten. Sie hörten, wie Abby Taylor aufforderte, den Brief laut vorzulesen, und nahmen zur Kenntnis, wie er sich abmühte, den ganzen Brief zu lesen, ohne zusammenzubrechen. Leises Schniefen und Gemurmel ertönte, als die Gruppe sich weiter unterhielt, nachdem Taylor mit dem Lesen fertig war.

Coop ließ den Atem aus, den er angehalten hatte. »Nun, das Schlimmste haben wir überstanden. Ich denke, sie werden gut miteinander auskommen.«

Sie nickte. »Ja, sie scheinen sehr liebevolle Großeltern zu sein. Es wird gut für sie sein, einander zu haben.«

»Ich habe darüber nachgedacht, worüber wir gestern gesprochen haben. Ich denke, wir sollten uns auf die Politiker und Lobbyisten konzentrieren und sehen, ob wir herausfinden können, ob einer von denen etwas zu verbergen hat, das zum Mord an Grayson passen könnte.«

Annabelle klappte den Laptop auf und ihre Finger flogen über die Tastatur. »Wo willst du anfangen?«

»Konzentrieren wir uns auf die männlichen Lobbyisten sowie Wagner, Evans und Meredith. Ben und ich glauben nicht, dass eine Frau die Kraft gehabt hätte, den Stein auf Grays Kopf zu hieven, aber sie sind beide groß und in guter Form. Schauen wir uns die Finanzen, Partnerschaften, ihre Ambitionen und alles, was sonst noch auftaucht, an.« Er machte eine Denkpause und fügte hinzu. »Ich rufe Ben an und frage ihn, ob er uns ein paar Unterlagen für unsere kurze Liste besorgen kann.«

»Okay, ich fange an, sie zu überprüfen«, sagte sie und

nahm einen Keks vom Teller, während sie den Bildschirm betrachtete.

Gus wanderte zwischen dem Empfangsbereich und der Küche hin und her und bat in jedem Raum um etwas zu knabbern. Sie arbeiteten stundenlang und lächelten, als sie Taylors Lachen und fröhliches Geplapper aus dem vorderen Teil des Büros hörten. Gus gab sich der Langeweile hin und schlief in der Ecke.

Coops Telefon piepte und er las die SMS von David laut vor. »Die Sitzung ist endlich beendet und ich habe unsere Unterlagen zu Grayson Taylor überprüft. Er hat vor etwa acht Jahren als Berater zu einer Gesetzgebung über digitale Musikaufnahmen ausgesagt. Es war nichts Kontroverses, es wurde nur für *Global* zu Protokoll gegeben. Tut mir leid, ich habe nichts mehr hinzuzufügen. Ich nehme mir ein paar Tage frei, aber ich bin zu Hause, wenn ihr mehr braucht.«

»Ich wüsste nicht, wie das zu einem Mord passen sollte«, überlegte Annabelle.

Der Drucker spuckte Unmengen von Papier aus, das sie für ihre Ermittlungen brauchten. Coop nahm einen Packen heraus und begann, die Papiere zu sortieren. Er legte Stapel für jeden der Verdächtigen an.

Taylor kam in die Küche. »Hey, Coop, wir verschwinden und gehen etwas essen.«

»Wir kommen und verabschieden uns von deiner Mutter und deinen Großeltern«, sagte Coop.

Sie bedankten sich bei Coop für die Einladung zu diesem Treffen und bei Annabelle für die Leckereien. »Ich hasse die Umstände, aber ich bin dankbar für die Chance, Chase und Lila Rose in unserem Leben zu haben«, sagte Abby und umarmte Coop.

Sie verabschiedeten sich mit Umarmungen und Händeschütteln, und Coop erinnerte Taylor daran, nächste

Woche vorbeizukommen, um seinen Brief für die Uni abzuholen.

Coop schloss die Haustür ab und schaute auf die Uhr. »Es ist Sonntag, und Tante Camille würde sich freuen, wenn du zum Abendessen kämst«, sagte Coop, während Annabelle die Reste vom Kaffeetisch aufhob.

»Klar, ich bin dabei«, lächelte sie. »Ich muss nur noch die Akten ordnen.«

Er schloss ab und folgte dem geckogrünen Käfer die Straße hinunter. Unterwegs rief er Tante Camille an, um sie zu warnen, dass er einen Gast mitbrachte. Minuten später fuhren sie in die Einfahrt und Gus stürmte zur Tür.

»AB!«, schwärmte Camille. »Ich bin so froh, dass Coop dich überredet hat, mit uns zu Abend zu essen.«

»Es riecht köstlich«, sagte Annabelle und erwiderte Camilles Umarmung.

»Es ist alles fertig, also setzt euch ruhig hin! Coop, du kannst mir helfen, ein paar Sachen hinauszutragen.«

Sie verschlangen den Schweinebraten, grüne Bohnen mit Speck und Pekannüssen, Apfelmus und gebutterte Frühkartoffeln mit frischen Biscuits, während sie sich über die Fortschritte in dem Fall austauschten. Während sie das Essen genossen, machte Coop seiner Tante eine Freude, indem er ihr mitteilte, dass sich ihr Tipp als sehr wichtig erwiesen hatte, und erzählte ihr das Neueste über Seth und Emily. Das breite Grinsen von Tante Camille passte zu den riesigen Kugeln Eis, die sie zum Nachtisch auftischte.

Coop hatte die neuen Akten über die Verdächtigen in seiner Tasche verstaut, und nach dem Dessert versammelten sie sich im Wohnzimmer, um die Informationen durchzusehen.

Tante Camille überflog die Dokumente in der Akte über Lois Evans. »Ich kann mir nicht vorstellen, dass Lois etwas mit Mord zu tun haben könnte. Ich kenne sie, seit sie ein Baby war, und sie stammt aus einer der angesehensten Familien in Nashville.«

»Mein Instinkt sagt mir, dass sie nichts damit zu tun hat, aber im Moment suchen wir nach jeder Anomalie, die eine dieser Personen mit etwas in Verbindung bringt, worin Gray verwickelt war.«

»Wir gehen davon aus, dass Gray etwas erfahren hat, das er nicht einmal registriert hat, und dass er zum Schweigen gebracht wurde, um es geheim zu halten«, fügte Annabelle hinzu.

Camille nickte. »Ich verstehe und stimme zu, dass die meisten politischen Typen fragwürdige Skrupel haben, aber Lois ist die Ausnahme.«

Sie arbeiteten bis spät in die Nacht hinein, um jeden einzelnen Kunden der Lobbyisten auf mögliche hinterhältige Aktivitäten zu untersuchen, die einen von ihnen dazu bringen würden, jeden zu ermorden, der die Korruption aufdeckte.

Annabelle ließ die Unternehmen durch eine Suchmaschine laufen und druckte die Meldungen aus, die von Interesse waren. Die meisten davon hatten mit Einweihungen neuer Einrichtungen, Wohltätigkeitsveranstaltungen oder gesellschaftlichen Ereignissen zu tun. Als sie den Stapel durchforstete, stieß sie auf zwei Artikel, die Schlagzeilen über Opfer von Autounfällen enthielten.

Sie las die Berichte, wobei der älteste vor fünf Jahren die Geschichte der Assistentin des Geschäftsführers eines Produktionsunternehmens enthielt, die in einen tödlichen Unfall verwickelt war. Es gab keine Zeugen für den Zusammenstoß mit einem Auto, bei dem ihr Wagen von der Fahrbahn abkam und eine steile Böschung hinunterstürzte. Sie wurde noch am Unfallort für tot erklärt. In einem anderen Artikel wurde über einen weiteren tödlichen Autounfall vor zwei Jahren berichtet, an dem der Finanzvorstand einer der Speditionsunternehmen auf der Kundenliste beteiligt war. Er erlitt ein ähnlich tragisches Ende, als sein Auto von der Straße abkam und gegen einen Baum prallte. Beide hinterließen Ehepartner und Kinder. In beiden Artikeln waren Schlagzeilen von Kollegen zu lesen, die sie als fleißige und freundliche Menschen beschrieben, die nicht nur als Mitarbeiter, sondern auch als Freunde vermisst würden. Beide Unternehmen hatten Fonds eingerichtet, um die betroffenen Familien zu unterstützen.

»Hmm«, sagte sie und reichte die Artikel an Coop weiter. »Ich muss diesen Haufen, den ich aus dem Internet gezogen habe, noch ein wenig analysieren, aber diese beiden sind interessant.«

Coop rieb sich die Augen und sagte: »Ich muss für heute Schluss machen. Meine Augen bringen mich um und mein Gehirn ist taub.« Er legte die beiden Artikel auf den Tisch. »Ich sehe sie mir morgen an.«

»Du hast den Termin für die Augenuntersuchung, den ich dir gemacht habe, nicht wahrgenommen, oder?«, fragte Annabelle. »Ich glaube, du brauchst eine Lesebrille.«

Er warf einen strengen Blick in ihre Richtung. »Meine Augen sind nur müde.« Er machte sich daran, die Papiere auf einen Stapel zu legen. »Das ist schwierig, denn wir können nur über heimliche Geschäfte spekulieren, es sei denn, sie sind öffentlich gemacht worden.«

»Wir haben gerade erst angefangen, also geben wir uns diese Woche Zeit und sehen, ob wir etwas herausfinden können. Vielleicht führt uns etwas in den Unterlagen, die Ben bekommt, in die richtige Richtung«, sagte Annabelle und ordnete ihre Akte.

»Es war auf jeden Fall sehr schön, dich zu sehen, AB. Ich

hoffe, du kommst bald wieder zum Abendessen«, sagte Camille.

»Es war wunderbar, vielen Dank für das nette Essen«, sagte sie und umarmte Camille. »Wir sehen uns morgen früh, Coop.«

Er begleitete sie nach draußen. »Danke für die ganze Extraarbeit heute, AB. Ohne dich wäre ich aufgeschmissen.«

»Wahrscheinlich«, sagte sie und lächelte, als der Motor ansprang. Sie winkte, als sie die Einfahrt entlang fuhr.

KAPITEL VIERZEHN

B en rief am frühen Montag an und teilte Coop mit, dass er und Kate auf dem Weg zurück nach Bowling Green wären. Sie planten, Seths Alibi persönlich zu überprüfen und Emily mit ihren Lügen zu konfrontieren. Er sagte auch, dass Jimmy mit den Unterlagen, die sie erhalten hatten, bei Coop vorbeikommen würde. »Ich rufe dich an, wenn wir auf dem Rückweg sind, und wir werden unsere Notizen vergleichen«, sagte er, bevor er die Verbindung beendete.

Coop war gerade damit fertig, die Akten auf dem Konferenztisch zu ordnen, als Jimmy mit einer rosa Schachtel Gebäck eintraf, gefolgt von Annabelle. Die drei versammelten sich um den Konferenztisch und sahen sich zwischen den Donuts und Teilchen die Finanzdaten und die Handydaten an, die Ben besorgt hatte.

Es gab Hunderte von Seiten zu analysieren, und Bens Techniker hatten nichts bei ihrer Suche in den Anrufen an Gray gefunden. Sie beschlossen, sich auf die Tage rund um den Mord zu konzentrieren. Mit farbigen Textmarkern bewaffnet, nahm jeder von ihnen einen Stapel und begann, sich wiederholende Nummern und Anrufe zwischen den Parteien zu markieren.

Es gab nur eine Handvoll direkter Anrufe von den Lobbyisten bei Parlamentssprecherin Evans und Senator Wagner. Zwischen Meredith und Senator Wagner gab es Hunderte von Anrufen, ebenso wie zwischen Parlamentssprecher Evans und der Stabschefin. Anna, Peter und Craig führten ebenfalls Dutzende von Anrufen mit den jeweiligen Stabschefs, was auf die bevorstehenden Haushaltsgespräche und das Ende der Sitzungsperiode zurückzuführen war.

Als nur noch ein paar Krümel in der rosafarbenen Schachtel waren und nach zwei Kannen Kaffee, war die einzige Anomalie, die sie gefunden hatten, eine Reihe von Anrufen von Meredith an Craig in den Stunden nach der Party im Silverwood. Sie rief ihn ab ein Uhr nachts sieben Mal an. Die Dauer der Anrufe lag zwischen zwei und zehn Minuten.

Annabelle rief die Website der Generalversammlung von Tennessee auf. »Sie haben nicht am späten Samstagabend oder am frühen Sonntagmorgen getagt. Sie hatten das Wochenende frei.«

»Wir müssen beiden einen Besuch abstatten und sehen, ob sie uns dieselbe Geschichte erzählen, warum sie zu so seltsamen Zeiten telefoniert haben. Ich habe an manchen Tagen einige Anrufe von anderen Lobbyisten am späten Abend oder frühen Morgen gesehen, aber keine mitten in der Nacht wie diese«, sagte Coop.

Coops Telefon zirpte und er stellte Ben auf Lautsprecher. »Wir sind auf dem Heimweg«, sagte er. »Ich glaube, unser Besuch hat Seths Romanze mit Emily beendet, und es würde mich nicht wundern, wenn er seinen Job verliert.«

»Sie war wütender als ein Hornissennest, gab aber

schließlich nach, als wir ihr sagten, dass wir nach L.A. geflogen sind, um Seth zu befragen«, fügte Kate mit einem fröhlichen Unterton in der Stimme hinzu.

»Sie sagte, sie habe über die Affäre nur gelogen, um sich Peinlichkeiten zu ersparen, und gab widerwillig zu, dass sie Angst hatte, die Auszahlung von Versicherungsgeldern zu gefährden oder Probleme mit den Bedingungen von Graysons Testament zu bekommen.«

Kate sagte weiter, dass sie Seths Alibi in Bezug auf die Zeiten, in denen er in Bowling Green war, bestätigen konnten. Von dem Zeitpunkt an, als er seine Freunde in der Music Row verlassen hatte und nach Bowling Green zurückkehrte, hatten sie noch einige Arbeit zu erledigen. »Es fehlen ein paar Stunden. Er sagte, er sei in der Innenstadt herumgelaufen und habe einige Zeit am Fluss verbracht. Wir werden auf Überwachungsaufnahmen zurückgreifen müssen, um das zu bestätigen.«

»Klingt, als wärt ihr sehr fleißig gewesen«, sagte Coop. »Wir haben ein paar merkwürdige Anrufe gefunden, denen wir nachgehen müssen, wenn ihr zurück seid.« Er erklärte die Anrufe zwischen Meredith und Craig.

»Vielleicht sind sie mehr als nur Kollegen«, sagte Annabelle und wackelte mit den Augenbrauen.

»Alles ist möglich. Coop, ich denke, du gehst mit Kate zu Meredith, und ich nehme Jimmy mit und schaue, was Craig zu sagen hat. Ich möchte sie zur gleichen Zeit sehen, damit keiner den anderen warnen kann«, sagte Ben und schlug vor, sich um zwei Uhr zu treffen.

Als Jimmy gehen wollte, kam Tante Camille mit einem Korb herein. »Huhu!«, rief sie. Gus hüpfte aus Coops Büro, um sie zu begrüßen. »Da seid ihr ja«, sagte sie und stellte den Korb auf die Tischkante. »Ich habe leckere Reste von gestern Abend mitgebracht.«

Coop und Annabelle schoben die Akten ans andere Ende des Tisches und machten Platz für die Sandwiches, Salate und den Eiskübel, die Camille zusammengestellt hatte. »Ich dachte mir, ihr würdet nicht richtig essen, wenn ich nicht dafür sorge«, sagte sie und zwinkerte.

Coop umarmte sie und murmelte seinen Dank. Als sie zu Abend aßen, fragte Camille: »Und, hast du etwas aus Bens Aufzeichnungen erfahren?«

»Nicht viel. Wir werden einige Anrufe untersuchen, die Meredith Stevens in den Stunden nach dem Mord mit Craig Baker geführt hat. Es erscheint merkwürdig, dass sie ihn mitten in der Nacht sieben Mal angerufen hat.«

»Oje, das klingt ein bisschen seltsam.«

»AB glaubt, dass es sich um ein Techtelmechtel handeln könnte«, sagte er und schob sich eine Gabel voll Pfirsichkuchen in den Mund.

»Ich gehe heute Nachmittag zu meinem Kräuterclubtreffen. Ich werde mich umhören, ob jemand Gerüchte über eine Affäre zwischen den beiden gehört hat. Einige der Mitglieder haben Verwandte, die mit der Politik verbunden sind«, bot Camille mit einem verschmitzten Lächeln an. »Meine Freundin Twyla Fay wohnt in der Nähe von Craig Baker. Ich habe sie noch nie etwas über Eheprobleme sagen hören. Und glaubt mir, wenn sie ein Flüstern hören würde, würde sie darüber quasseln. Sie ist die größte Klatschtante, die ich kenne.«

Coop verschluckte sich fast an seinem Eis. »Jetzt misch dich nicht ein. Es ist nur eine Theorie und muss vertraulich bleiben.«

Sie fuchtelte ein paar Mal mit der Hand vor ihm herum. »Ich weiß, was ich tue. Ich habe deinem Onkel früher immer geholfen und weiß, wie man Informationen sammelt, ohne dass jemand Verdacht schöpft.«

Coop seufzte und schüttelte den Kopf, während Annabelle ein Kichern unterdrückte und sich den Mund mit dem süßen Dessert vollstopfte. Als Camille merkte, dass sie nur noch zehn Minuten bis zu ihrem Treffen hatte, eilte sie zur Tür hinaus.

Er ahnte, dass Meredith Stevens sein *„Give Peas a Chance"*-Shirt, das mit einer Reihe des leuchtend grünen Gemüses verziert war, nicht als witzig empfinden würde, und tauschte es gegen ein anderes Poloshirt von *Harrington and Associates* ein. Dieser Fall würde in seiner Garderobe großen Schaden anrichten.

Später am Nachmittag versammelte sich Coop mit Ben und seinem Team um den Tisch. »Jimmy und ich haben mit Craig Baker gesprochen und ihn nach den Anrufen von Meredith gefragt. Er zögerte, aber schließlich sagte er uns, dass Meredith aufgeregt war und ihn anrief und vorschlug, dass sie sich treffen sollten. Anscheinend akzeptierte sie kein Nein als Antwort, und er wollte nicht zu unhöflich sein, da sie sein wichtigster Zugang zu Senator Wagner ist. Er sagte, ihr letzter Anruf wäre eine Entschuldigung dafür.«

»Fand seine Frau es nicht seltsam, dass er mitten in der Nacht mit ihr sprach?«, fragte Kate.

Ben grinste. »Wir haben ihn dasselbe gefragt, und er sagte, seine Frau sei nicht in der Stadt, also sei er allein zu Hause. Er drängte uns, es geheim zu halten, da er nicht wollte, dass seine Frau es herausfindet oder Senator Wagner, um Merediths willen.«

Coop fragte: »Was haltet ihr davon? Glaubt ihr, er hat die Wahrheit gesagt?«

»Es gab keine Anzeichen, dass er lügt, aber er ist ein

Lobbyist, also ist es schwer zu sagen«, sagte Ben mit einem schelmischen Grinsen. »Er war ein bisschen nervös, aber ich hatte das Gefühl, dass er es sich mit seiner Frau nicht verscherzen oder aus dem Büro des Senators ausgeschlossen werden wollte«, sagte Ben. Er nickte Kate zu. »Was ist mit euch beiden?«

»Wir haben Meredith gefunden und sie hat uns zwanzig Minuten warten lassen, warum weiß ich nicht.«

»Weil sie eine überhebliche Tyrannin ist und uns wissen lassen will, dass sie in ihrem Miniaturkönigreich das Sagen hat«, fügte Coop hinzu und rollte mit den Augen.

Kate lächelte: »Ja, das ist es.« Sie hielt inne und fuhr fort: »Sie war entrüstet und erinnerte uns daran, dass ihr Telefon ein privates sei, das nicht vom Staat Tennessee bezahlt werde, und dass wir kein Recht hätten, ihre Anrufe abzuhören. Als wir ihr den Durchsuchungsbefehl zeigten, versuchte sie zu lügen und sagte, sie hätten über die Rechnung gesprochen. Nachdem wir sie ausgequetscht hatten, gab sie zu, beschwipst gewesen zu sein. Sie sagte, dass sie und Craig schon seit Jahren miteinander flirten und sie einsam war und angefüllt mit flüssigem Mut ein schlechtes Urteilsvermögen hatte und ihn anrief, um ihn zu sich nach Hause einzuladen.«

Coop fügte hinzu: »Sie sagte, es sei ihr sehr peinlich, und der letzte Anruf, den sie bei Craig getätigt habe, sei eine Entschuldigung gewesen, nachdem sie ein paar Stunden geschlafen hatte und aufgewacht war und gemerkt hatte, dass sie sich daneben benommen hatte. Sie wusste nicht mehr, wie oft sie ihn angerufen hatte, gab aber zu, dass es mehrere waren.«

»Und sie war alles andere als erfreut und fast demütig, dass sie solch schändliche Handlungen zugeben musste. Sie hoffte, dass wir unsere Ermittlungen vertraulich behandeln würden, um Craig, Senator Wagner, die Regierung und natürlich sie selbst nicht in unangemessene Verlegenheit zu bringen«, las Kate aus ihren Notizen vor. »Ich bin überrascht, dass sie den Präsidenten nicht erwähnt hat«, murmelte sie leise vor sich hin.

»Sie ist schwer zu durchschauen, weil sie immer das Kommando hat und herablassend ist. Das Einzige, was mir auffiel, war, dass sie während unseres Gesprächs ständig mit ihrer schicken Anstecknadel an ihrer Jacke herumfuchtelte. Das könnte an den Nerven liegen oder daran, dass es ihr peinlich ist, zuzugeben, dass sie die Kontrolle verloren hat«, sagte Coop.

»Craig ließ es so klingen, als sei sie viel betrunkener gewesen, als sie es war, aber das ist verständlich. Die Geschichten passen zusammen, also denke ich, wir haben es erklärt. Jetzt sind wir wieder am Anfang«, sagte Ben seufzend. »Ihr macht weiter und kümmert euch um den anderen Fall«, sagte er und nickte Jimmy und Kate zu. »Ich sollte bald ein Update zu den Überwachungsbildern aus der Innenstadt bekommen.«

Coop zog die Artikel über die tödlichen Autounfälle aus seinem Notizblock. »AB hat sich Artikel aus dem Internet besorgt, in denen die wichtigsten Kunden auf Bakers Lobbyliste aufgeführt sind. Sie dachte, diese beiden wären interessant. Könntet ihr euch die Dateien zu diesen Unfällen besorgen und sie überprüfen? AB und ich werden die Akten weiter durchgehen und sehen, ob wir noch etwas finden«, bot Coop an. »Wir übersehen etwas.«

Bens Telefon surrte und er schaute auf das Display. »Ich muss los. Wir sehen uns dann am Freitag beim Frühstück, es sei denn, du hast vorher noch etwas vor. Kate, leg schon los und sieh dir diese Unfälle an«, sagte er und reichte ihr die Papiere.

Coop widmete die verbleibende Stunde des Tages Taylors Brief an die Vanderbilt und einigen anderen Fällen. Den Abend verbrachte er vor dem Fernseher, in der Hoffnung, dass die Konzentration auf etwas Geistloses seinem Gehirn helfen würde, das fehlende Glied in dem Fall zu finden.

***

Am Dienstagmorgen kramte Coop wieder in den Ermittlungsakten und rief erneut seinen Freund David im Senat an. Er wollte wissen, ob es im Laufe der Jahre irgendwelche Gerüchte über eine Beziehung zwischen Meredith und Craig Baker gegeben hätte. David zögerte, über solche Gerüchte zu sprechen, sagte dann aber, er hätte noch nie etwas von einer Romanze zwischen Meredith und irgendjemandem gehört, außer alten Spekulationen über sie und Senator Wagner nach dem Tod seiner Frau. »Ich bin mir nicht sicher, ob da etwas dran ist«, fügte er hinzu. »Aufgrund seiner unerschütterlichen Unterstützung für sie hat das zu Vermutungen geführt, und sie ist ein leichtes Ziel, besonders mit ihrer säuerlichen Persönlichkeit.«

Coop kicherte über seine treffende Beschreibung von Meredith, bedankte sich noch einmal bei David und entschuldigte sich dafür, ihn an seinem freien Tag gestört zu haben. Er schickte Ben eine kurze Nachricht und erzählte ihm von dem Gespräch mit David.

So sehr er sich auch davor fürchtete, mit ihr zu sprechen, rief er Emily Taylor an. Er wusste, dass es besser war, sie anzurufen, als von ihr eine Belehrung zu erhalten, wenn er nicht bereit war. Wie er erwartet hatte, war sie über den mangelnden Fortschritt verärgert und wiederholte ihre Forderung nach der Verhaftung des Mörders. Außerdem begann sie eine neue Hetzrede gegen Taylor und Abby und bezeichnete sie als verachtenswerten Abschaum. Sie war ebenso wütend auf Grays Anwalt Steve und hatte sich einen eigenen Anwalt genommen, um zu versuchen, die vierhunderttausend Dollar, die Gray als Stipendium für Taylor eingerichtet hatte, zurückzuholen.

Obwohl Coop sein Bestes tat, um sie umzustimmen und die positiven Eigenschaften Taylors zu betonen, indem er sie an Grays eigenen Brief an seinen Sohn erinnerte, verhallten seine Worte in einem Abgrund des Schweigens. Er gab auf und beendete den Anruf mit den Worten: »Ich bin immer noch voller Hoffnung. Ich werde mich melden, sobald wir etwas Definitives haben.«

Er legte den Hörer auf und schüttelte den Kopf. »Brrr, sie ist eine kalte Frau, Gus.« Der Hund hob seinen Kopf von der Sitzfläche des Ledersessels, ließ ihn wieder fallen und schloss die Augen, um sich seinem friedlichen Schlummer hinzugeben. Coop war dankbar, dass sie die letzte Begegnung mit Ben und Kate oder Seth nicht erwähnt hatte. Er hatte nicht vorgehabt, das Thema anzusprechen.

Die Tage zogen sich in die Länge, ohne dass sie einem festen Verdächtigen näherkamen. Bei ihren obligatorischen Pfannkuchen am Freitagmorgen erzählte Ben Coop, dass er seine Ressourcen im Zusammenhang mit dem Mord an Gray zurückfahren musste, da er mit einigen anderen Fällen mit vielversprechenden Spuren konfrontiert wurde, die seine Aufmerksamkeit erforderten. »Die Techniker haben Seth auf einigen Kameraaufzeichnungen gefunden, aber sie haben noch einen langen Weg vor sich. Sie wurden für einen anderen Fall abgezogen«, sagte Ben und schüttelte den Kopf.

»Ich würde Andy auch gerne entlasten. Zwanzig Minuten sind sowieso schon sehr weit hergeholt. Ich glaube ehrlich gesagt nicht, dass er es getan hat.« Coop bewegte seine Tasse, als Myrtle vorbeikam, um seinen Kaffee nachzufüllen. »Ich habe noch einmal mit anderen Angestellten und einigen Gästen gesprochen, um herauszufinden, ob jemand von ihnen Andy in der Nähe der Terrasse oder sogar des Hauses gesehen hat. Niemand hat ihn gesehen.«

»Kate hat die Unfälle überprüft und festgestellt, dass an beiden Vorfällen nichts Verdächtiges war. Sie sprach mit den ermittelnden Beamten, und beide schrieben es der Ablenkung des Fahrers und der Geschwindigkeit zu. Es wurde kein falsches Spiel vermutet.«

Coop schüttelte den Kopf. »Dieser Fall ist wie die Suche nach einer Nadel in einem ganzen Stapel von Heuhaufen.«

Ben nickte. »Wir haben keine Beweise, die Andy oder Seth mit dem Verbrechen in Verbindung bringen, nur Lücken in ihren Alibis.« Ben schob seinen leeren Teller beiseite. »Oh, die einzige gute Nachricht ist, dass Steve gestern Abend angerufen und gesagt hat, dass es eine Treueklausel in Graysons Testament gibt, sodass unsere Lieblingswitwe nicht so glücklich enden wird, wie sie dachte. Er sagte, Taylors Stipendium sei sicher.«

Coops Augen funkelten. »Manchmal gibt es einen Funken Gerechtigkeit auf der Welt. Wenn Seth jetzt ermordet aufgefunden wird, haben wir wohl einen Hauptverdächtigen«, lachte er und nahm einen Schluck aus seiner Tasse. »Ich frage mich, ob ich jetzt gefeuert werde.«

»Das würde mich nicht wundern. Sie wird etwas von ihrem Geld sparen müssen und ihrer Meinung nach tust du ja sowieso nichts«, sagte Ben zwinkernd und zahlte. »Das geht auf mich, da du wahrscheinlich bald arbeitslos sein wirst.«

Coop trug den Imbisskarton und folgte Ben nach draußen. Die sommerliche Hitze hatte noch nicht nachgelassen, und selbst so früh am Morgen keuchte Gus, als

Coop in den Jeep stieg. Als sie im Büro ankamen, stürmte Gus durch die Tür zu seinem Wassernapf.

Über das laute Schlürfen hinweg hörte er, wie Annabelle einen Gruß rief, und brachte ihr das Frühstück. Sie klappte den Deckel auf: »Hmm, Erdbeerwaffeln, danke.« Gus leckte sich über die Schnauze und ließ sich neben Annabelles Ventilator auf den Boden plumpsen.

Coop hatte riesige Haftnotizen an seine Wand geklebt, auf denen er Verdächtige, Zeitabläufe und seine Beobachtungen festhielt. Jeden Morgen sah er sie durch und hoffte auf eine Inspiration.

Annabelle hatte Mrs. Taylors Akte auf seinem Schreibtisch liegenlassen, zusammen mit der Tabelle, aus der hervorging, dass die aufgewendeten Stunden den Vorschuss mehr als aufgebraucht hatten. Sie würden ihr die verbleibenden Stunden in Rechnung stellen müssen. Er verfasste eine Standard-E-Mail und fügte die Tabelle zusammen mit einer Rechnung für die verbleibenden Stunden bei, in der er darauf hinwies, dass er eine weitere Anzahlung benötige, wenn sie ihn weiterhin beauftragen wollte. Er rechnete mit der Beendigung ihrer Beziehung, sobald sie die Rechnung erhalten hatte.

Am Donnerstagnachmittag erhielt er eine knappe Antwort auf seine E-Mail, in der ihm mitgeteilt wurde, dass seine Dienste nicht mehr benötigt würden. Sie schickte, wenn auch widerwillig, einen Scheck für den Restbetrag und würde ihrem Freundeskreis mitteilen, wie unzufrieden sie mit seiner Leistung war. Coop war erleichtert, als er die E-Mail las, denn er wusste, dass er ihre herablassende Kritik nicht länger ertragen musste, aber er war immer noch entschlossen, Grays Mörder zu finden, Taylor zuliebe.

Der einzige Lichtblick in dieser Woche war, dass Andy und Taylor am Freitagnachmittag im Büro vorbeikamen. Taylor war auf dem Weg zum Silverwood und wollte vorher seinen Brief abholen. Annabelle schlug vor, dass sie vorn am Empfang bleiben sollten, da alle außer Coop und Gus den Tag über weg waren. Sie wollte nicht, dass Taylor sich die Mordnotizen ansehen musste, die überall in Coops Büro verteilt waren.

Coop schüttelte Andy die Hand und reichte Taylor den Brief. Der Junge überflog die Seite und als er las, wurde sein Grinsen noch breiter. »Wow, Mr. Harrington, Cooper, das ist perfekt. Du hast so viele nette Dinge über mich gesagt. Woher weißt du von den Sachen in der Schule und meiner ehrenamtlichen Arbeit?«

»Ich bin Privatdetektiv, vergiss das nicht«, kicherte Coop. »Und nenn mich Coop!«

Andys Handy klingelte, er entschuldigte sich und ging auf die Veranda, um den Anruf entgegenzunehmen.

»Ich hoffe immer noch, dass ich genug spare, um mir ein eigenes Auto zu kaufen, damit ich Onkel Andy nicht mehr damit nerven muss, mich zur Arbeit zu fahren«, sagte Taylor. »Jetzt, da die Schule vorbei ist, arbeite ich mehr und hasse es, ihm oder Mom zur Last zu fallen.«

»Was für ein Auto suchst du?«

»Irgendetwas, nur etwas Zuverlässiges.«

»Ich habe einen Freund, der eine Autowerkstatt hat und ab und zu ein paar gute Angebote hat. Ich werde ihn bitten, nach etwas Ausschau zu halten«, bot Coop an.

»Das wäre toll«, sagte er, als Andy von der Veranda zurückkam.

»Tut mir leid, ich muss mich um eine berufliche Angelegenheit kümmern. Ich muss jetzt weiter.«

»Geh nur, Andy! Ich kann Taylor im Silverwood absetzen«, sagte Coop.

Andy warf einen Blick auf seinen Neffen, der nickte und lächelte. »Okay, wenn du sicher bist, dass es dir nichts ausmacht. Danke, Coop.«

Taylor folgte Andy zum Wagen, nahm seinen Rucksack und winkte, als Andy wegfuhr. Er ließ den Rucksack auf die Couch fallen und kuschelte sich an Gus. »Ich wollte dir noch sagen, dass wir mit Grays Anwalt gesprochen haben und er sagte, dass mein Stipendium sicher und alles geregelt ist. Er sagte, er sei der Verwalter und werde meine College-Rechnungen bezahlen. Ich muss ihm die Rechnungen schicken und er wird sich darum kümmern.«

»Jetzt müssen wir dich nur noch an die Vanderbilt bringen«, sagte Coop grinsend.

»Der Antrag ist am ersten November fällig und ich habe ihn schon fertig. Dein Brief wird mir eine große Hilfe sein. Ich bewerbe mich während der ersten Frühbewerberphase, also werde ich es Mitte Dezember wissen.«

»Ich bin mir sicher, dass sie dich akzeptieren werden. Deine Noten sind hervorragend, und du hast viel ehrenamtliche Arbeit in der Gemeinde geleistet. Mit all dem und Coops glühendem Brief, wie könnten sie da ablehnen?«, scherzte Annabelle.

Das Telefon klingelte und sie kehrte an ihren Schreibtisch zurück. Taylors Grinsen verblasste und wurde durch eine ernste Miene ersetzt. »Habt ihr herausgefunden, wer ihn getötet hat?«

»Nein, tut mir leid, das haben wir noch nicht. Wir arbeiten noch daran und sind mehreren Hinweisen nachgegangen, aber es ist nichts dabei herausgekommen.«

Coop hielt inne und ließ seine Hand über Gus' Kopf gleiten. »Wie geht's deiner Mom?«

Taylor zuckte mit den Schultern und sagte: »Sie ist traurig. Sie versucht, es zu verbergen, aber ich habe sie schon ein paar Mal beim Weinen erwischt.«

»Was ist mit deinen neuen Großeltern?«

Das Lächeln des Jungen kehrte zurück. »Sie sind großartig. Sie laden uns jede Woche zum Essen ein.«

Annabelle legte den Hörer auf und drehte sich auf ihrem Stuhl um. »Das war Justin. Er hat gesagt, dass er sich nicht mehr um den Rasen kümmern kann. Ich habe ihn die ganze Woche angerufen, und endlich hat er zurückgerufen.«

»Ich wusste, dass es riskant war, ein Geschäft mit ihm zu machen. Ich hatte gehofft, dass er auf dem richtigen Weg bleibt.«

»Ich bin auf der Suche nach mehr Arbeit, ich könnte euren Rasen mähen«, bot Taylor an. »Ich arbeite diesen Sommer jedes Wochenende im Silverwood. Ich könnte es dann machen, wenn du mich an diesen Tagen zur Arbeit fahren kannst?«

Coop dachte einen Moment lang nach und nickte. »Probieren wir es aus und sehen wir, wie es für dich funktioniert.«

»Ich arbeite morgen um zehn. Wie wäre es, wenn ich früher vorbeikomme, bevor es zu heiß wird?«

»Ist mir recht. Wir treffen uns hier gegen sieben«, sagte Coop.

»Cool, das ist ein guter Zeitpunkt für Onkel Andy, mich abzusetzen. Wir machen uns besser auf den Weg. Ich bin gerne früh dran.«

Sie verabschiedeten sich von Annabelle, und Gus wurde für die kurze Fahrt zum Silverwood auf den Rücksitz verbannt. Wie es Jungs zu tun pflegen, öffnete sich Taylor während der Fahrt und sprach darüber, wie besorgt er war, dass Andy immer noch ein Verdächtiger in dem Mordfall war. »Er würde nie jemandem etwas antun, und ich weiß, dass er sich Sorgen macht, aber du musst ihm glauben.«

»Ich glaube nicht, dass dein Onkel Gray etwas angetan hat, und Chief Mason glaubt das auch nicht. Er wird nur wegen der zwanzig Minuten, in denen wir seinen Aufenthaltsort nicht bestätigen können, immer noch als eine Möglichkeit betrachtet.« Er sah zu Taylor hinüber, als sie auf den Mitarbeiterparkplatz fuhren. »Übrigens, ich bin nicht mehr bei Mrs. Taylor angestellt, aber ich werde mich weiter mit diesem Fall befassen. Ich möchte herausfinden, wer deinen Vater getötet hat und warum.«

»Was ist passiert?«

»Ich wurde gefeuert. Sie war nicht zufrieden mit der Zeit, die ich brauchte, um den Fall abzuschließen.«

»Nimm es nicht persönlich, Coop! Ich glaube nicht, dass sie ein sehr glücklicher Mensch ist, und ihren Kummer an dir auslässt.«

»Du bist ein weiser Mann, mein Freund«, sagte Coop mit einem vorsichtigen Lächeln.

KAPITEL FÜNFZEHN

Coop zeigte Taylor die Gartengeräte und Werkzeuge, die er in dem Schuppen am Rande des Parkplatzes aufbewahrte. Nach einer kurzen Einweisung in die Sprinkleranlage überließ er ihn für ein paar Stunden der Arbeit und versuchte, im Büro etwas zu erledigen.

Taylor kümmerte sich um den Rasen im Hof und ging ins Badezimmer des Büros, um zu duschen und sich für seine Schicht im Silverwood umzuziehen. Coop stand von seinem Schreibtisch auf und fasste sich an den Bauch, weil er einen stechenden Schmerz in der rechten Seite spürte. Er hatte sich schon den ganzen Morgen unwohl gefühlt und schob es darauf, dass er gestern Abend zu viel gegessen hatte. Er ging im Büro umher und dachte, es wäre ein Krampf, den er auskurieren müsse.

Er setzte Taylor ab und fuhr zurück ins Büro. Er versuchte, sich von den Schmerzen abzulenken, und konzentrierte sich auf den Papierkram. Er zuckte zusammen, als sich ein heftiger Stich in seine Seite bohrte, der den Schmerz noch verstärkte. Er drückte sich tief in die rechte Seite und er biss die Zähne zusammen. Er machte sich auf den Weg zum Sofa und Gus wimmerte, als er seinen Kopf neben seinen Herrn legte. Mühsam griff er nach seinem Handy. Er stöhnte auf, als der Schmerz zunahm. Er wollte seine Tante nicht stören, die bei einem Mittagessen und einer Ausstellung des Gartenclubs war, also tippte er auf das Symbol für Annabelle.

Sie antwortete nach ein paar Klingeln. »Hey, AB, entschuldige, dass ich dich störe, aber …«, schrie er, als eine weitere Schmerzwelle über ihn hereinbrach. »Irgendetwas stimmt nicht, ich habe starke Schmerzen. Kannst du mich ins Krankenhaus fahren? Ich bin im Büro.«

Als sie sagte, sie wäre auf dem Weg, ließ er das Telefon auf den Boden fallen, während er sich in die Seite griff. Als sie ein paar Minuten später hereinkam, fand sie ihn schweißgebadet und sich vor Schmerzen krümmend vor. »Coop, schaffst du es zum Auto?«, fragte sie mit einem Anflug von Panik in ihrer sonst so ruhigen Stimme.

Seine Augen waren glasig, aber er nickte und zog eine Grimasse, als sie ihm half, sich aufzusetzen. »Ich sollte einen Krankenwagen rufen«, sagte sie.

Er schüttelte den Kopf. »Nein«, flüsterte er. »Ich kann es schaffen.« Er legte seinen Arm um ihren Hals und ihre Schultern, und sie hievte ihn hoch und aus dem Büro. Er presste den Kiefer zusammen, als sie die Treppe hinuntergingen, und war ganz außer Atem, als sie auf dem Parkplatz ankamen. Er winkte in Richtung seines Jeeps, unsicher, ob er seinen Körper auf den Sitz ihres Beetle falten könnte. Sie ließ ihre Hand in die Tasche seiner Shorts gleiten und zog seine Schlüssel heraus.

Sie hielt ihm die Tür auf und half ihm, auf den Beifahrersitz zu rutschen. Sie sah Gus am Fenster, der sie beobachtete. »Es ist okay, Gus. Wir sind gleich wieder da«, versuchte sie, zuversichtlich zu klingen.

Sie manövrierte durch die Straßen wie eine Nascar-Fahrerin, als sie sich auf den Weg zur Notaufnahme des Vanderbilt machte. Der Jeep kam quietschend vor der Glastür zum Stehen und sie sprang heraus, um Hilfe zu holen. Wenige Augenblicke später kam ein Pfleger mit einem Rollstuhl herausgerannt und hob Coop von seinem Sitz. Sie folgte ihm, nahm ihm die Brieftasche ab und flüsterte: »Ich hoffe, sie müssen dir nicht das Shirt aufschneiden«, bevor er durch die Tür in den Behandlungsraum geschoben wurde. Sie war sich nicht sicher, ob die Panik in seinem Gesicht von den Schmerzen herrührte oder von der Angst, dass sein altes „*World's Tallest Leprechaun*"-Shirt in Gefahr war.

Sie bat, sich mit Dr. Alex Weston, eine ihrer Klassenkameradinnen von der Vanderbilt, in Verbindung setzen zu können, und machte sich daran, die Aufnahmeformulare auszufüllen. Sie füllte alle Formulare aus, bis auf seine Unterschrift, und begab sich an den Schalter. Sie wurde durch die Tür geschleust und in eines der Dutzend Behandlungszimmer geleitet. Sie fand ihn zusammengerollt auf dem Bett in einem Zimmer, eingehüllt in einen fadenscheinigen Krankenhauskittel, angeschlossen an intravenöse Flüssigkeiten und ruhend. »Coop«, flüsterte sie.

Seine Augen flatterten auf. »Hey, AB, tut mir leid, dass ich deinen Samstag ruiniert habe.«

Sie lächelte. »Ich habe die Formulare ausgefüllt und brauche deine Unterschrift. Wie geht es dir?«

»Sie haben mir etwas gegen die Schmerzen gegeben. Sie versuchen, eine Blinddarmentzündung auszuschließen, aber Alex glaubt, dass es wahrscheinlich Nierensteine sind.«

Sie runzelte die Stirn. »Oh, das hört sich beides schlecht

an. Tut mir leid, Coop.« Sie strich ihm über die Stirn. Er kritzelte seinen Namen auf die Papiere, und sie machte sich auf die Suche nach jemanden an der Aufnahme.

Auf dem Rückweg begegnete sie Alex auf dem Flur. »Hey, AB. Ich bin auf dem Weg, um mit Coop zu reden.«

»Er sagte, ihr würdet einige Tests durchführen.«

»Ja, ich habe die Ergebnisse«, sagte die Ärztin und hielt das Klemmbrett hoch.

»Gute Nachrichten, Coop«, sagte Alex. Sie wartete, bis er die Augen öffnete, und Annabelle ließ sich auf den Stuhl neben seinem Kopf fallen.

»Ich habe mir den Scan angesehen und festgestellt, dass Sie Nierensteine haben. Außerdem sind Sie dehydriert und müssen regelmäßig zum Arzt gehen.« Sie schaute ihn über ihre Brille hinweg an. »Wir werden unser Bestes tun, um Ihre Schmerzen zu lindern, aber bis Sie die Steine herausgespült haben, werden Sie mit den Unannehmlichkeiten zurechtkommen müssen. Sie sind klein genug, um so durchzugehen, aber sie werden höllisch wehtun.«

»Wie lange muss ich hierbleiben?«

»Ein paar Stunden noch. Wir müssen aber sicherstellen, dass jemand bei Ihnen bleibt, wenn Sie entlassen werden. Und Sie müssen zur Nachuntersuchung zum Urologen.«

»Tante Camille ist auf einer Gartenparty …«

Annabelle unterbrach ihn. »Ich kann heute auf ihn aufpassen.«

»Das passt. Sie müssen eine Menge Wasser trinken, und wir schicken Sie mit einigen Filtern nach Hause, mit denen Sie die Steine auffangen können. Sie müssen sie zu Ihrem Termin zur Analyse mitbringen. Wahrscheinlich sind sie kalziumhaltig, was bedeutet, dass Sie auf Koffein,

Schokolade, Nüsse und Grünzeug verzichten und viel mehr Wasser trinken müssen.«

Coop warf der Ärztin einen bösen Blick zu. »Du hast seine Hauptnahrungsgruppen gestrichen«, sagte Annabelle. »Kaffee, Tee, Erdnuss-M&Ms.«

Alex schüttelte den Kopf. »Die kommen auf die Liste der zu meidenden Lebensmittel. Und Sie müssen einmal im Jahr zu mir kommen, wie ich es Ihnen schon gesagt habe.«

»Ich weiß«, murmelte Coop, während ihm die Augen zufielen.

»Er wird wegen der Schmerzmittel müde sein. Ich werde in ein paar Stunden noch einmal nach ihm sehen und kann dich anrufen, wenn er bereit ist zu gehen«, bot Alex an.

»Das wäre großartig und gibt mir die Möglichkeit, ein paar Besorgungen zu machen.« Sie vergewisserte sich, dass Alex ihre Handynummer hatte, und drückte Coop die Hand, bevor sie ging.

Sie hielt auf dem Markt, bevor sie Gus abholte und zu Camille fuhr. Da sie wusste, dass die Hendersons nicht zu Hause waren und das Haus leer war, benutzte sie ihren Ersatzschlüssel für den Notfall.

Sie lud die Lebensmittel aus und kochte einen Topf Hühnersuppe. Gus wälzte sich im Haus herum, ließ sich aber schließlich auf seinem Stuhl in Coops Büro nieder. Sie schenkte sich ein Glas Eistee ein und ließ sich auf die Couch fallen, als ihr Handy klingelte. Es war Alex, die berichtete, dass Coop entlassen worden war.

Sie prüfte die Suppe, stellte sie auf Köcheln und sagte Gus, er sollte hierbleiben.

Coop war bereits angezogen und saß auf einem Rollstuhl, als sie eintraf. Nach weiteren Entlassungspapieren lud sie ihn in den Jeep. »Wie ich sehe, hat dein Hemd überlebt«, sagte sie und befestigte seinen Sicherheitsgurt.

Er schenkte ihr ein schwaches Grinsen. Er war erschöpft und schläfrig, aber er beschwerte sich nicht über die Schmerzen. Auf dem Heimweg hielt sie an der Apotheke und holte seine Rezepte ab.

Als sie ihn ins Bett gebracht hatte, war es bereits sieben Uhr und Gus stürmte zur Tür und kündigte die Ankunft von Camille an. Annabelle folgte Gus und traf Camille in der Küche.

»Hallo, du. Ich wollte dich nicht erschrecken.«

»Oh, meine Liebe, es ist schön, dich zu sehen. Arbeitet ihr beide an dem Fall?«

»Im Moment nicht. Coop ging es nicht gut, und ich habe ihn ins Krankenhaus gebracht. Es geht ihm jetzt besser, aber er liegt im Bett.«

Camilles Hand flog zu ihrer Brust. »O nein, was ist passiert?«

»Er hat Nierensteine. Deshalb haben sie ihm Schmerzmittel gegeben und wollen, dass er viel Wasser trinkt. Er soll keine Schokolade, keine Nüsse, kein Koffein und kein Grünzeug mehr essen.«

Camille rümpfte die Nase. »Oh, das wird nicht gut sein.« Sie hielt inne und fügte hinzu: »Besonders für uns.«

»Ich weiß. Er beginnt den Tag mit zwölf Tassen Kaffee und isst eine Handvoll Erdnuss-M&Ms. Die neue Diät wird ihm nicht gefallen.«

»Irgendetwas riecht hier drin gut. Du hast gekocht«, sagte sie und nahm den Deckel vom Topf. »Sieht lecker aus.«

»Ich habe Suppe gekocht und ein paar Säfte besorgt und in den Kühlschrank gestellt. Er muss viel trinken, vor allem Wasser, aber ich weiß, dass er Wasser hasst.«

»Setz dich, Liebes, und ich werde nach ihm sehen, ob wir ihn dazu bringen können, etwas von deiner wunderbaren Suppe zu essen.« Sie schlurfte in ihrem mit riesigen

Pfingstrosen geschmückten Kleid davon, wobei der Stoff bei ihren Bewegungen raschelte. Ihr übergroßer rosafarbener Hut wippte, als sie sich auf den Weg zu Coops Zimmer machte, Gus dicht auf den Fersen.

Während sie weg war, bereitete Annabelle ein Tablett für Coop vor. Sie ließ ihm ein großes Glas Wasser auf dem Nachttisch stehen, stellte ihm aber ein frisches Glas und etwas Saft auf das Tablett. Sie machte sich auf den Weg durch das Haus und fand seine Tür einen Spaltbreit geöffnet. Sie klopfte und öffnete sie weiter.

Coop setzte sich auf, Gus saß im Stuhl, und Camille saß auf der Bettkante. »Hier ist etwas zu essen für den Patienten«, verkündete sie und stellte das Tablett auf seinen Schoß. »Wie geht es dir?«

Seine Augen, die sonst so schön funkelten, waren stumpf und müde, passend zu seinem gezeichneten und blassen Gesicht. »Als wäre ich von einem Lastwagen überfahren worden.«

»Ich habe dir eine Suppe gebracht. Du musst viel Flüssigkeit zu dir nehmen, wie Alex gesagt hat, also dachte ich, das könnte dir schmecken.«

Er blickte auf den leeren Wasserkrug auf seinem Nachttisch. »Ich habe alles ausgetrunken.«

»Gut gemacht, Coop. Jetzt trink mehr!«, sagte sie und drückte ihm das Glas in die Hand.

»Du brauchst Ruhe. Du hast zu viel gearbeitet und nicht richtig gegessen«, sagte Camille. »Ich ziehe mich um und komme zurück, um nach dir zu sehen, damit AB nach Hause gehen kann.«

Annabelle setzte sich auf den anderen Stuhl und nickte dem Tablett mit dem Essen zu. »Iss!«

Er starrte sie an. »Ja, Ma'am. Sie sind eine gemeine

Krankenschwester.« Er löffelte etwas Suppe in seinen Mund. »Hmm, schmeckt aber gut.«

»Du musst zu Hause bleiben, bis du die Steine draußen hast, also nimm dir eine Woche Zeit!«

»Wehe, es dauert eine verdammte Woche«, sagte er und trank mehr Wasser.

»Ich kann mich um das Büro kümmern. Du ruhst dich aus und entspannst dich. Ich komme jeden Abend vorbei und bringe dir alles, was du wissen oder unterschreiben musst.«

»Ich weiß, dass du es schaffst, AB. Ich hasse es, herumzusitzen, und ich hasse es wirklich, krank zu sein.« Er grummelte weiter, während er die Suppe aß. Als Camille zurückkam, hatte er seine Suppe aufgegessen und sowohl das Wasser als auch den Saft runtergekippt.

»Ich werde mich auf den Weg machen. Ich rufe einen Freund an, der mich abholt, denn ich habe deinen Jeep genommen und mein Auto im Büro gelassen. Ruf mich an, wenn du etwas brauchst, ansonsten komme ich am Montag vorbei.«

»Danke, AB. Tut mir leid, dass ich so schlecht gelaunt bin. Ich bin dankbar für die ganze Hilfe und dafür, dass du dich den ganzen Tag um mich gekümmert hast«, sagte er mit einem verlegenen Grinsen.

Sie drückte seine Hand und gab ihm einen Kuss auf die Stirn. »Gute Besserung, Coop.«

An den nächsten Tagen achteten Camille und Annabelle auf Coop und bestanden darauf, dass er sich ausruhte und jeden Tag literweise Wasser trank. Für Donnerstag war ein Folgetermin beim Arzt angesetzt, und er war fest entschlossen, selbst zu fahren. Am späten Nachmittag tauchte er im Büro auf und trug ein T-Shirt mit der Aufschrift *In Hundejahren wäre ich tot*, während Gus hinter ihm herlief.

»Solltest du dich nicht zu Hause ausruhen?«, fragte Annabelle.

»Ich war gerade bei der Ärztin, und sie hat gesagt, dass ich wieder arbeiten gehen kann. Ich habe meine Steinsammlung abgegeben. Sie hat noch einen Scan gemacht und gesagt, dass sie alle weg sind, also kann ich gehen.«

»Und was hat sie zu deinen Essgewohnheiten gesagt?«

Mit finsterer Miene machte er sich auf den Weg in sein Büro. »Genau das Gleiche, was Alex gesagt hat.«

Sie schüttelte den Kopf und wandte sich wieder ihrem Computerbildschirm zu, in der Hoffnung, dass sie zu beschäftigt war, bevor er merkte, dass sie seine M&Ms entsorgt und seinen normalen starken Kaffee durch mehrere Tüten entkoffeinierter Bohnen ersetzt hatte, die sie per Expresslieferung bestellte.

KAPITEL SECHZEHN

Die Tage verwandelten sich in Wochen, ebenso wie die Zeitungsberichte über den ungeklärten Mord an Grayson Taylor sich auflösten. Die drückende Hitze hatte im Juli für ein paar Wochen nachgelassen, aber jetzt, Anfang August, war sie mit voller Wucht zurückgekehrt. Coops Gemütsverfassung passte zum Wetter. Er war genervt von den mangelnden Fortschritten in Graysons Fall und ärgerte sich über seine neuen Diätbeschränkungen. Er hatte nie bemerkt, wie viel Kaffee er trank oder wie oft er nach den Süßigkeiten auf seinem Schreibtisch griff. Tante Camille hörte auf, seine Lieblingskekse zu backen, und probierte neue Geschmacksrichtungen aus. Bislang waren Snickerdoodles der genehmigte Ersatz.

Coop widmete sich anderen Fällen und anderen Aufgaben, aber er nahm sich vor, jede Woche die Beweise zu überprüfen. Er durchforstete seine Nachforschungen, auf der Suche nach dem schwer fassbaren Faden, der, wenn er gezogen würde, das ganze Geheimnis lüften könnte.

Bens Arbeitsbelastung zwang ihn, Prioritäten zu setzen, und er hielt den Mord an Gray für einen Fall, der ohne neue Beweise vielleicht nie aufgeklärt werden würde. Das Thema kam bei ihrem wöchentlichen Frühstück zur Sprache.

»Ich kann es nicht lassen«, sagte Coop und rührte in der einzigen Tasse richtigen Kaffees, die er sich jeden Morgen gönnte. »Ich habe Taylor in diesem Sommer besser kennengelernt, und ihm zuliebe möchte ich diese Sache aufklären.«

»Der Junge tut mir leid, und ich bin wütend, dass wir den Fall nicht lösen konnten, aber ich habe nicht die Zeit, noch mehr Arbeitskräfte zu beschäftigen. Du hast mehr Freiheit, der Sache nachzugehen, und wenn du eine Spur findest, bin ich voll dabei, aber ich kann nicht immer wieder dasselbe machen. Selbst nach den vielen Stunden, die wir mit dem Überwachungsvideo verbracht haben, konnten wir weder Seth noch Andy entlasten. Niemand glaubt, dass sie es getan haben, aber es gibt nichts, was einen der anderen mit dem Verbrechen in Verbindung bringt.«

»Das ist der erste Fall, den ich übernommen habe, den ich nicht gelöst habe. Da fühle ich mich inkompetent.«

»Oh, das macht unsere Lieblingswitwe für mich. Sie ruft immer noch jede Woche an, um mich daran zu erinnern, wie unfähig ich bin«, sagte Ben.

Coop verzog das Gesicht zu einer Grimasse. »Ich hatte wirklich gehofft, dass sie etwas damit zu tun hat.«

Ben grinste. »Es würde mir Spaß machen, sie zu verhaften. Aber ich würde es wahrscheinlich Kate überlassen. Diese Frau hat sich unter ihre Haut gegraben.«

»Steve hat mich gestern kontaktiert und gesagt, dass das Testament von Grayson geregelt wurde. Graysons Eltern haben Millionen erhalten, Emily hat eine Pauschalsumme bekommen, die sich nach der Anzahl der Ehejahre richtet, und der Rest ist in einem Treuhandfonds für Hannah. Steve ist der Treuhänder, also kann Emily nichts davon abbekommen. Er sagt, Seth wurde gefeuert und ist zurück nach Bowling Green gezogen. Er glaubt, dass Emily vorhat, in Los Angeles zu bleiben, denn wenn sie das Haus verkauft, geht der Erlös an den Treuhänder.«

Ben schnupperte in der Luft. »Ah, der süße Geruch von Gerechtigkeit mit einem Hauch von Ahorn-Speck-Kringeln.« Er erstickte seine mit Sirup. »Das erinnert mich an das Geld von der Versicherung. Sie haben die eine Versicherungssumme für Gray an *Global* gezahlt, aber die Police, die Emily als Begünstigte vorsieht, lässt auf sich warten. Offenbar wollen sie erst zahlen, wenn sie sicher sind, dass sie nichts mit dem Mord zu tun hat.« Er nahm einen Schluck Kaffee. »Natürlich habe ich ihnen gesagt, dass ich so etwas nicht unterschreiben kann, bevor der Fall nicht gelöst ist, da eine kleine Chance besteht, dass sie über Seth involviert war.« Er grinste wie ein Schwein in einem Schlammloch.

»Du willst doch nicht, dass diese Frau dich für inkompetent hält? Am besten ist es, wenn man sich erst einmal absichert, bevor man etwas so Wichtiges bezeugt«, sagte Coop, wobei sich hinter seiner seriösen Anwaltsstimme ein hinterhältiges Lächeln verbarg.

»Der kommende Anruf von ihr diese Woche dürfte interessant werden.«

Sie aßen ihre Mahlzeiten auf und schmiedeten Pläne für ein gemeinsames Grillfest am Wochenende.

Coop war am Tag nach den Vorwahlen in Tennessee mit der Lektüre der Zeitung beschäftigt. Sein Telefon summte, als er den Artikel über Senator Wagner und seinen erfolgreichen Sieg in der vergangenen Nacht beendete, bei dem er seinen Gegner mit achtzig Prozent der Stimmen besiegte. Wie die Fachleute seit Monaten spekuliert hatten, würde er bei den Wahlen im November als Gouverneur antreten.

»Ja, AB, was gibt's?«

»Chase und Lila Rose sind hier. Bist du bereit für sie?«

»Ich bin gleich da.« Er sammelte die Zeitungsausschnitte ein und legte sie auf die Anrichte neben seinem Schreibtisch, während er ein frisches Blatt Papier und einen Stift auf den Konferenztisch legte. Er trat in den Empfangsbereich, und bevor er etwas sagen konnte, erschien Annabelle mit einem Tablett mit Kaffee und Eistee, beides entkoffeiniert.

Er begrüßte die Besucher in seinem Büro, und nachdem man sich begrüßt und Erfrischungen gereicht hatte, fragte er: »Was kann ich heute für Sie beide tun?«

Chase erhielt ein Nicken von Lila Rose und sprach. »Gray hat uns mehrere Millionen Dollar hinterlassen, und wir haben schon seit ein paar Wochen darüber gesprochen und beschlossen, dass wir einen Teil des Geldes verwenden wollen, um ein Haus für Abby und Taylor zu kaufen.«

»Wir haben sie in ihrer Wohnung besucht und es ist …« Lila Rose warf Chase einen Blick zu, bevor sie fortfuhr: »Na ja, sie haben einfach etwas Besseres verdient.«

»Wir haben einen Ort gefunden, der nicht allzu weit von uns entfernt ist und in der Nähe der Vanderbilt liegt. So konnte Taylor weiterhin dort wohnen, während er die Schule besucht.«

»Ich glaube, Abby wäre ohne ihn verloren. Die beiden kämpfen schon so lange gegen den Rest der Welt«, fügte Lila Rose hinzu.

»Vielleicht entscheidet er sich irgendwann dafür, auf dem Campus zu wohnen, aber uns gefällt die Idee, sie näher und in einem besseren Stadtteil zu haben. Vor ein paar Wochen sagte Abby beim Abendessen, dass sie sich um eine bessere Stelle an einer der Schulen hier draußen beworben hat. Sie erwähnte, dass sie sich eine Wohnung in der Nähe der Schule wünschen würde, damit sie nicht so weit pendeln muss, und dass es für Taylor gut wäre, näher bei uns zu sein. Morgen erfährt sie, ob sie die Stelle bekommt.«

Lila Rose' Augen funkelten vor Aufregung. »Also sind wir in der Gegend herumgefahren und haben uns ein paar Häuser angesehen. Wir haben das süßeste kleine Viertel gefunden, nur etwa zwei Meilen von uns und nicht einmal fünf Meilen von der Universität entfernt, und außerdem liegt es in der Nähe w Wohnung von Abbys Eltern. Es ist etwa zehn Jahre alt, aber wie neu und Teil einer Wohnanlage, sodass sie die gesamte Gartenarbeit und Instandhaltung draußen erledigen. Es ist wunderschön.«

»Wir können uns nichts vorstellen, was unseren Gray glücklicher machen würde, als zu wissen, dass sein Sohn und Abby versorgt sind und einen sicheren Ort zum Leben haben«, sagte Chase mit Tränen in den Augen.

Coops Kehle schnürte sich vor Rührung zusammen. »Nun, es wäre mir eine Ehre, Ihnen bei der Verwirklichung zu helfen. Ich weiß, Ihr Sohn würde sich freuen.«

»Sie kommen heute Abend zum Essen, und wir dachten, wir machen die Ankündigung, wenn Sie glauben, dass wir das ohne Probleme hinbekommen können«, sagte Lila Rose.

Coop nahm den Papierkram, den sie zur Verfügung gestellt hatten, und sah ihn durch. »Mir fallen keine Probleme ein. Ich werde mich mit dem Makler in Verbindung setzen und ein Angebot unterbreiten. Wir können ein paar Nachforschungen anstellen und dafür sorgen, dass Sie den besten Preis bekommen.«

»Das wäre wunderbar, und wir würden außerdem gerne unsere Testamente ändern lassen, jetzt, da Gray tot ist und wir von Taylor wissen. Wir wollen Hannah nicht außen vor lassen, aber wir gehen davon aus, dass Gray sie in seinem Testament bedacht hat, also würden wir gerne sicherstellen, dass Taylor in unserem Testament bedacht wird«, sagte Chase und schob Coop eine weitere Mappe über den Tisch.

»Kein Problem. Ich werde sie mir ansehen und die neuen Testamente aufsetzen. Wir können uns nächste Woche treffen und sie durchgehen und hoffentlich den Verkauf des Hauses abschließen. Ich denke, Taylor und Abby werden begeistert sein.« Er schloss die Mappen. »Taylor wird morgen hier sein, um den Rasen zu mähen. Ich habe eine Überraschung für ihn. Er ist auf der Suche nach einem Auto, und ich habe über einen Freund ein erschwingliches gefunden, das er abbezahlen kann.«

Ihr Lächeln strahlte vor Glück. »Er wird so aufgeregt sein. Er hat den ganzen Sommer über von einem Auto geschwärmt. Das würde Abby und Andy eine Menge Arbeit abnehmen«, sagte Lila Rose.

Er begleitete sie hinaus und bat Annabelle, einen neuen Termin zu vereinbaren. Als sie gingen, sagte sie ihm, dass er so gut gelaunt aussähe wie seit Monaten nicht mehr. Er lächelte, und seine dunklen, karamellfarbenen Augen tanzten vor Aufregung. »Ich weiß, lass uns zu Mittag essen, dann erzähle ich dir alles.«

Die Wochen nach dem Besuch von Chase und Lila Rose waren voll von glücklichen Ereignissen. Taylor sicherte sich einen gebrauchten silbernen Honda Accord, und Abby war mit ihrem neuen Job erfolgreich. Coop konnte den Preis für das Haus ein wenig drücken, und sie schlossen den Kauf ab, mit einem Abschlussdatum Ende August.

Als sich das Ende des Sommers abzeichnete, wurden Taylors Arbeitsstunden gekürzt, und er fand einen zweiten Job in einem beliebten Restaurant in der Nähe der Universität. Er arbeitete dort nach der Schule und an den Wochenenden, an denen er nicht im Silverwood eingeteilt war. Er fand immer noch Zeit für Coops Gartenarbeit, und der Ort sah nie besser aus. Taylor kümmerte sich akribisch um das Unkrautjäten und den Baumschnitt, und das Gelände sah tadellos aus.

Annabelle sorgte dafür, dass es an den Tagen, an denen Taylor die Gartenarbeit erledigte und sie im Büro besuchte, frische Kekse gab – ohne Schokolade und Nüsse. Und Taylor und Abby luden sie beide zusammen mit Tante Camille zu einer kleinen Einweihungsparty ein, die für den Tag der Arbeit geplant war.

Im Rahmen seines neuen Bestrebens, seine Gesundheit zu verbessern, nahm Coop das Angebot von Annabelle an, sie ins Fitnessstudio zu begleiten. Sie ging in eines in der Nähe des Büros, der rund um die Uhr geöffnet war. Sie nahm ihn ein paar Mal nach der Arbeit als Gast mit, und er stellte fest, dass es ihm Spaß machte. Die meisten Mitglieder, die sie trafen, waren wie Coop mittleren Alters und versuchten, besser in Form zu kommen. Er meldete sich für ein einmonatiges Personal Training an und machte es sich zur Gewohnheit, dreimal pro Woche ins Fitnessstudio zu gehen.

Coop und Annabelle widmeten sich in ihrer Freizeit Grays Fall, holten am Freitagnachmittag die Akten heraus und breiteten sie auf Coops Konferenztisch aus. Coop hielt sich an seinen neuen Diätplan, aber freitags gönnte er sich ein paar Erdnuss-M&Ms. Jede Woche kaufte er eine normal große Tüte, die den ganzen Tag reichte. Keine riesigen Tüten aus dem Kaufhaus mehr, nur noch die mickrige kleine Tüte, die er in seiner obersten Schublade aufbewahrte. Er hatte die gelbe Tüte der Versuchung noch nicht geöffnet, aber angesichts der bevorstehenden Aufgabe hielt er es für an der Zeit und bot sogar an, sie zu teilen. Annabelle lächelte, lehnte aber ab.

Keiner von ihnen war Experte für Finanzanalysen oder Buchhaltung, aber an einem herrlichen Freitagnachmittag Anfang Oktober breiteten sie Kopien der Steuerberichte und -unterlagen von Ben aus, zusammen mit Seiten aus Online-Quellen. Sie beschlossen, sich zuerst mit den Einkommenssteuererklärungen zu befassen, da diese weniger beängstigend erschienen als einige der anderen Seiten mit Zahlen und Kategorien, die sie nicht verstanden.

Merediths Steuererklärungen waren am einfachsten, da sie ein einfaches Einkommen aus ihrer Arbeit sowie einige bescheidene Zinserträge auswies. Alle Lobbyisten erhielten komplexe Renditen aus den Partnerschaften mit mehreren Unternehmen, und sie alle verdienten eine beträchtliche Menge Geld. Die Steuererklärung von Senator Wagner war bei Weitem die schwierigste. Er gab mehrere Einkommensquellen an, darunter Einkünfte aus seiner Position als Sonderberater und »Rechtsberater« in einer Handvoll von Anwaltskanzleien. Er hatte sich schon vor langer Zeit aus dem Anwaltsberuf zurückgezogen, kassierte aber immer noch saftige Honorare. Coop hob die

Informationen hervor. »Die größte Zahlung kam von *Whitehead, Baker und McCord*.«

Annabelle rief die Website des Unternehmens auf und suchte dort nach Informationen über Wagners Stelle. Sie tippte auf die Tasten und las auf dem Bildschirm. »Er ist als Rechtsberater aufgeführt, und in seinem Lebenslauf ist die Rede von seiner früheren Arbeit als Partner einer anderen Firma, die mit *Whitehead, Baker und McCord* fusionierte. Klingt, als ob er an speziellen Projekten arbeite und Beratungen anbiete, spezialisiert auf Regierungsangelegenheiten und Geschäftsentwicklung. Wahrscheinlich ist er deshalb auch so eng mit Craig Baker befreundet.«

»Er hat auch eine Zahlung von Peter Collins' Firma«, sagte Coop, während der Textmarker über das Papier quietschte.

Sie gab die Suchbegriffe ein. »Auf der Website wird er als Sonderberater aufgeführt, der komplexe Projekte durchführt, die sein Fachwissen in Regierungsangelegenheiten erfordern.«

»Ich frage mich, ob Parlamentssprecherin Evans eine spezielle Beratung durchführt. Sie war Anwältin und ihr Mann ist Juraprofessor«, sagte Coop, während er weitere Papiere durchblätterte. Er überprüfte ihre Einkommenssteuererklärung und stellte fest, dass sie keine Einkünfte von Anwaltskanzleien auswies, ihr Mann jedoch schon. »Ihr Ehemann weist Einkünfte aus der Kanzlei von Anna Prosser aus. Derselbe Titel als Sonderberater.«

Annabelle überprüfte die Website und fand ihn auf der Liste. »Aus seiner Biografie geht hervor, dass er Partner in der Kanzlei war, bevor er Professor wurde. Er ist immer noch angestellt und nimmt spezielle Projekte an, wenn es sein Zeitplan erlaubt.«

»Bei diesem Fall sind viele Dinge miteinander

verwoben«, murmelte Coop. »Es ist verblüffend, all die Unternehmen und Partnerschaften auf diesen Steuererklärungen zu sehen. Wer weiß schon, was das alles ist?«

»Ich werde sie untersuchen, wenn du meinst, dass das zu etwas führen könnte«, bot sie an.

»Ich werde versuchen, eine Tabelle zu erstellen, aus der die Beziehungen hervorgehen. Vielleicht hilft uns das, dieses Chaos zu verstehen. Es könnte auch gar nichts sein. Ich weiß, dass Politiker, vor allem wenn sie Anwälte sind, enge Beziehungen zu ihren früheren Kanzleien haben. Ich komme nicht über die Höhe des Geldes hinweg. Wie kann man in einem Jahr über eine Million Dollar an Beraterhonorar verdienen?«

»Ich werde mich über die Ernennung zum Sonderberater und zum Rechtsberater informieren. Ich erinnere mich nicht mehr an viel darüber aus dem Jurastudium. Ich habe das immer mit alten, pensionierten Anwälten in Verbindung gebracht, die noch auf dem Briefkopf standen«, sagte Annabelle.

»Am Montag werde ich mich noch einmal mit Craig Baker und Peter Collins treffen und sie zu den Beziehungen zu Senator Wagner und ihren Firmen befragen.«

»Wir können immer noch einen Buchhalter beauftragen, sich das anzusehen, wenn wir es nicht herausfinden können.«

»Mal sehen, was wir am Montag herausfinden, und wenn wir glauben, dass da etwas dran ist, bin ich bereit, ein paar Dollar auszugeben, damit ein Experte etwas davon entziffert.« Er zeigte er auf den Stapel Papiere auf dem Tisch. »Ich glaube nicht, dass Ben die Zeit oder das Budget hat, um noch mehr zu tun, aber ich werde ihn auf dem Laufenden halten.«

Als sie eine Lampe einschalten wollte, schaute Annabelle auf ihre Uhr und sagte: »Ich muss los. Ich bin heute Abend zum Essen verabredet und habe nicht gemerkt, wie spät es schon ist.«

»Tut mir leid, geh ruhig, wir werden uns am Montag zusammensetzen und einen neuen Plan ausarbeiten. Genieße das Abendessen und dein Wochenende.« Er war damit beschäftigt, die Papiere einzusammeln und zu stapeln, und griff dabei in seine Bonbonschüssel.

»Du auch, Coop. Wir sehen uns Montag.«

Er sorgte für einen Anschein von Ordnung, indem er Annabelles Regel brach und einige Stapel auf dem Konferenztisch ablegte. Er holte einen Packen riesiger Haftnotizen aus dem Flurschrank und klebte sie an die Wand. Er klebte die Papierfotos von Meredith, Senator Wagner, Craig Baker, Peter Collins und Lois Evans auf die Blätter und begann, Aufzählungspunkte unter jedes Foto zu schreiben und die in den Steuererklärungen aufgeführten Unternehmen und Partnerschaften zu notieren.

Gus verließ seinen Ledersessel und stupste Coops Hand mit seiner Nase an, um ihn daran zu erinnern, dass es schon längst Zeit zum Abendessen war. »Okay, Kumpel. Lass uns nach Hause gehen!«

Er schloss das Büro ab, sie stiegen in den Jeep und fanden das Abendessen im Ofen und eine Nachricht von Tante Camille, dass sie mit Freunden ins Kino gegangen war. Er vergewisserte sich, dass der Hundenapf mit Futter gefüllt war, und holte seinen eigenen Teller. Gus stürzte sich mit Genuss auf sein Abendessen und Coop trug sein Tablett zur Frühstückstheke aus Granit. Er schaltete die Fernbedienung ein und schob sich das Essen in den Mund, während er nach etwas Interessanterem als einer Werbesendung Ausschau hielt. Er betrachtete sein Spiegelbild in den Glastüren, und trotz des witzigen T-Shirts mit der Aufschrift *Was wäre, wenn es nur auf den Hokey Pokey ankäme?* starrte ihn ein erschöpfter und verlorener Mann an. Wenn auch einer mit exzellentem Haar.

Der Hund ließ sich mit einem schweren Seufzer auf den Boden plumpsen und sah zu Coop auf. »Ich verstehe dich, Gus. Ich muss mein Leben in den Griff bekommen.«

KAPITEL SIEBZEHN

Nach einem ereignislosen – oder besser gesagt langweiligen – Abend war Coop früh aufgestanden und hatte einen Zwischenstopp im Fitnessstudio eingelegt, bevor er ins Büro fuhr. Auf dem Weg dorthin machte er einen Abstecher zum Donut Hole und holte eine kleine Schachtel ab. Er stellte die Schachtel auf dem Boden des Jeeps ab und spürte, wie Gus ihn anstarrte. »Ich trainiere, damit ich auch mal unartig sein kann, okay?«

Er gab Gus ein paar Bissen von seinem Donut und vertiefte sich in sein Projekt. Er wollte alle seine Gedanken über jeden der Verdächtigen im politischen Pool zu Papier bringen, bevor er und Annabelle sich am Montag trafen.

Während er damit beschäftigt war, weitere Aufzählungspunkte auf die Haftnotizen der einzelnen Personen zu kritzeln, hörte er das Surren des Rasenmähers und sah Taylor draußen. Er trat zurück, um seine Arbeit zu bewundern, und war beeindruckt davon, wie er mit farbigen Markern die Punkte, die mit den Verdächtigen zu tun hatten, miteinander verband. Gus sprang vom Stuhl auf und rannte zur Hintertür, als Coop hörte, wie sie geöffnet wurde.

Taylor rief einen Gruß und Coop sagte: »Ich bin in meinem Büro, komm rein!«

»Hey, Coop, hast du einen Moment Zeit?« Er lachte, als er das T-Shirt des Tages las – *Ich bin nicht asozial, nur dumm* – und fügte hinzu: »Du hast bestimmt hundert von diesen albernen T-Shirts.«

»Mindestens«, sagte er lachend. »Komm rein …«, er hielt inne, als er sich an die ganzen Zettel an der Wand erinnerte, aber Taylor war schon auf dem Weg zur Couch. »Ich habe hier ein Durcheinander, vielleicht sollten wir uns an den Empfang setzen.«

Taylors Blick wanderte zur Wand. »Du arbeitest immer noch an dem Fall meines Vaters?«

Coop nickte. »Ja, in meiner Freizeit. Ich will herausfinden, wer ihn getötet hat.« Taylor bewegte sich, um die Wand zu studieren.

»Wir sollten in den anderen Raum gehen, ich will nicht, dass dich das Zeug aufregt.«

Taylor schüttelte den Kopf. »Nein, es geht mir gut.« Er blieb vor Merediths Foto stehen, ging näher heran und betrachtete es mit der Intensität eines Dermatologen, der einen Leberfleck begutachtet. »Wer ist diese Frau?«

»Sie ist die Stabschefin von Senator Wagner. Sie war auf der Party im Silverwood in der Nacht, in der Gray getötet wurde.«

Taylor drehte sich zu Coop um, seine Augen verrieten Verzweiflung. Seine Stimme schwankte, als er sprach. »Ich … ich habe dich angelogen.« Er ließ den Kopf hängen und sackte in einen Stuhl.

Coop runzelte die Stirn. »Was meinst du?«

»Ich mache mir seit Monaten Gedanken darüber und wollte es dir sagen, aber ich wusste nicht, wie.«

»Wir werden es gemeinsam angehen – sag mir einfach, wovon du sprichst.«

»Erinnerst du dich daran, als ihr das erste Mal mit mir geredet und mich gefragt habt, was ich in der Nacht beim Aufräumen gemacht habe?« Coop nickte. »Nun, ich, ähm … ich habe etwas falsch gemacht.« Er sah auf seine Hände hinunter. »Ich fand einen Ohrring auf der Terrasse, als ich aufräumte, und behielt ihn. Er sah aus, als könnte er etwas wert sein, und da ich Geldsorgen hatte und Mom so hart arbeitete, dachte ich, ich könnte ihn vielleicht verkaufen.«

»Hast du ihn noch?«

Taylor nickte. »Ich glaube, er gehört dieser Frau, Meredith. Er passt zu den Ohrringen, die sie auf dem Bild trägt. Zumindest glaube ich das.« Er schüttelte den Kopf. »Es tut mir leid, Coop.«

»Wir müssen den Ohrring holen und ich rufe Ben an.« Coop grinste. »Das könnte der Durchbruch sein, den wir in diesem Fall brauchen.«

»Was werden sie mit mir machen?«

»Ich bin mir nicht sicher, aber das Wichtigste ist, dass wir den Ohrring bekommen, und du musst eine Aussage für die Polizei machen, da es ein Beweisstück ist.«

»Er liegt in der Konsole meines Autos. Ich wollte nicht, dass meine Mutter ihn findet, also habe ich ihn in eine Plastiktüte gepackt und im Auto aufbewahrt. Jedes Mal, wenn ich hier war, habe ich versucht, den Mut aufzubringen, es dir zu sagen. Es wurde immer schwieriger, je länger es dauerte.«

Coop drückte seine Schultern. »Es wird alles wieder gut, Taylor. Du hast einen Fehler gemacht und wirst die Konsequenzen tragen müssen, aber das Wichtigste ist, was der Ohrring für den Fall bedeutet.« Coop begann eine hektische Suche in seinen Notizen, während er auf seinem Handy auf das Symbol für Ben drückte.

Während Taylor ging, um den Ohrring zu holen, erklärte Coop Ben die Situation, der sich bereit erklärte, sich innerhalb einer Stunde in Coops Büro zu treffen. Coop untersuchte den Ohrring und hielt ihn an das Foto von Meredith. »Sieht für mich wie eine Übereinstimmung aus, außerdem ist die Flagge der Generalversammlung von Tennessee drauf.«

Coop kehrte zu seinem Ordnerstapel zurück und förderte eine Kopie der Fundsachen aus dem Silverwood zutage. Er überprüfte die Informationen und fuhr mit dem Finger über die Zeile, in der ein Anruf wegen eines vermissten Ohrrings stand. Der Name des Anrufers war als »Steven« aufgeführt, mit einer Handynummer und einer lokalen Nummer mit der Vorwahl 741, die er als die des Senats von Tennessee erkannte. Er erinnerte sich daran, dass er die Inventarliste vom Silverwood erhalten hatte, aber aufgrund des aufgeführten Namens nahm er an, dass es sich schlicht nur um den Vornamen eines Mannes handelte. Er hatte ihn nie mit der Möglichkeit von Meredith Stevens in Verbindung gebracht. Coop blätterte noch einmal durch alle Ordner und fand die Telefonaufzeichnungen, die sie untersucht und markiert hatten. »Es ist ihre«, sagte er und grinste Taylor an.

Ben kam an und nachdem er Taylors Aussage aufgenommen hatte, hielt er ihm einen strengen Vortrag darüber, wie wichtig es ist, die Wahrheit zu sagen, und über die entscheidenden Beweise und Hinweise, die wegen seiner mangelnden Ehrlichkeit übersehen worden waren. »Taylor, ich weiß, du bist ein guter Junge und hast eine schlechte Entscheidung getroffen. Ich bin froh, dass du Coop heute die

Wahrheit gesagt hast, aber das hat uns eine Menge Zeit und Mühe gekostet.« Er benutzte ein tragbares Set und nahm Taylors Fingerabdrücke. Er erklärte, dass sie sie ausschließen müssten, falls sie Abdrücke auf dem Ohrring finden könnten.

Taylor nickte, sein ganzer Körper zitterte. Er war den Tränen nahe, sagte aber: »Ich weiß, Chief Mason. Es tut mir wirklich leid, dass ich es so lange habe warten lassen. Ich geriet in Panik und wusste nicht, was ich tun sollte. Ich wusste, dass Coop enttäuscht von mir sein würde, und das nach allem, was Sie beide getan haben, um mir zu helfen. Ich bin so ein Idiot.«

»Ich denke, im Moment ist es das Beste, wenn du über diese neuen Beweise schweigst. Sobald wir mehr wissen, musst du es deiner Familie und deinem Chef sagen, aber im Moment sollten wir es für uns behalten«, schlug Coop vor.

Ben nickte. »Ja, ich bringe das ins Labor und wir reden nächste Woche weiter. Aber, tu, was Coop sagt! Bleib ruhig und gehe deinen normalen Geschäften nach. Arbeitest du dieses Wochenende im Silverwood?«

Taylor schüttelte den Kopf. »Nein, Sir. Ich bin diese Woche nicht eingeplant und werde erst am Donnerstag über die nächste Woche Bescheid wissen.«

»Okay, gut. Wir bleiben in Kontakt.« Ben legte eine Hand auf Taylors Schulter. »Es wird alles wieder gut.« Coop folgte ihm nach draußen.

»Ich habe ein oder zwei Ideen für unseren nächsten Schritt«, sagte Coop. »Aber ich muss sicherstellen, dass es ihm gut geht. Ich werde vorschlagen, dass er für den Rest des Tages zu seinen Großeltern geht. Sobald er weg ist, werde ich in deinem Büro vorbeischauen.«

Ben steckte den Ohrring in seine Hosentasche und sagte: »Jetzt wird's interessant. Ich sehe dich in einer Stunde oder so.«

Coop hatte das Gefühl, dass eine Koffeinfeier angebracht war, holte zwei kalte Cola aus dem Kühlschrank und stellte eine davon vor Taylor hin. »Hör zu, du hast einen Fehler gemacht. Er ist nicht gut, aber er ist korrigierbar. Ich weiß, dass du dir Sorgen machst, was passieren wird. Ich denke, du musst dir überlegen, was deiner Meinung nach die Konsequenz sein sollte. Du wirst dich damit abfinden müssen, dass du deinen Job im Silverwood verlieren könntest.«

Taylor nahm einen Schluck von seinem Getränk und schluckte. »Deshalb komme ich mir auch so dumm vor. Ich hoffe, ich kann Sarah überzeugen, mir noch eine Chance zu geben. Ich weiß, dass ich es vermasselt habe. Was ist mit der Vanderbilt?«

»Ich glaube nicht, dass es Auswirkungen auf die Schule haben wird, es sei denn, die Polizei macht Druck. Wenn sie das tun, bist du ein Jugendlicher, also würde es nur auf gemeinnützige Arbeit hinauslaufen.«

»Ich schäme mich so sehr«, sagte Taylor und ließ die Schultern hängen. »Ich wusste, dass es falsch war.«

»Du musst dich zusammenreißen. Ich denke, du solltest heute etwas Zeit mit deinen Großeltern verbringen, während deine Mutter arbeitet. Versuche, dich zu entspannen, und ich melde mich bei dir, sobald es sicher ist, dass du darüber reden kannst. Wir müssen es zu unserem Vorteil nutzen, dass noch niemand davon weiß.«

Taylor nickte und trank den Rest seiner Cola aus. »Danke, Coop. Es tut mir leid, dass ich dich enttäuscht habe.«

Coop klopfte ihm anerkennend auf die Schulter und begleitete ihn zu seinem Auto. Er und Gus sahen zu, wie der Junge mit dem Gewicht der Welt auf den Schultern davonfuhr.

Sie stiegen in den Jeep und flogen quer durch die Stadt und bahnten sich ihren Weg durch die fast leere Stadt. Sie fanden Ben in seinem Büro am Telefon. Gus rollte sich auf seinem Platz zusammen, während sie darauf warteten, dass Ben sein Gespräch mit dem Labor beendete und einen Gefallen einforderte, um die Analyse des Ohrrings zu beschleunigen.

Kaum hatte er aufgelegt, begannen die beiden auch schon zu reden. »Sorry, du zuerst«, sagte Coop.

»Ich habe mir überlegt, die Dame vom Silverwood zu bitten, Meredith anzurufen und zu sagen, dass sie ihren Ohrring gefunden haben.«

Coop grinste und sagte: »Gute Idee. Ich denke, ich könnte die Managerin Sarah überreden, Meredith anzurufen. Wir könnten sie überraschen, wenn sie kommt, um ihren Ohrring abzuholen.«

»Und wir sollten sicherstellen, dass sie ihn als ihren identifiziert, bevor wir sie überraschen. Unabhängig davon, was das Labor nachweisen kann, wird sie ihn als ihren wiedererkennen«, sagte Ben.

»Ich werde mit Sarah einen Termin für Montagmorgen vereinbaren. Ich glaube, sie wird ein bisschen nervös sein, aber sie muss sie nur wie jeden anderen Kunden behandeln, der etwas verloren hat. Wir werden die Drecksarbeit machen.«

»Was danach passiert, hängt davon ab, was sie uns sagt. Wenn sie gesteht, wird es einfach sein. Wenn nicht, müssen wir sie beschatten und ihre Anrufe überwachen und sehen, wohin sie uns führt.« Ben kritzelte in sein Notizbuch.

»Ich werde mit Sarah sprechen und alles in die Wege leiten.« Er winkte Gus zu sich und fragte: »Was wirst du wegen Taylor unternehmen?«

»Lass ihn ein paar Tage schwitzen. Ich werde nicht zu

streng mit ihm sein. Ich denke, er hat seine Lektion gelernt und ist im Grunde ein verantwortungsbewusstes Kind. Mal sehen, wie sich das am Montag entwickelt.«

»Ich habe ihm gesagt, er solle sich seine eigene Strafe ausdenken. Er wird sich selbst härter bestrafen, als wir es könnten.«

Coop hielt auf dem Heimweg für eine Pizza an, da er wusste, dass Tante Camille auf einem Fest der viktorianischen Gesellschaft auf der Belle Meade Plantation war. Sie war wie besessen davon gewesen, sich auf die Veranstaltung vorzubereiten und ihr aufwändiges Kleid anpassen und nähen zu lassen.

Er kramte in seinen Notizen und fand Sarahs Karte und rief sie auf dem Handy an, weil er dachte, dass eine junge Frau mit ihrem Aussehen an einem Samstagabend nicht zu Hause sein würde. Als sie abnahm, sagte er: »Hallo, Sarah. Hier ist Coop Harrington. Ich habe Sie im Silverwood kennengelernt, als ich Ihre Mitarbeiter zum Mordfall Grayson Taylor befragt habe.«

»Ich habe Sie nicht vergessen, Mr. Harrington«, sagte sie mit säuselnder Stimme.

»Es gibt einige neue Entwicklungen und wir brauchen Ihre Hilfe. Ich hatte gehofft, sie morgen zum Brunch zu treffen und alles zu erklären.«

Sie willigte ein, sich am Sonntagmorgen um elf Uhr am Granite Point zu treffen. Er legte mit einem Schuldgefühl auf und bedauerte, dass er ihre Annahme nicht korrigiert hatte, dass ihre Verabredung zum Brunch eher ein gesellschaftliches Treffen als ein geschäftliches Gespräch war.

Er rief noch einmal den Barkeeper an, der in der Nacht, in der Grayson Taylor ermordet wurde, auf der

Veranstaltung gearbeitet hatte, bevor er vor dem Fernseher einnickte.

Granite Point war ein gehobenes Restaurant, das ihn zwang, Jeans und ein Button-down-Hemd zu tragen. Er hatte angerufen und reserviert, denn sonntags war viel los. Er enttäuschte Mrs. Henderson, als er eine einsame Tasse Kaffee trank und auf eine ihrer Zimtrollen verzichtete, sie aber bat, ihm eine für später aufzuheben.

Er kam früh im Restaurant an, und da es ein milder Tag war, bat er um einen Platz auf der Terrasse. Sobald der Kellner die kostenlosen Mimosas eingegossen hatte, wurde Sarah zu ihm an den Tisch geführt.

Er stand auf, als sie sich niederließ, und betrachtete ihre unglaubliche Figur in einer engen Jeans. »Vielen Dank, dass Sie sich die Zeit genommen haben, mich zu treffen.«

»Ja, natürlich. Ich war überrascht, von Ihnen zu hören … auf eine gute Art.« Sie lächelte, als sie das Glas an ihre glänzenden Lippen führte. Sie trug eine hauchdünne Bluse mit etwas Spitze darunter und strich sich ihre blonden Locken über die Schulter, während sie an ihrem Drink nippte.

»Ich nehme normalerweise das Brunch-Buffet. Möchten Sie das oder etwas von der Speisekarte?«

»Buffet klingt für mich perfekt.«

Coop gab dem Kellner ein Zeichen und gab ihre Bestellungen auf. Sarah bat um Kaffee und Coop um Wasser. Sie machten sich auf den Weg zum Buffet und kamen mit köstlichen Eiern Benedict, Waffeln und Speck, Obst und Gebäck zurück. »Sie sagten also, Sie brauchen meine Hilfe«, sagte sie und ordnete ihre Teller.

»Ja, es ist eine lange Geschichte, und ich kann nicht genug betonen, wie wichtig es ist, dass sie vertraulich bleibt.« Ihre Augen weiteten sich und sie nickte verständnisvoll. »Wir haben einen Ohrring gefunden, der mit dem Tatort in Verbindung steht, und es ist derselbe Ohrring, wegen dem Sie einen Anruf auf Ihrem Suchblatt erhalten haben.«

Er erklärte ihr weiter den Plan, den er und Ben ausgearbeitet hatten, und beantwortete ihre Fragen. Als sie mit dem Dessert fertig waren, hatte sich ihr offener Mund gelegt, und er half ihr, die Rolle, die sie spielen würde, in einem Rollenspiel zu proben. Sie folgte ihm in sein Büro, um noch ein paar Mal zu üben, um ihr Selbstvertrauen zu stärken.

Am Nachmittag hielt Coop sie für ausreichend vorbereitet und sagte: »Du klingst ganz natürlich, und ich habe versucht, dich zu verunsichern, und du bist bei deiner Rolle geblieben. Du wirst einen tollen Job machen.«

»Ich will nicht nervös werden und es vermasseln«, sagte sie und biss sich auf die Lippe.

Er tätschelte ihre Hand. »Du schaffst das schon. Wir werden früh am Morgen losfahren und da sein, wenn du den Anruf tätigst. Wenn alles nach Plan läuft, sollte sie noch vor dem Mittagessen kommen, um ihren verlorenen Schmuck zurückzuholen.«

Er stand auf und gab zu verstehen, dass ihre Probe beendet war. »Ich muss jetzt gehen, aber wir wissen deine Bereitschaft zu helfen zu schätzen. Chief Mason und ich werden dich morgen früh sehen.«

»Ich hatte einen schönen Tag. Wenn das alles vorbei ist, hoffe ich, dass wir das wiederholen können«, sagte sie und fügte ein Kichern hinzu. »Ich meine, nicht diese ganze Geheimnistuerei, sondern ein gemeinsames Essen.«

»Der Brunch war köstlich«, sagte er, ohne sich auf weitere Verpflichtungen festlegen zu wollen. »Solange dieser Fall nicht gelöst ist, habe ich leider keine Freizeit.«

»Ich kann warten«, sagte sie und klimperte mit den Wimpern, wie sie es getan hatte, als er sie in ihrem Büro getroffen hatte.

Er griff nach seinem Handy und tat so, als würde er telefonieren. »Ich muss da rangehen, Sarah, aber wir sehen uns morgen früh. Ich wünsche dir noch eine gute Nacht.« Er begleitete sie zur Tür, während er seinen vorgetäuschten Anruf entgegennahm.

Sie winkte, als sie zu ihrem Auto eilte, und er erwiderte die Geste. Als sie wegfuhr, schloss er die Tür ab und ließ sich auf die Couch fallen. »Puh, das war knapp«, murmelte er, während er auf Bens Symbol tippte, um ihm eine SMS zu schicken.

Er gab »Alles geklärt« ein. »Sarah ist bereit und wird uns morgen um acht in ihrem Büro treffen.«

KAPITEL ACHTZEHN

Am Montagmorgen kamen Coop und Ben zusammen mit einigen Technikern, die auf Video- und Audioaufnahmen spezialisiert waren, im Silverwood an. Nachdem sie ausgeladen hatten, parkten sie ihre Autos außer Sichtweite auf dem Mitarbeiterparkplatz. Ben schüttelte den Kopf und lächelte, als er Coops Hemd mit der Aufschrift *Sarkasmus, nur ein weiterer Service, den ich anbiete* sah. Coop war der Meinung, dass Meredith heute Morgen kein Button-down-Shirt wert war.

Sarah erreichte Meredith Stevens und erklärte, dass sie wie jedes Quartal die Fundsachen durchgegangen wäre und dabei einen Ohrring entdeckt hätte, der am Abend der Veranstaltung im Juni gefunden worden war. »Ich bitte um Entschuldigung, Miss Stevens, aber es scheint, dass er falsch beschriftet und in die falsche Kiste gelegt wurde, sodass wir ihn nicht gesehen haben, als Sie im Juni anriefen.«

Coop und Ben nickten ihr zustimmend zu und deuteten ihr an, fortzufahren. »Könnten Sie ihn beschreiben, und wenn er zu Ihrer Beschreibung passt, vereinbaren wir einen Termin, an dem Sie ihn abholen können?«

Sie sahen, wie Sarah nickte, als sie zuhörte, und der Techniker an der Aufnahmestation gab Ben den Daumen nach oben.

»Ich glaube, Sie haben Glück, und das ist definitiv Ihr Ohrring. Ihre Beschreibung passt perfekt. Könnten Sie heute vor elf Uhr kommen? Ich fange gleich mit dem Mittagessen an und werde den ganzen Nachmittag beschäftigt sein.« Sie wippte mit dem Kopf und sagte: »Perfekt, wir sehen uns dann um zehn Uhr.«

Sie zitterte, als sie den Hörer auflegte und sich die Hand vor das Gesicht schlug. »Ich war so nervös.«

»Das hast du toll gemacht, danke noch mal«, sagte Ben. »Du musst nur noch einen Schritt machen und dann sehen wir weiter.«

Coop schlug Sarah vor, eine Pause einzulegen und ein kaltes Getränk zu trinken. Er ging mit ihr in den Pausenraum und holte beiden einen *Arnold Palmer*. Er reichte ihn ihr und nahm sich einen Stuhl. »Lass uns den nächsten Schritt durchgehen, damit du dich wohlfühlst.«

Während sie noch einmal die nächste Phase übten, testeten Ben und die Techniker die Geräte, die sie im Konferenzraum installiert hatten, und um halb zehn kam Coop mit einem Tablett mit Limonade und Eistee für alle zurück.

Sarah wies die Rezeption an, Miss Stevens zu ihrem Konferenzraum zu leiten, und ihr Telefon summte kurz nach zehn Uhr und kündigte die Ankunft ihres Gastes an. Sie strich sich den Rock glatt und verließ ihr Büro, anstatt die benachbarte Tür zu benutzen, und ging nach nebenan in den Konferenzraum.

»Oh, Miss Stevens, vielen Dank, dass Sie sich heute

Morgen auf den Weg gemacht haben. Ich bin Sarah Holley«, sagte sie und reichte ihr die Hand. »Möchten Sie etwas trinken?«

Meredith schüttelte den Kopf. »Nein, es geht mir gut. Haben Sie den Ohrring?«

»Natürlich, genau hier«, sagte Sarah und nahm die Plastiktüte aus einem Aktenordner. »Ich möchte, dass Sie überprüfen, ob es Ihr vermisster Schmuck ist. Und wenn er es ist, unterschreiben Sie dieses Formular.«

Meredith betrachtete die Tasche und nickte mit dem Kopf. »Ja, das ist mein Ohrring. Den anderen habe ich für alle Fälle mitgenommen«, sagte sie, öffnete ein Fach in ihrer Handtasche und holte den passenden Ohrring heraus. Sie kritzelte ihre Unterschrift auf das Formular, und das Telefon auf dem Beistelltisch surrte. Sarah hielt die Plastiktüte fest, als sie den Anruf entgegennahm.

»Entschuldigen Sie mich einen Moment, Miss Stevens«, sagte sie, legte den Hörer auf und öffnete die Nebentür. Ohne auf eine Antwort zu warten, ging sie durch die Tür und reichte Ben die Tüte.

Coop lächelte sie an. »Alles erledigt. Jetzt sind wir dran.«

Sie öffneten die Tür und als Meredith sie sah, erschrak sie. »Was machen Sie denn hier?«

»Wir müssen Ihnen ein paar Fragen zu Ihrem Ohrring stellen, Ma'am«, sagte Ben und nahm ihr gegenüber Platz, während Coop neben ihn rutschte.

»Ich verstehe das nicht«, sagte sie. »Wo ist Miss Holley?«

»Sie musste einen Anruf entgegennehmen. Wir haben Sie nach dem Mord an Grayson Taylor befragt, und Sie haben geleugnet, in jener Nacht auf der Terrasse gewesen zu sein. Wir möchten Sie bitten, uns zu erklären, wie Ihr Ohrring ohne Sie auf der Terrasse gelandet ist«, fragte Ben, dessen strenges Gesicht keinen Anflug von Freundlichkeit erkennen ließ.

Rote Flecken erschienen auf ihrem Hals. »Ich habe keine Ahnung. Er muss heruntergefallen sein, und jemand muss ihn gefunden und liegengelassen haben. Woher wissen Sie überhaupt, dass er auf der Terrasse war?«

»Wir haben eine eidesstattliche Erklärung des Angestellten, der ihn in der Nacht von Graysons Ermordung gefunden hat. Er wurde auf der Terrasse am Fuß der Säule unter dem Stein gefunden, mit dem Grayson Taylor der Kopf eingeschlagen wurde.«

Ihre Finger drehten den Ring an ihrem Finger, bevor sie die Nadel an ihrer Jacke drehte. Ihr Gesicht verhärtete sich. »Mir gefällt nicht, was Sie da andeuten, Chief Mason.«

»Sie bleiben also bei der Geschichte, dass Sie in jener Nacht nicht auf der Terrasse waren?«, fragte Coop mit einem finsteren Lachen.

»Weil ich in dieser Nacht nicht auf der Terrasse war«, sagte sie mit entrüsteter Stimme. »Ich war im Garten, und er muss heruntergefallen und irgendwie auf die Terrasse gekickt worden sein. Oder jemand hat ihn aufgehoben und dort fallenlassen.«

»Würde es Sie überraschen, zu erfahren, dass die einzigen Fingerabdrücke darauf Ihre und die des Mitarbeiters sind, der den Ohrring gefunden hat?«, fragte Ben und bluffte.

»Vielleicht hat die Person, die ihn angefasst hat, Handschuhe getragen. Ich weiß es nicht.« Sie stand auf. »Das ist doch lächerlich. Ich will nur meinen Ohrring zurück.«

»Diese Stücke sind einzigartig und, soweit wir wissen, nur für Mitglieder der Legislative verfügbar.«

»Ja, sie waren ein Geschenk von Senator Wagner vor Jahren«, schnauzte sie.

»Vielleicht war der Schlag gegen Grayson Taylor ein Unfall oder Selbstverteidigung?«, fragte Ben.

Sie brummte und sagte: »Ich habe ihn nicht erschlagen.« Ihre Augen bohrten sich in die von Ben, während sie den Ring an ihrem Finger drehte.

Coop fügte hinzu: »Nachdem Sie und Mr. Baker uns erzählt haben, wie besoffen Sie in der Mordnacht waren, habe ich mit dem Barkeeper im Silverwood gesprochen. Er sagt, er hätte sich gut an Sie erinnert und Sie hätten nur Limonade mit einem Spritzer Limette getrunken. Als er versuchte, Sie mit einem Glas Wein zu locken, hätten Sie ihm gesagt, dass Sie bei politischen Veranstaltungen nicht trinken.«

»Wie soll er sich nur gemerkt haben, was ich getrunken habe? Ich bin sicher, er bedient Hunderte von Leuten.« Die Röte kroch weiter über das Gesicht.

»Das tut er, aber Ihre herablassende Art hat einen ziemlichen Eindruck bei ihm hinterlassen. Er hielt Sie für unvergesslich … und das nicht auf eine gute Art.« Coops sanfte Augen verhärteten sich, als sie sich in ihre bohrten.

Ihre Hand wanderte zu der Anstecknadel an ihrer Jacke. »Die Lobbyisten haben uns die Drinks gebracht, und ich wollte sie nicht beleidigen, also habe ich mehrere Gläser getrunken, von denen der Barkeeper nichts wusste.«

»Welcher Lobbyist hat Ihnen die Drinks gebracht?«, fragte Ben und hielt seinen Stift über die Seite in seinem Notizbuch.

»Alle, ich weiß es nicht mehr genau.« Ihre Stimme überschlug sich, während ihre Wangen rosa wurden.

»Wissen Sie, wer Mr. Taylor getötet hat?«, fragte Ben. »Es wäre eine Schande, wenn Sie den Mord an ihm ausbaden müssten, wenn Sie nicht die Einzige sind, die daran beteiligt war.«

Sie drehte den Ring an ihrem Finger schneller. Die Flecken an ihrem Hals färbten sich zu einem leuchtenden Karminrot. »Ich weiß ganz sicher nicht, wer es getan hat. Ich bin fertig damit, mit Ihnen beiden zu reden. Wenn Sie noch etwas zu besprechen haben, können Sie meinen Anwalt anrufen.« Sie stand auf und ging auf die Tür zu.

»Wer ist das, Ma'am?«, fragte Ben.

»Lester Whitehead von *Whitehead, Baker und McCord*«, zischte sie, als sie die Klinke der Tür drehte.

»Wir bleiben in Kontakt, Ma'am«, sagte Ben.

Sobald die Tür hinter ihr zuschlug, nahm Ben sein Handy und rief Kate an. Sie koordinierte die Überwachung von Meredith und hielt sich auf dem Rücksitz eines Klempnerfahrzeugs in der Page Road bereit. »Kein Geständnis, Kate. Leg los und halte mich auf dem Laufenden!«

Coop grinste, als er auf sein Handy tippte und eine Karte aufrief. »Sag Kate, sie soll sich keine Sorgen machen, ich habe einen Sender an ihrem Auto angebracht, als sie hier ankam. So kann ich jeden ihrer Schritte verfolgen, ohne dass sie Gefahr läuft, beschattet zu werden.«

»Ich will nichts davon wissen«, sagte Ben. »Ihr Privatleute müsst euch nicht an dieselben Regeln halten. Ich muss es auf die altmodische Art machen.«

Die Techniker räumten den Raum auf und packten ihre Ausrüstung ein, während Ben den Ohrring in eine Tüte für Beweismittel packte und er und Coop sich bei Sarah bedankten. Sie wünschte ihnen Glück und erinnerte Coop daran, sie anzurufen.

Coop rief Annabelle an und sagte ihr, sie sollte in die Innenstadt zu *Whitehead, Baker und McCord* und dann in das Büro von Peter Collins fahren. Sie wollten immer noch die Beziehungen zwischen Wagner und den Firmen untersuchen, von denen der Politiker beträchtliche Gebühren kassierte. Sie sollte das Büro abschließen, sich einen Geschäftsanzug und eine Brille anziehen und das Haar zurückstreichen.

Coop versprach, Ben über alle Entwicklungen zu informieren, und eilte mit seinem Jeep in die Innenstadt, um sich mit Annabelle zu treffen, sobald sie ihre Nachforschungen abgeschlossen hatte. Madison und Ross hatten sich bereits in den Coffeeshops an der Ecke 5th und Union in der Nähe der Lobbying-Firmen postiert. Alle vier waren mit Ohrstöpseln ausgestattet und würden Annabelles Gespräche mithören und konnten Merediths Auto über ihre Telefone verfolgen.

Annabelle parkte ihren Beetle auf einem öffentlichen Parkplatz und ging durch die schweren Glastüren der renommiertesten Anwaltskanzlei in Nashville. Sie wartete am Empfang und hörte, wie die Frau der Anruferin mitteilte, dass Mr. Whitehead die Woche über nicht im Büro wäre, sie sie aber gerne mit seiner Assistentin verbinden würde.

Die junge Empfangsdame begrüßte Annabelle und fragte: »Wie kann ich Ihnen helfen?«

Annabelle zeigte ihren gefälschten Presseausweis, der auf den Namen Lauren McDonald, eine freiberufliche Journalistin, ausgestellt war, und sagte, sie schreibe einen Artikel über Senator Wagner und untersuche seine Beziehung zu der Firma als Berater. Sie hoffe, jetzt einige Informationen zu erhalten, um ihren Abgabetermin am Nachmittag einzuhalten. Die Empfangsdame bat Annabelle, sich zu setzen, und sagte ihr, dass gleich jemand bei ihr sein würde.

Annabelle tat so, als ob sie sich für eine Auslage an der Wand neben einem Spiegel interessierte, und beobachtete hinter sich, wer mit ihrer Anfrage betraut werden würde. Nach einigen Minuten kam eine andere Frau auf sie zu und sagte, sie könnte ihr in das Büro von Mr. Baker folgen.

Annabelle folgte ihr durch den Flur mit dem plüschigen Teppich und durch eine Tür mit einer Messingplakette, auf der der Titel des geschäftsführenden Gesellschafters stand. Die Frau bot Annabelle ein Getränk an, doch sie lehnte ab. Kaum hatte die Assistentin die Tür geschlossen, öffnete sich eine Innentür, und Craig Baker stolzierte durch den Raum und stellte sich vor. Er trug einen weiteren beeindruckenden Anzug und schenkte Annabelle ein warmes Lächeln.

»Danke, dass Sie mich empfangen, Mr. Baker. Ich schreibe einen Artikel über Senator Wagner und seine juristische Karriere und wollte mit Ihnen über seine Position als Rechtsberater hier in Ihrer Kanzlei sprechen.«

»Senator Wagner ist und wird immer ein wertvolles Mitglied unseres Teams sein. Er war Partner in einer anderen Kanzlei, die vor vielen Jahren mit der unseren fusionierte. Er war natürlich bereits ein strahlender politischer Stern, und wir gaben ihm viel Spielraum, um seine politischen Interessen zu verfolgen. Vor mehr als zehn Jahren haben wir ihn zum Rechtsberater gemacht, da er sich hauptsächlich auf seine Arbeit im Senat von Tennessee konzentrierte, aber er leistet uns immer noch wertvolle Dienste. Das ist heutzutage in Anwaltskanzleien sehr üblich.«

»Ich war überrascht, als ich bei meinen Nachforschungen erfuhr, dass es für Anwälte jetzt akzeptabel ist, als Rechtsberater oder Spezialberater für eine Reihe von Firmen zu arbeiten. Entsteht durch seine Position in der Regierung oder durch seine Tätigkeit als Rechtsberater in anderen Firmen jemals ein Interessenkonflikt?«

Er schüttelte den Kopf. »Oh, ich bin sicher, dass der Senator im Laufe der Jahre Fälle oder Beratungen aufgrund eines Konflikts mit einer anderen Firma ablehnen musste, aber sein Fachwissen überwiegt bei Weitem die gelegentlich verpasste Gelegenheit. Für eine Kanzlei unseres Kalibers und unserer Größe ist das nicht von Bedeutung.« Er grinste, seine Zeigefinger bildeten einen Kirchturm, als sie auf dem Schreibtisch ruhten.

»Da er Vorsitzender des Finanzausschusses ist, muss es zumindest den Anschein von Unangemessenheit erwecken. Ich könnte mir vorstellen, dass er durch seine Arbeit als Gesetzgeber in vertrauliche Informationen eingeweiht ist, die der Öffentlichkeit nicht zugänglich sind. Könnte das nicht einen Interessenkonflikt hervorrufen?«

»Lauren, darf ich Sie Lauren nennen?« Er fuhr fort, ohne auf ihre Antwort zu warten. »Sie müssen verstehen, dass er als Senator und als Anwalt an strenge ethische Grundsätze gebunden ist und niemals gegen einen von denen verstoßen würde.«

»Wie viele Fälle bearbeitet Senator Wagner für Ihre Kanzlei pro Jahr?«

»Ich wüsste es nicht aus dem Stegreif, aber sein Wert liegt nicht so sehr in der Anzahl der Fälle, die er bearbeitet, sondern in der Breite und Tiefe des Wissens, das er vermitteln kann.«

»Seine Spezialgebiete sind natürlich Regierungsangelegenheiten und Geschäftsentwicklung.«

»Ja, mit seiner Erfahrung in der Justiz und seiner Karriere in der Regierung ist er der beste Experte im Staat Tennessee.«

»Ich bin sicher, dass er gute Beziehungen zu vielen der so

genannten ›Macher‹ hat. Verweist er einige dieser Kunden an Ihre Kanzlei?«

»Wir sprechen nie mit der Presse über unsere Kunden, es sei denn, sie haben uns dazu aufgefordert, aber ich weiß, dass Senator Wagner diese und einige andere Firmen sehr schätzt. Wenn man ihn um eine Empfehlung bittet, würde er eine faire und ehrliche Meinung abgeben, um einem potenziellen Kunden zu helfen, die richtige Kanzlei zu finden.«

»Wie werden die Rechtsberater in Ihrer Kanzlei vergütet?«

Baker setzte seine geschliffene Rede fort und spuckte wie ein begnadeter Anwalt einen Wust von Worten aus, beantwortete aber keine Frage. Er erklärte Annabelle, dass die Vergütungspakete von Anwalt zu Anwalt unterschiedlich wären, und fuhr fort zu erklären, dass sie im Allgemeinen aus einem Gehalt, einer Provision und Boni oder einer Kombination aus diesen drei Elementen bestünden.

»Würde es Sie überraschen, wenn Sie wüssten, dass er mit einer Million Dollar pro Jahr von *Whitehead, Baker und McCord* der bestbezahlte Anwalt in Tennessee ist?«

Er grinste und faltete die Hände. »Nein, Ma'am, das würde es nicht. Seine Talente sind jeden Penny wert, und wir können uns glücklich schätzen, ihn in unserem Team zu haben.«

»Ich versuche herauszufinden, wie er es schafft, so viel Arbeit und Aufträge für Sie zu generieren, wenn er im Grunde genommen Vollzeit als Abgeordneter arbeitet und nun seine gesamte Freizeit mit der Kandidatur zum Gouverneur verbringt. Glauben Sie, dass er in dieser Funktion weitermachen wird, wenn er bei der Wahl im November erfolgreich ist?«

»Bei welcher Zeitung, sagten Sie, sind Sie?«

Sie lächelte und sagte: »Ich hatte es nicht erwähnt.«

Seine Pupillen weiteten sich einen Moment lang. »Wir zählen seinen Wert nicht in abrechenbaren Stunden wie bei einem normalen Anwalt. Seine Beratung und sein Rat sind das Geld wert, das er bekommt.« Er fuhr fort und beschrieb, was für ein wunderbarer Mensch der Senator wäre und wie glücklich sich die Menschen in Tennessee schätzen könnten, ihn als Gouverneur zu haben. Er überließ es Senator Wagner, die Frage nach seinen Plänen nach seiner Wahl zu beantworten.

Nachdem er seine Wahlkampfrede beendet hatte, hörte Annabelle das Summen eines Mobiltelefons. Craigs Blick wanderte zu dem Smartphone auf seinem Schreibtisch, dessen Bildschirm, wie Annabelle sehen konnte, dunkel war. Seine Hand schnellte zu seiner Brusttasche, doch dann legte er sie wieder auf den Schreibtisch. »Entschuldigen Sie, aber ich muss jetzt gehen. Das war die Erinnerung an einen Termin.«

Annabelle schob ihren Stift in die Ritze zwischen Kissen und Stuhllehne und schloss ihr Notizbuch. »Ich weiß Ihre Zeit zu schätzen. Sie waren sehr hilfreich.«

»Viel Glück mit dem Artikel«, sagte er, schüttelte ihre Hand und führte sie zur Tür.

Der Flur war leer, und als sich die Tür schloss, ließ sie ihre Tasche auf den Boden fallen und tat so, als würde sie etwas suchen, falls Craigs Assistentin auftauchen sollte. Sie zögerte ein oder zwei Minuten, bevor sie den Knauf drehte und die Tür öffnete. Sie hörte Baker sagen: »Sie wissen nichts. Du musst deinen Mund halten und dich beruhigen, Meredith. Jetzt ist nicht der richtige Zeitpunkt, um zu zaudern.«

Annabelle ahmte das Schreiben mit einem Stift in der Luft nach und zeigte auf den Stuhl. Sie murmelte

»Entschuldigung« und suchte das Kissen ab, hielt den Stift hoch und lächelte siegessicher. Sie winkte und eilte aus dem Zimmer.

Sie nahm ihre Tasche von der Tür und eilte den Flur hinunter und durch die Rezeption, wobei sie erst wieder zu Atem kam, als sie die äußeren Glastüren durchschritten hatte.

Während sie die Straße entlanglief, schaute sie auf ihr Handy. Eine SMS von Coop forderte sie auf, zu Starbucks zu kommen. Sie lief die paar Blocks und ließ sich auf einen Stuhl neben Coop fallen, der ihr grinsend einen großen süßen Tee reichte.

Sie nahm einen langen Schluck und seufzte. »Das Summen war ein zweites Telefon, wahrscheinlich ein Wegwerfhandy, das er und Meredith benutzen, da sie zu den anderen Anrufen befragt wurden.«

Er warf einen Blick auf die Karte seines Telefons. »Sie ist nach unserem Treffen im Silverwood zu ihrem Haus gefahren und hat es nicht verlassen. Klingt, als hätten wir sie verunsichert.«

Sie nickte, während sie einen weiteren Drink nahm. »Ich werde zu Collins' Büro gehen und sehen, ob wir eine Reaktion bekommen. Ich weiß, dass du mein Gespräch mit Baker gehört hast, aber ich habe gemerkt, dass ich ihm auf die Nerven gegangen bin.«

»Ich wünschte, Ben hätte genug für einen Gerichtsbeschluss, um ihre Telefone abzuhören, aber all das hat vor einem Richter keinen Bestand.«

Sie trank ihren Tee aus und versprach, sich in einem anderen Café auf der Straße zu treffen, wenn sie mit Peter fertig war. Coop übermittelte den Plan an Madison und Ross und bat sie, Craig Baker zu beschatten.

Annabelle wurde begrüßt und in einen Konferenzraum

neben Peters Büro geführt. Sie stellte ihm dieselben Fragen, die sie auch Craig Baker gestellt hatte. Sie zahlten Senator Wagner weniger als hunderttausend Dollar, also änderte sie einige ihrer Fragen, blieb aber beim gleichen Thema.

Peter sagte, dass sie Senator Wagner vor einigen Jahren als Mitarbeiter eingestellt hätten und ihn als Berater und Spezialist für die Wirtschaftsförderung einsetzten. »Senator Wagner kennt sich gut mit den Gesetzen aus, die Anreize für die Ansiedlung oder Erweiterung von Unternehmen bieten, und erspart uns eine Menge Recherchen in diesem Bereich.«

Auf ihre Frage nach Interessenkonflikten verwies er auf die Ethik und die sorgfältige Berücksichtigung der Interessen aller Parteien, um sicherzustellen, dass keine Konflikte oder Unregelmäßigkeiten bestünden, wenn der Senator zu einer Beratung hinzugezogen würde. »Manchmal sagen wir ihm nicht einmal, wer der Kunde ist, sondern nutzen sein Wissen, um Antworten und Ratschläge zu erhalten, um den besten Ansatz für unsere Kunden zu formulieren, die an komplexen Entwicklungsprojekten beteiligt sind.«

Wie Craig bekannte er sich zu Senator Wagner und sprach ihm sein Vertrauen aus, allerdings ohne die von Craig an den Tag gelegte Überlegenheit. Annabelle dankte ihm für seine Zeit und traf sich mit Coop in einem kleinen Café am Ende der Straße.

Kaum hatte sie sich in ihren Sitz gesetzt, erhielt er eine SMS von Ross, der ihm mitteilte, dass sie unterwegs waren und Craig in seinem BMW beim Verlassen des Parkhauses seines Büros gesehen hatten.

KAPITEL NEUNZEHN

Coop folgte Annabelle zurück ins Büro, wo sie sich umzog und sein Mobiltelefon im Auge behielten. Madison war Craig zur I-65 gefolgt, wo er in südlicher Richtung fuhr. Ross nahm die Spur auf, nachdem Madison abgefahren war, und kehrte um, wobei beide ihr Bestes taten, um seine Aufmerksamkeit nicht zu erregen.

Craig nahm die Ausfahrt Franklin, die zu seinem Haus führte, und beide fuhren langsamer, da der Verkehr gering war und sie nicht riskieren wollten, aufgehalten zu werden. Jetzt hieß es abwarten, ob er für den Abend verschwinden oder auftauchen und sie zu einem anderen Ziel führen würde. Madison, die in Sachen Überwachung geübt war, parkte auf einem Kirchenparkplatz in der Nähe der Abzweigung zu seinem Haus, für den Fall, dass er Seitenstraßen nehmen würde, und Ross postierte sich in einem Einkaufszentrum in der Nähe der Autobahn.

Coop und Annabelle analysierten ihre Gespräche mit den Lobbyisten und legten die Akten über Senator Wagner, Meredith und Craig Baker offen. »Meredith ruft also entweder Craig wegen des Gesprächs im Silverwood an, um sich rechtlich beraten zu lassen, oder sie steckt bis zum Hals in etwas Unheilvollem mit ihm drin«, sagte Annabelle.

Coop wiegte den Kopf. »Da sie ihn über ein zweites Telefon anruft, nehme ich Tür Nummer zwei.«

»Bringe ihn mit dem Anruf, den ich heute mitgehört habe, und mit den Anrufen mitten in der Nacht nach dem Mord an Gray zusammen, und ich sage, die beiden stecken unter einer Decke. Jetzt müssen wir herausfinden, wie wir das beweisen können«, sagte sie.

»Und worum es geht.« Coop schaute wieder auf sein Telefon und sah das blinkende Licht, das anzeigte, dass Merediths Auto immer noch vor dem Haus stand.

Während sie den Sender beobachteten, rief Coop Taylor an und teilte ihm mit, dass sie den Ohrring genutzt hatten und er mit seiner Familie sprechen und Sarah die Situation im Silverwood erklären könnte. Coop informierte ihn über ihre Beteiligung an der Falle, die sie Meredith gestellt hatten.

»Ich habe viel darüber nachgedacht, was ich getan habe, und darüber, was ein angemessener Verweis wäre. Du erwähntest gemeinnützige Arbeit, und ich denke, so etwas wäre das Beste. Ich habe darüber nachgedacht, mein Auto wegzugeben, aber das würde meiner Mutter nur Unannehmlichkeiten bereiten, also werde ich wohl vorschlagen, dass ich Hausarbeiten für ältere Menschen erledige und in der Suppenküche arbeite.«

»Klingt nach einem guten Plan. Wenn du es deiner Mutter so erklärst, denke ich, dass sie einverstanden sein wird. Ich werde Ben von deiner Idee erzählen und ihn bitten, sich mit dir in Verbindung zu setzen.«

»Armer Junge«, sagte Annabelle, als er die Verbindung unterbrach. »Ich hoffe, er bekommt keinen richtigen Ärger.«

»Ich glaube nicht, dass er das wird. Er ist bereit, in der

Suppenküche zu arbeiten und seine Zeit zu opfern, um Senioren bei der Hausarbeit zu helfen. Ich denke, er hat seine Lektion gelernt.«

Da sie nicht verschwinden wollten, bestellten sie eine Pizza und machten einen Plan, wie Annabelle am Morgen in die Stadt gehen und alle Lobbyberichte für Craig Bakers Firma und Senator Wagner anfordern könnte. Aktuelle Berichte waren online verfügbar, aber ältere Daten mussten bei der Ethikabteilung angefordert werden.

Coop besorgte sich eine Karte der Nachbarschaft von Craig Baker und kam zu dem Schluss, dass es keine Möglichkeit gab, unbemerkt an seinem Haus vorbeizufahren, um zu sehen, ob er noch da war, ohne gesehen zu werden. Er lebte in einer bewachten Siedlung, und wenn er sich nicht als Lieferant oder Handwerker ausgeben wollte, gab es keinen Weg hinein … es sei denn, er bat Tante Camille, Twyla Fay einen Besuch abzustatten.

Es war zu spät für einen spontanen Besuch, also brach er die Überwachung ab und sagte Madison und Ross, sie sollten morgen früh aufbrechen und sich darauf konzentrieren, einen Peilsender an Craigs Auto zu verstecken. Die vier legten Schichten fest, um das blinkende Licht auf dem Überwachungssender die ganze Nacht über zu überwachen.

Als Coop nach Hause kam, war Tante Camille schon wach, und er erzählte ihr von dem anstrengenden Tag, den sie hinter sich hatten. Ihre Augen funkelten vor Freude, als er erwähnte, dass er sie als Tarnung für einen Besuch in Craigs Nachbarschaft brauchte.

Am Dienstag verbrachte Annabelle den Vormittag damit, in der Ethikabteilung in der Innenstadt Kopien von alten

Lobbyakten abzurufen. Sie musste einzelne Antragsformulare ausfüllen, und es dauerte Stunden, bis die Mitarbeiter die Akten ausfindig machten und sie dann kopierten. Sie bezahlte mit ihrer Firmenkreditkarte und war gegen Mittag zurück. Als sie zurückkam, informierte Coop sie über die Fortschritte des Vormittags.

»Ross konnte einen Peilsender an Craigs BMW anbringen, als der heute Morgen im Büro geparkt hat. Jetzt können wir ihn und auch Meredith beobachten. Sie hat heute Morgen ihr Haus verlassen und war im Lebensmittelgeschäft, in der Drogerie und an einer Tankstelle. Nichts allzu Aufregendes. Übrigens, sie ist der rote Punkt und Craig der blaue auf deiner Handy-App. Sie ist jetzt im Bistro in Green Hills, offenbar zum Mittagessen. Craigs Auto hat sich nicht aus dem Parkhaus bewegt.«

»Ich werde mit diesen Unterlagen beginnen. Ich werde alle Lobbying-Aktivitäten oder Kunden hervorheben, die mit Senator Wagner in Verbindung stehen.« Sie sah sich den Stapel Papiere an. »Das wird einige Zeit in Anspruch nehmen, und es ist ein schwieriges Unterfangen.«

Coop nickte. »Ich habe mich auf der Wahlkampfseite von Senator Wagner umgesehen und alle Veranstaltungen für die nächsten Wochen in den Kalender eingetragen. Er ist jeden Tag mit Wahlkampfauftritten und Spendensammlungen ausgebucht. Ich denke, Craig oder Meredith werden an einigen von ihnen teilnehmen.

Madison kam mit Sandwiches aus dem *Pot Belly*, und Ben rief an, um zu bestätigen, dass die Telefonüberwachung für Merediths Festnetz- und Mobiltelefon genehmigt wurde. Damit hätten sie die Möglichkeit, alle ein- und ausgehenden Telefonnummern in Echtzeit zu erfassen. »Ich vermute, dass uns das bei dem Wegwerfhandy, das AB in Craigs Büro gesehen hat, nicht viel nützen wird. Die Chancen stehen gut, dass sie ihre eigenen Telefone nicht für diese Kommunikation benutzen werden. Ich muss Kate von der Überwachung abziehen, da Meredith nichts offenkundig Verdächtiges getan hat. Ich verlasse mich darauf, dass ihr mich über alles informieren werdet, was euch auffällt.«

Nach dem Mittagessen wühlte Coop zusammen mit Annabelle in einem Stapel von Papieren. Sie arbeiteten einige Stunden lang zusammen, um Kunden zu finden, die an wirtschaftlichen Entwicklungsprojekten in Tennessee beteiligt waren. Sie notierten auch alle Ereignisse oder Ausgaben, die von Craigs Firma zugunsten von Senator Wagner gemeldet wurden. Coop musste zu einer Besprechung über einen anderen Fall und überließ es Annabelle, die Unterlagen zu durchforsten. Madison und Ross hielten sich bereit, falls sie zur Beschattung von Personen benötigt würden.

Coop rief kurz vor Feierabend im Büro an. »Ich gehe jetzt nach Hause, AB. Wir sehen uns dann morgen früh im Fitnessstudio.« Er forderte sie auf, Feierabend zu machen, und legte dann auf.

***

Annabelle hatte Coops Rat befolgt und um fünf Uhr gestern Nachmittag abgeschlossen. Sie hatte sogar ihre eigene Regel gebrochen und ließ die Unterlagen verstreut auf dem Konferenztisch liegen.

Ihre Schicht zur Überwachung der Transmitter begann um vier Uhr morgens. Bis jetzt hatten sowohl Craig als auch Meredith nichts Ungewöhnliches getan. Meredith war tagsüber im Wahlkampfbüro von Senator Wagner und verbrachte ihre Abende entweder zu Hause oder auf Wahlkampfveranstaltungen. Craigs Auto stand im Büro oder zu Hause. Es erwies sich als unspektakuläres Ziel einer Überwachung.

Nachdem sie früh ins Bett gegangen war, fühlte sie sich erfrischt und bereit, sich wieder in die Unterlagen zu vertiefen. Anstatt die blinkenden Punkte von zu Hause aus zu beobachten, hatte sie beschlossen, früh aufzustehen und ein paar Stunden im Büro zu arbeiten, bevor sie Coop im Fitnessstudio treffen würde.

Es war noch dunkel, als sie vor dem Büro parkte. Sie fummelte mit ihren Schlüsseln im Schloss herum und bekam es schließlich auf. Sie hörte nicht das normale Piepen der Alarmanlage und sah den Bildschirm an der Wand hinter der Tür, der anzeigte, dass das System nicht aktiviert war. Sie schüttelte den Kopf und fluchte leise vor sich hin. Sie erinnerte sich daran, dass sie gestern Abend den Alarm aktiviert hatte, bevor sie gegangen war. Sie schaltete das Licht am Empfang ein und startete ihren Computer.

Sie hörte ein Schlurfen, das aus Coops Büro kam. Das erklärte den Alarm. »Hey, Coop, was machst du denn schon so früh hier?«, rief sie, als sie sich auf den Weg zu seiner Tür machte. Sie hielt kurz inne, als sie das fehlende Licht in der Tür bemerkte. Sie drehte sich um, um zu ihrem Schreibtisch zurückzukehren, wurde aber von hinten getroffen und sackte zu Boden. Sie sah, wie Schuhe an ihrem Gesicht vorbeigingen, und hörte, wie die Haustür geschlossen wurde, bevor die Schwärze sie einhüllte.

Als Coop im Fitnessstudio ankam, wärmte er sich auf dem Laufband auf und hielt an der Tür Ausschau nach Annabelle, während er mit dem Programm Schritt hielt. Er hatte seine zwanzig Minuten absolviert und sie war immer noch nicht da. Normalerweise kam sie nicht mehr als fünfzehn Minuten zu spät, aber keiner von ihnen nahm es zu genau, wenn es darum ging. Er ging zu den Gewichten über und beendete sein Programm.

Auf dem Weg aus dem Fitnessstudio zog er sein Handy aus der Tasche und tippte auf ihr Symbol. Es klingelte und klingelte und dann ging die Mailbox an. Er versuchte es bei ihr zu Hause und bekam keine Antwort. Dann versuchte er es im Büro – mit demselben Ergebnis.

Er runzelte die Stirn, als er die Tür des Jeeps öffnete. Gus hatte ein frühmorgendliches Nickerchen gemacht, aber er saß stramm, als Coop auf seinen Sitz rutschte. »Wir müssen AB finden, Gus«, sagte er und streichelte den Hals des Hundes.

Er fuhr zu ihrem Haus und klingelte. Keine Antwort. Er hatte seinen Ersatzschlüssel nicht dabei, also rannten er und Gus zur Seite der Garage und Coop kämpfte sich durch einige Büsche, um zu sehen, ob er durch das Fenster spähen konnte. Es war höher als Augenhöhe, also sprang er mehrmals hoch, um einen Blick zu erhaschen. Kein grüner Beetle.

Sie eilten zurück zum Jeep und fuhren zum Büro. »Vielleicht war sie unter der Dusche, als ich angerufen habe, und ist früher zur Arbeit gegangen«, murmelte er zu Gus.

Als er das Büro erreichte, sah er ihr Auto vor dem Eingang parken, und er war erleichtert. Er parkte hinten und folgte Gus zur Tür. Er probierte die Klinke aus, aber sie war verschlossen. Er zog die Stirn in Falten, als er seinen Schlüssel aus der Hose kramte. Gus sprang durch die Tür, sobald er sie geöffnet hatte, und stürmte durch die Küche zu Annabelles Schreibtisch.

»Hey, AB, warum parkst du vor der Tür?«, rief er.

Coop war noch in der Küche, als er Gus bellen hörte,

gefolgt von dem polternden Geräusch des Hundes, als er zurück in die Küche rannte und mit Nachdruck bellte. Gus bellte gewöhnlich nie. »Was ist los, Kumpel?«, fragte Coop und beugte sich hinunter. Gus rannte wieder nach vorn.

Coop folgte ihm und fand ihn, wie er Annabelles Wange leckte, während sie auf dem Boden lag. »AB!«, rief er, als er sich hinkniete. Er sah Blut an ihrem Hinterkopf, aber als er sich umschaute, sah er nichts, was ihre Verletzung verursacht haben könnte. Er kramte in seiner Tasche nach seinem Handy und rief den Notruf an. Gus leckte weiter an ihr und wimmerte, während Coop versuchte, sie zu wecken. Er legte seine Finger seitlich an ihren Hals und seine Angst verflog ein wenig, als er einen schwachen Puls spürte.

Als der Krankenwagen eintraf, überprüften die Sanitäter ihre Vitalwerte, untersuchten ihre Kopfwunde und schlossen einen intravenösen Tropf an. Ihre Augen flatterten auf, als sie auf eine Trage gelegt wurde. Coop hielt ihre Hand und drückte sie. »AB, du kommst ins Krankenhaus. Ich bin gleich hier.«

Sie sah ihn an und schloss ihre Augen. Er drückte weiter ihre Hand, als sie in den Krankenwagen geladen wurde. Schließlich ließ er sie los und eilte zurück, um das Büro abzuschließen und Gus zu holen. Er eilte zum Krankenhaus und rief Ben an, während er fuhr. Er erklärte, was passiert war, und bat Ben, das Büro zu überprüfen. Er glaubte nicht, dass sie gestürzt war und sich den Kopf gestoßen hatte, sondern dass jemand sie bewusstlos geschlagen hatte.

Er schritt in der Notaufnahme in seinen Shorts und seinem *„Vertrau mir, ich bin Anwalt“*-T-Shirt umher und gab der Krankenschwester Annabelles persönliche Daten. Während er wartete, rief er Tante Camille an und erzählte ihr, was passiert war.

»O mein Gott. Sage AB, dass sie hier bei uns bleiben

kann, wenn sie aus dem Krankenhaus entlassen wird. Ich passe gerne auf sie auf«, sagte sie, und ihre Sorge war unüberhörbar in ihrem Angebot.

Er versicherte seiner Tante, dass er sich um Annabelle kümmern würde, und schickte eine SMS an Madison und Ross, damit sie wüssten, was los war, und bat sie, die Aufgabe der Fahrzeugüberwachung zu übernehmen. Madison schrieb zurück und sagte, dass sie das Büro untersuchen und ihn über die Ergebnisse informieren würden.

Coops Telefon vibrierte und er ging wieder nach draußen, um Bens Anruf entgegenzunehmen. »Wie geht's AB?«

»Noch nichts Neues, ich warte noch.«

»Wir behandeln dein Büro wie einen Tatort, bis wir mehr wissen. Ich habe mit der Firma deiner Alarmanlage gesprochen und sie sagten, dass sie gestern Abend gegen fünf Uhr aktiviert und heute Morgen um drei Uhr zweiundfünfzig wieder deaktiviert wurde. Wir müssen wissen, ob AB sie so früh deaktiviert hat oder woran sie sich erinnert, sobald wir mit ihr sprechen können. Dein Büro ist ein einziges Durcheinander, überall liegen Papiere auf dem Tisch, auf dem Boden, überall. Ich sehe nicht, dass etwas fehlt, aber das ist schwer zu sagen.«

»Ist ihr Computer eingeschaltet?«

»Es ist an, aber sie hatte sich noch nicht eingeloggt.«

»Dann war sie noch nicht lange da. Sie schaltet ihn immer als Erstes ein.«

»Wir suchen nach Fingerabdrücken. Ich werde dich auf dem Laufenden halten. Sag mir Bescheid, wenn ihr kommen und nachsehen könnt, ob etwas fehlt.«

Coop legte auf, und als er in den Wartebereich ging, sah er Dr. Weston, die ihn suchte. »Hey, Coop. Kommen Sie mit nach hinten und Sie können sie sehen. Ich werde alles mit

Ihnen durchgehen.« Während sie gingen, sagte sie, es wäre schade, dass sie sich immer wieder in der Notaufnahme begegneten.

Er folgte ihr durch das Labyrinth zu einer Kabine, in der Annabelle auf der Seite lag und einen übergroßen Verband am Hinterkopf trug. Er setzte sich auf den Stuhl neben ihr. »Hey, AB, wie geht es dir?«

Sie drückte seine Hand und sagte: »Okay.«

»Annabelle hat eine schwere Gehirnerschütterung von dem, was die Wunde an ihrem Hinterkopf verursacht hat. Wir werden sie mindestens über Nacht zur Beobachtung hierbehalten. Sie hat starke Kopfschmerzen.«

»Wenn du rauskommst, möchte Tante Camille, dass du bei uns zu Hause bleibst«, sagte Coop, der ihre Hand immer noch festhielt. »Willst du, dass ich deine Eltern anrufe?«

Sie blinzelte und bewegte ihren Kopf ein wenig, um eine negative Antwort zu signalisieren.

»Ich sehe auf ihrem Scan nichts, was mir Sorgen macht, also nehme ich an, dass es ihr in ein paar Tagen wieder gut geht. Wir müssen auf Kopfschmerzen oder Veränderungen der Sehkraft achten«, sagte Dr. Weston. »Sie können so lange bleiben, wie Sie wollen. Wir bereiten ein Zimmer für sie vor. Rufen Sie mich an, wenn Sie irgendwelche Sorgen haben.«

Coop nickte und dankte ihr, als sie ging.

Er strich mit dem Daumen über ihren Handrücken. »Ich weiß, dass du dich ausruhen willst, aber ich muss dir ein paar Fragen stellen. Weißt du noch, wann du heute Morgen ins Büro gekommen bist?«

Sie bewegte ihre Hand und hielt vier Finger hoch.

»Nicht vor vier, richtig? Der Alarm wurde um drei Uhr zweiundfünfzig abgeschaltet.«

Ihre Augen verengten sich und sie flüsterte: »Nein, die

war aus, als ich um kurz nach vier ankam. Ich dachte, du wärst da.«

»Hast du jemanden im Büro gesehen?«

Sie schüttelte den Kopf und zuckte zusammen.

»Weißt du, was dich am Kopf getroffen hat?«

Sie schluckte schwer und Coop griff nach einer Tasse Wasser und ließ sie einen Schluck trinken. »Ich hörte ein Geräusch in deinem Büro und dachte, du wärst es, dann merkte ich, dass es dunkel war. Ich habe mich umgedreht und etwas hat mich getroffen. Alles, was ich sah, waren Schuhe, die an mir vorbeigingen, als ich auf dem Boden lag.« Ihre Augen flackerten und schlossen sich dann.

Er legte ihre Hand unter die Decke und flüsterte: »Ich bin gleich wieder da, AB.« Er vergewisserte sich, dass seine Handynummer im Krankenhaus hinterlegt war, und fuhr zurück ins Büro. Er fand Madison an Annabelles Schreibtisch sitzen.

»Wie geht es ihr?«

»Die Ärztin sagt, sie hat eine schwere Gehirnerschütterung. Sie hat einen Verband am Hinterkopf und wird über Nacht bleiben müssen.« Gus' Nase machte Überstunden, als er auf dem Weg zu Coops Büro schnüffelte.

»Bens Leute sind vor etwa einer Stunde gegangen. Nichts Neues über Meredith oder Craig, sie sind beide bei der Arbeit.«

Coop nickte und goss sich eine Tasse Kaffee ein. Er trug die Tasse in sein Büro und begutachtete den Papierwust, der überall verstreut war. Alle zusammenfassenden Haftnotizen hingen noch an der Wand, aber bei den Aufzeichnungen war er sich nicht sicher, fand aber die Skizzen, die sie von den Kunden und Lobbying-Events gemacht hatten. Er wählte Bens Nummer, während er die Papiere durchblätterte.

»Hey, ich glaube nicht, dass etwas fehlt. Ich denke,

jemand war hier, um zu sehen, was wir wissen, und AB hat ihn überrascht.« Er erzählte ihr, was Annabelle über den Zeitpunkt und die Schuhe erzählt hatte, und informierte ihn über ihren Zustand.

»Wir haben nichts gefunden, was als Waffe benutzt wurde, aber wir haben einen Uniformierten im Krankenhaus einige Spuren von ihrer Wunde sammeln lassen. Das Labor soll nun herausfinden, womit sie geschlagen wurde.«

»Halte mich auf dem Laufenden, wenn ihr etwas herausfindet«, sagte Coop, als er auflegte.

Er verbrachte den Tag damit, die Dokumente, die in seinem Büro herumlagen, zu sortieren und zu ordnen. Er sprach auch mit seiner Alarmanlagenfirma und änderte den Code. Außerdem bestellte er ein aktualisiertes System, das weniger anfällig für Hacker sein würde. Nach einem Gespräch mit Madison und Ross beschlossen sie, ihre Überwachungsschichten im Büro zu verbringen, um den Ort und die blinkenden Punkte von Meredith und Craig gleichzeitig im Auge zu behalten. Da Coop nicht viel schlief, meldete er sich freiwillig, um Annabelles Schichten zu übernehmen. Er holte seine Waffe aus dem Safe in seinem Büro und schnallte sich das Holster um. »Ich weiß, dass wir nicht immer eine Waffe tragen, aber ich bestehe darauf, dass wir alle eine tragen, bis dieser Fall gelöst ist«, erinnerte er sie. »Wir haben in das Wespennest gestochen und müssen aufpassen, dass wir nicht zurückgestochen werden.«

Nachdem er sich vergewissert hatte, dass im Büro alles geregelt war, kauften er und Gus auf dem Weg zum Krankenhaus noch ein paar Blumen. Dass er im Jeep sitzen musste, gefiel Gus nicht, und er knurrte, als er Coop über den Parkplatz gehen sah. Coop meldete sich beim Sicherheitsdienst des Krankenhauses an und ging, nachdem er seinen Führerschein und seinen Waffenschein vorgelegt hatte, zu Annabelles Etage.

Dr. Weston hatte einige Fäden gezogen, und Coop fand Annabelle in einem großen Privatzimmer ruhend vor. Ihre Augen waren geschlossen, und im Fernseher liefen wunderschöne Landschaften und sanfte Musik. Er stellte den großen Strauß bunter Löwenmäulchen auf das Regal und ließ sich auf den Stuhl neben ihrem Bett fallen. Er betrachtete die Monitore, die Annabelles Herzfrequenz anzeigten, und entspannte sich, während er die Landschaft betrachtete und der beruhigenden Melodie aus ihrem Fernseher lauschte. Schon bald fielen ihm die Augen zu.

Das Klappern eines Rollwagens mit Tabletts voller Essen weckte Coop. Er öffnete ein Auge und lächelte, als er sah, dass Annabelle hellwach war. »Tut mir leid, ich muss eingenickt sein.«

»Ich habe mich gefreut, dass du dich ausruhen konntest.«

»Wie geht es dir?«

»Mein Kopf tut immer noch weh, ich bin müde und fühle mich irgendwie benebelt. Ben kam vorbei und erzählte mir das Neueste. Er wollte wissen, ob ich mich daran erinnere, ein Fahrzeug im Büro gesehen zu haben und was ich ihm über die Schuhe erzählen kann.«

Coop nickte. »Es tut mir so leid, AB. Ich hätte mir nie träumen lassen, dass dieser dumme Fall dich in Gefahr bringen würde.«

»Ich komme schon klar. Alex hat gesagt, ich soll mir den Rest der Woche freinehmen und sehen, wie es mir nächste Woche geht. Ich denke, sie wird mich morgen entlassen, wenn sich nichts ändert.«

Coop grinste. »Tante Camille wird begeistert sein. Nimm dir so viel Zeit, wie du brauchst. Wir haben alles im Griff.«

Die Krankenschwester brachte ein Tablett für Annabelle,

und Coop küsste sie auf die Stirn. »Ich komme morgen vorbei und besuche dich. Wir werden unsere Schichten im Büro übernehmen, also werde ich heute Abend ab zehn Uhr dort sein. Wenn du dich langweilst, ruf mich an.«

Sie lächelte und sagte: »Danke für die herrlichen Blumen. Gib Gus eine Umarmung von mir!«

Coop schlenderte den Flur entlang und nach draußen, wo er Gus schlafend im Jeep fand. Er öffnete die Tür und der Hund hob den Kopf. »Lass uns nach Hause gehen, Gus!« Er kraulte den Hals des Hundes und sagte: »AB hat gesagt, ich soll dich umarmen. Es geht ihr gut und wir sehen uns morgen.« Der flauschige Schwanz klopfte, als ob er verstanden hätte.

Ben rief wenige Minuten, nachdem er nach Hause gekommen war, an und teilte ihm mit, dass das Labor zu dem Schluss gekommen war, dass Annabelle höchstwahrscheinlich mit einer Waffe niedergeschlagen worden war und es sich nach der Beschreibung der Schuhe um eine männliche Person handelte. »Wir haben keine Fingerabdrücke gefunden, was bedeutet, dass er wahrscheinlich Handschuhe trug. Wir glauben auch, dass er ein elektronisches Gerät benutzt hat, um den Code der Alarmanlage zu knacken.«

»Als diese Arschlöcher AB verletzt haben, haben sie sich mit dem Falschen angelegt. Ich bin mehr denn je entschlossen, sie zur Strecke zu bringen.«

KAPITEL ZWANZIG

Nach einem köstlichen Essen und der Zusicherung von Tante Camille, dass das Gästezimmer im ersten Stock perfekt für Annabelle wäre, hielt Coop ein paar Stunden lang ein Nickerchen. Tante Camille schickte ihn mit einer frischen Ladung Kekse und einem Sandwich nach oben, während Gus sich neben ihr auf dem Chintz-Sofa zusammenrollte.

Coop dankte Ross erleichtert, der berichtete, dass sowohl Craig als auch Meredith den Tag auf einer Wahlkampftour im Osten Tennessees verbracht hatten und bei einem geplanten Abendessen und einer Spendenaktion waren. »Madison hat einen Freund, der jemanden bei der Ethikabteilung kennt. Sie hat herausgefunden, dass dort Antragsformulare verlangt werden, die AB für alle Unterlagen, die sie abgerufen hat, ausgefüllt hat. Sie gab *Harrington and Associates* als antragstellende Partei und unsere Adresse an. Die Freundin erzählte Madison, dass die Formulare nicht vertraulich sind und oft die gewählten Politiker oder Lobbyisten anrufen oder vorbeikommen und darum bitten, den Antragsteller für ihre Unterlagen zu erfahren. Sie vermutet, dass jemand im Büro entweder Senator Wagner oder die Firma Baker benachrichtigt hat, als es um die Anfragen von AB ging. Sie sagte, es sei nicht ungewöhnlich, dass einige Beamte und Lobbyisten eine Beziehung zu einem Mitarbeiter haben, der sie benachrichtigt, wenn Anträge gestellt werden.«

»Klingt sehr ethisch, hm?«

Ross nickte. »Also, wir haben natürlich keine Beweise, aber es scheint logisch, dass der Einbruch mit unseren Anfragen zusammenhängt. Ich bin sicher, sie dachten, dass das Büro um vier Uhr morgens leer sein würde.«

Coop schloss die Tür hinter Ross und rief die Tracking-App auf seinem Computer auf, damit er den Bildschirm im Auge behalten konnte, während er über die Verbindungen zwischen Senator Wagner und Craig Baker nachdachte.

Einige Minuten vor elf begannen sich die roten und blauen Punkte zu bewegen, und Coop sah beide auf dem Highway 321 außerhalb von Pigeon Forge blinken. Sie waren über drei Stunden von Nashville entfernt und sollten am nächsten Tag an einer anderen Veranstaltung in Knoxville teilnehmen. Coop nahm an, dass sie ein Hotel in Knoxville ansteuern würden, und zog die Stirn in Falten, als er sah, wie die Punkte auf der windigen Strecke weiter nach Westen fuhren.

»Wo fahren sie hin?«, murmelte er. Er starrte auf die Punkte auf dem Bildschirm, wobei Craigs die Führung übernahm. Coop kaute auf seinem Daumennagel, während er über die Route nachdachte, die sie wählten. Der rote Punkt von Merediths Fahrzeug blieb stehen und der blaue Punkt bewegte sich zurück, und hielt an der Stelle des roten Punktes an, bevor er weiter zurückging. Er beobachtete, wie sich der Abstand zwischen den Punkten vergrößerte. »Hmm, ihr Auto muss ein Problem haben und sie fährt mit ihm zurück.«

Er beobachtete weiterhin den Bildschirm und aktualisierte die Software, um sicherzustellen, dass der rote Punkt nicht verschwand. Eine Stunde später stand Craigs Fahrzeug in der Market Square Garage in der Nähe des Oliver Hotels, und Merediths Punkt war immer noch auf dem Highway 321.

Coop machte einen Vermerk im Überwachungsprotokoll und widmete sich wieder den Unterlagen, die Annabelle am Dienstag abgeholt hatte. Er verbrachte die verbleibenden Stunden seiner Schicht damit, einige der wichtigsten Klienten von *Whitehead, Baker und McCord* zu recherchieren. Sie reichten von der Automobilindustrie und dem verarbeitenden Gewerbe bis hin zu Abwicklungszentren und Speditionsunternehmen. Viele von ihnen hatten eines gemeinsam: Sie alle hatten enorme – hunderte von Millionen Dollar – Steueranreize für die Ansiedlung ihrer Unternehmen in Tennessee erhalten.

Coop nutzte die Website der Regierung, um einige der mit den Steueranreizen zusammenhängenden Rechtsvorschriften aufzuspüren, und füllte eine Seite seines Notizblocks mit Berechnungen und Informationen, die alle auf die Unterstützung durch Senator Wagner zurückgingen. Das war nicht weiter verwunderlich, galt er doch als Verfechter des Wirtschaftswachstums. Die meisten seiner Wahlkampfspenden stammten von denselben Großunternehmen, die auch auf der Kundenliste von Craig Baker standen.

Zwischen den Aufzeichnungen an der Wand überprüfte er den Bildschirm mit den Tracking-Ergebnissen, aber es hatte sich nichts geändert. Er arbeitete noch an der Zusammenfassung seiner Ergebnisse, als Madison um sechs

Uhr morgens mit frischen Donuts und Kaffee kam. »Morgen, Coop«, sagte sie und stellte eine Tasse vor ihm ab, während sie die neuen Haftnotizen an der Wand studierte. »Du warst ein fleißiges Bienchen.«

Coop nahm einen Schluck von der warmen Flüssigkeit und seufzte. »Genau das, was ich brauche.« Er zeigte ihr das Protokoll von gestern Abend und erklärte ihr die Verbindungen, die er aufgezeichnet hatte, damit sie die Arbeit fortsetzen konnte. Er versprach, bis Mittag wieder zurück zu sein, nachdem er sich etwas ausgeruht und geduscht hatte.

Als er nach Hause kam, brach er vor körperlicher und seelischer Erschöpfung auf seinem Bett zusammen. Um neun klingelte sein Handy und weckte ihn aus dem Tiefschlaf. Auf dem Display erschien ein Anruf von Ben.

»Coop, entschuldige die Störung, aber ich habe mit Madison gesprochen. Sie sagt, dein Tracking zeigt Merediths Auto auf der 321 mitten im Nirgendwo, und wir haben von der Polizei in Knoxville erfahren, dass sie versuchen, Meredith zu finden. Sie hat sich nicht zu einem Treffen mit Senator Wagner um acht Uhr gemeldet und ist nicht in ihrem Zimmer im Oliver Hotel.«

»Ich nahm an, dass sie Probleme mit dem Auto habe und mit Craig zurückgefahren sei. Ihr müsst jemanden schicken, der nach ihrem Auto sieht. Madison hat dir die Koordinaten gegeben, richtig?«

»Ja, ich spreche gerade mit meinem Kollegen in Knoxville. Ich habe ihm nicht alles verraten, aber ich habe ihm gesagt, dass wir mitten in einer hochkarätigen Ermittlung stecken, in die Meredith verwickelt ist. Das Fahrzeug steht in Blount County, also lässt er es überprüfen und schickt einen seiner Männer aus Knoxville her. Er lässt es mich wissen, sobald sie einen Bericht haben.

Das dürfte weniger als dreißig Minuten dauern. Ich rufe dich zurück.«

Coop war hellwach und beeilte sich zu duschen, während er auf den Rückruf wartete. Er verschlang gerade ein herzhaftes Frühstück, als sein Telefon erneut klingelte. Er sah, dass es Ben war, und ging ran. »Hast du sie gefunden?«

»Ja, ihr Auto war von der Straße abgekommen und gegen einen Baum geprallt. Sie ist verletzt und wird gerade mit dem Flugzeug ins UT Medical Center geflogen. Hast du Lust, mit mir einen Ausflug nach Knoxville zu machen?«

»Das würde ich gerne, aber ich muss AB aus dem Krankenhaus holen. Wann wolltest du losfahren?«

»Ich kann dir eine Stunde oder so geben. Ich bin mir nicht sicher, ob sie in nächster Zeit in der Lage sein wird, mit uns zu sprechen. Das hängt von der Schwere ihrer Verletzungen ab.«

Coop legte auf und rief Dr. Weston an, um ihr seine missliche Lage zu schildern. Sie zögerte und sagte, so schnell ginge es nicht, aber sie würde sich gerne darum kümmern, dass Annabelle nach ihrer Entlassung bei Tante Camille untergebracht würde.

»Danke, Alex. Das würde mir eine Last von den Schultern nehmen. Ich werde bei AB vorbeischauen, ihr das Neueste erzählen und sie über den Plan informieren. Tante Camille wird bereit sein und auf ihre Patientin warten«, sagte er lachend.

Während er telefonierte, hatte seine Tante eine Kühlbox mit Sandwiches, Keksen und Obst sowie Flaschen mit Wasser und süßem Tee gepackt. Er umarmte sie und sagte ihr, sie sollte ihn anrufen, wenn Annabelle angekommen wäre. Er beugte sich hinunter und kraulte Gus ordentlich und gab ihm ein paar Leckereien. »Wir sehen uns bald wieder.«

Bei einem Zwischenstopp im Krankenhaus brachte Coop Annabelle auf den neuesten Stand und sagte ihr, dass Alex dafür sorgen würde, dass sie gut nach Hause zu Tante Camille käme, sobald sie entlassen würde. Auf dem Weg zu Bens Büro rief er Madison an und sagte ihr, dass er den Tag über weg sein würde. Sie berichtete, dass sie sich um die Überwachung von Craigs Sender kümmern und ihn anrufen würde, wenn es irgendwelche verdächtigen Aktivitäten gäbe.

Ben war startklar, als Coop eintraf. Sie luden ihr Übernachtungsgepäck in den Crown Victoria, bereit für die dreistündige Autofahrt. Auf dem Weg dorthin ging Coop seine Fortschritte bei den Lobbying- und Wahlkampfunterlagen durch. »Das hängt alles zusammen, ich weiß es.«

»Ich hoffe, dass Meredith jetzt reden wird. Nach dem, was du in der Tracking-Software in Erfahrung gebracht hast, hat Craig sie mit Absicht dort draußen gelassen. Ich habe den starken Verdacht, dass es kein Zufall war, dass sie von der Straße abgekommen ist. Ich habe mit Chief Mobley und dem Verwalter des Krankenhauses gesprochen, damit Meredith so sicher wie möglich ist. Ich möchte nicht unsere einzige Chance gefährden, indem Craig sie vor uns erreicht.«

»Wir können ihn nach dem, was ich gesehen habe, zur Rede stellen, aber ich bin auch der Meinung, dass es besser wäre, wenn sie uns sagt, was sie weiß.« Coop holte den Proviant, den Tante Camille eingepackt hatte, und sie aßen unterwegs.

Als er den letzten Bissen des Kekses nahm, funkelten Coops Augen vor Begeisterung. Er tippte auf den Bildschirm seines Handys und hielt es an sein Ohr, während er in seinem Notizbuch blätterte. »Hey, Madison, tu mir einen Gefallen und finde die Ehepartner von ein paar Unfallopfern von vor ein paar Jahren. Ich schicke dir die Namen per SMS.

Wir müssen herausfinden, ob sie sich an irgendwelche Probleme bei der Arbeit erinnern, die den Opfern vor den Unfällen zu schaffen gemacht haben. Mach nicht zu viel Aufsehen, versuche es unauffällig zu halten.« Er legte auf und schickte die Namen und Daten aus seinem Notizbuch.

Ben sagte: »Der Unfall von Meredith hat dich an die anderen denken lassen, was?«

»Ja, ich glaube nicht an Zufälle und alle drei Unfälle klingen für mich viel zu ähnlich.«

Sie parkten vor dem Krankenhaus, und als sie sich bei Chief Mobleys Leuten erkundigten, stellten sie fest, dass Meredith immer noch auf der Intensivstation behandelt und untersucht wurde. Sie war noch nicht befragt worden, und Chief Mobley war damit einverstanden, dass Ben die Befragung durchführte. Die Beamten vom Blount County waren noch vor Ort, um den Unfall zu untersuchen, aber ihre vorläufige Schlussfolgerung lautete: Verlust der Kontrolle über den Wagen aufgrund der Geschwindigkeit. Die Airbags hatten ihre Arbeit getan, aber einer der großen Äste des Baumes, mit dem sie zusammengestoßen war, hatte die Windschutzscheibe durchschlagen. Ihr Auto war älter und nicht mit den modernen GPS-Notfallsystemen ausgestattet, die die Strafverfolgungsbehörden sofort alarmiert hätten.

Chief Mobley sagte, sie hätten Craig befragt, bevor sie Meredith fanden, und er hätte ausgesagt, sie hätten die Veranstaltung etwa zur gleichen Zeit verlassen, aber er hätte nicht bemerkt, ob sie direkt zum Hotel gegangen wäre. Sie hätten keine gemeinsamen Pläne bis zum morgendlichen Treffen, bei dem ihr Fehlen bemerkt wurde.

»Er ging wohl davon aus, dass sie tot war oder es sein würde, wenn man sie findet. Es gäbe keinen Grund, die Route nach Knoxville zu nehmen«, sagte Coop.

»So wie du die Szene beschrieben hast, war er vor ihr, richtig? Es könnte also ein anderes Fahrzeug beteiligt gewesen sein, als sie von der Straße abgekommen ist.«

Coop nickte. »Ich glaube nicht, dass sie sich so nahe waren, dass er eine Vollbremsung oder etwas Ähnliches hätte machen können, um den Unfall zu verursachen. Es sah so aus, als wäre er immer vor ihr gewesen, mit einem kleinen Abstand zwischen den beiden. Als sie dann anhielt, drehte er um und kam zurück.«

»Das sollten wir vorerst für uns behalten«, sagte Ben.

Coop schaute auf sein Telefon und sah, dass die Wahlkampfveranstaltung in Knoxville in vollem Gange war und erst später am Abend enden sollte. Er vermutete, dass Senator Wagner oder Craig nach der Veranstaltung im Krankenhaus vorbeikommen würden, um nach Meredith zu sehen. Er vergewisserte sich bei Ross, dass Craigs Auto immer noch im Hotel stand und nicht weggefahren war, was Sinn machte, da der Veranstaltungsort zu Fuß zu erreichen war.

Ben blieb in Kontakt mit Chief Mobley, der dafür sorgte, dass das Krankenhauspersonal verstand, dass Ben und Coop in Merediths Zimmer gelangen konnten. Kurz vor fünf Uhr begleitete eine Krankenschwester die beiden nach oben. Sie meldeten sich auf der Schwesternstation vor dem Zimmer an und wurden daran erinnert, dass Meredith von den chirurgischen Eingriffen müde sein würde, sodass ihr Besuch nur kurz sein dürfte.

Sie trafen auf eine nicht wiederzuerkennende Frau im Bett, deren Kopf bandagiert und deren Gesicht mit Schnitten und Verbrennungen von den Airbags übersät war. Beide Augen waren schwarz umrandet, ein Arm war eingegipst, ebenso wie eines ihrer Beine. Die ramponierte Hülle vor ihnen sah überhaupt nicht aus wie die souveräne und hochnäsige Frau, mit der sie Anfang der Woche gesprochen hatten.

Sie riss die Augen auf, als sie in den Raum schlurften. Sie blinzelte, als sie die beiden ansah, und stille Tränen kullerten über ihr Gesicht. »Miss Stevens«, sagte Ben. »Es tut uns leid, dass wir Sie stören. Wir haben ein paar Fragen zu dem Unfall von gestern Abend.« Er zögerte und sah Coop an. »Sind Sie bereit, ein paar Minuten mit uns zu reden?«

Sie betrachtete die beiden und Coop nahm ein Taschentuch aus der Schachtel und legte es in ihre gute Hand. Sie tupfte sich die Augen ab und sagte mit leiser und heiserer Stimme: »Ja.«

»Lassen Sie mich zunächst sagen, dass wir Sie nur wegen Mr. Harrington gefunden haben.«

Merediths Stirn legte sich in Falten und ihre Augen trübten sich vor Unsicherheit. Coop begann: »Das wird Sie nicht glücklich machen, aber ich habe einen Peilsender an Ihrem Auto angebracht, als Sie am Montag im Silverwood waren. Mir ist klar, dass Sie viel mehr wissen, als Sie uns sagen, und ich wollte Sie im Auge behalten.« Ihre schwarz umrandeten Augen verhärteten sich, als er fortfuhr. »Meine Firma hat also Ihre Aktivitäten überwacht, was uns nach Ihrem Unfall zu Ihrem Aufenthaltsort geführt hat.«

Ben fügte hinzu: »Mr. Harrington hat auch das Fahrzeug von Craig Baker überwacht und gesehen, dass es am Abend des Unfalls mit Ihnen unterwegs war.« Ihre Augen weiteten sich. »Als er es beobachtete, dachte er, dass Ihr Auto eine Panne hatte und Sie mit Craig zurück nach Knoxville gefahren sind, aber das ist überhaupt nicht passiert, oder?«

Sie bewegte ihre Augen hin und her und seufzte. »Es war kein Unfall«, sagte sie mit rauer Stimme. Coop griff nach dem Glas Wasser auf ihrem Tablett und hielt den Strohhalm an ihren Mund. Sie nippte und schluckte. »Ich wurde von der Straße gedrängt.«

»Warum waren Sie auf dieser Strecke unterwegs?«, fragte Ben.

»Craig sagte, wir müssten unter vier Augen reden und bat mich, ihm zu folgen. Er wollte nicht, dass uns jemand sieht.«

»Haben Sie dieses Gespräch geführt?«

»Nein. Der Plan war, dass er an einer passenden Stelle anhält.« Sie schluckte schwer. »Dieser große Pick-up, glaube ich, war hinter mir und hat mich praktisch durch die Kurven geschoben, und ich bin immer schneller gefahren, um ihm zu entkommen. Ich weiß noch, dass ich schrie, als ich sah, dass ich von der Straße abkam, und dann war ich in der Luft und erinnere mich nicht mehr an viel danach.«

»Können Sie den Pick-up identifizieren? Farbe, Nummernschild, irgendetwas?«

»Nein, es war zu dunkel, ich habe nur Lichter gesehen und die waren hoch.«

»Wissen Sie, ob Craig zurückgekommen ist, um nach Ihnen zu sehen?«

»Ich weiß es nicht.« Ihre Augen füllten sich wieder mit Tränen. »Wenn er es getan hat, hat er sich nicht die Mühe gemacht, Hilfe zu rufen.«

Coop sah Ben an und erhielt ein Nicken. »Ich bin nur ungern so direkt, Miss Stevens, aber ich glaube, Sie wissen, wer Grayson Taylor getötet hat, und dieses Wissen hat Sie in Gefahr gebracht. Ich hoffe, Sie wissen, wie wichtig es für Sie ist, die Wahrheit zu sagen.«

Sie starrte auf den Fernsehbildschirm, sagte aber nichts, sondern schürzte die Lippen.

Ben fügte hinzu: »Ich habe dafür gesorgt, dass Sie unter einem anderen Namen hier untergebracht sind. Sie werden auch unter Ihrem richtigen Namen als Patientin geführt, aber wir haben einen Lockvogel in diesem Bett. Ich befürchte, dass die Person, die für Ihren Unfall verantwortlich ist, es noch einmal versuchen könnte, sobald bekannt wird, dass Sie am Leben sind.«

Sie drehte den Kopf und holte tief Luft, die Bestürzung auf ihrem Gesicht verwandelte sich in Angst. »Daran habe ich nicht gedacht.«

»Sie liegen offiziell im Koma, sind nicht ansprechbar, haben keine Überlebenschancen und dürfen nicht besucht werden. Wir haben eine verdeckte Ermittlerin mit Verbänden in Ihrem Krankenhausbett, für den Fall, dass jemand kommt und etwas versucht. Sie sind dagegen als Cybil Reynolds registriert und in einem anderen Stockwerk untergebracht. Ich fordere keine Wachen an, denn das würde nur dazu dienen, jemanden auf Ihren Aufenthaltsort aufmerksam zu machen. Wir werden so tun, als ob es ein Unfall war und Sie nicht wach sind.«

Sie bewegte ihren Kopf um einen Bruchteil eines Zolls, um ihr Einverständnis zu signalisieren. »Gibt es jemanden, den wir für Sie anrufen können?«, fragte Coop.

»Meine Schwester in Kalifornien. Ihre Nummer ist in meiner Handtasche und meinem Handy, falls sie es gefunden haben.«

»Wir rufen sie an. Wenn Sie im Koma liegen würden, wäre sie doch hier, oder?«

Meredith atmete aus und zuckte zusammen, als sie versuchte, mit den Schultern zu zucken. »Ich denke schon.« Sie richtete sich wieder auf und fügte hinzu: »Ich stehe meiner Familie nicht nahe.«

Sie unterhielten sich weiter und fanden heraus, dass Senator Wagner die Schwester vor Jahren kennengelernt hatte, Craig jedoch nicht. Meredith lehnte einen Anwalt mit der Begründung ab, sie könnte keinem vertrauen, und stimmte einem Videointerview in ihrem Krankenhausbett zu. Sie würde alles, was sie über Grayson Taylors Tod und andere Verbrechen wusste, im Gegenzug für Straffreiheit mitteilen. Meredith wurde müde, als das Gespräch fortschritt, und ihre Augen flatterten. Sie verabredeten, am nächsten Morgen mit dem Videotechniker und der rechtlichen Vereinbarung wiederzukommen.

Ben buchte ein Hotelzimmer in der Nähe des Krankenhauses, während Coop sein Büro über den Fortgang der Ereignisse informierte. Sie wollten Craig oder Senator Wagner im Krankenhaus nicht begegnen und sorgten dafür, dass sie rechtzeitig vor Ende der Spendenaktion das Haus verließen. Auf dem Weg zum Hotel entschieden sie sich dafür, etwas zu essen mitzunehmen. Nachdem sie eingecheckt hatten, verbrachte Ben Stunden am Telefon, um die juristische Logistik für Merediths Interview zu perfektionieren.

Coop drückte auf ein Symbol auf seinem Handy, während er ein paar Pommes verschlang. »Hey, Tante Camille, wie geht's AB?«

Seine Tante berichtete, dass es der Patientin gut ginge und sie sich im Gästezimmer einquartiert hätte, während Gus auf ihrem Bett lag und Wache hielt. Annabelle war müde und hatte seit ihrer Entlassung immer wieder geschlafen. Mrs. Henderson zauberte hausgemachte Suppe und Kekse sowie Brownie-Eisbecher zum Nachtisch.

Coop informierte sie über die Geschehnisse in Knoxville, und während er versprach, bald zu Hause zu sein, piepte sein Handy und zeigte einen weiteren Anruf an. »Ich muss los, aber wir sehen uns morgen. Gib Gus und AB einen Kuss von mir.«

Er nahm den zweiten Anruf von Ross an. »Hey, Coop, ich

war mir nicht sicher, ob du in der Lage bist, die Ortungssoftware zu überwachen. Ich wollte dich wissen lassen, dass Craigs Auto von seinem Hotel aus losfährt. Sieht aus, als würde er in Richtung Krankenhaus fahren.«

»Wir sind in unserem Hotel, also werde ich es jetzt hochladen. Bleib aber dran, ich melde mich.« Ross ließ ihn wissen, dass Madison mit den Familienangehörigen der beiden Unfallopfer sprach und bald etwas zu berichten hätte. Coop beobachtete den Punkt auf seinem Handy und sah fünfzehn Minuten später, wie der auf dem Krankenhausparkplatz zum Stehen kam. Ben war am Telefon, aber Coop zeigte ihm den Bildschirm.

Ben tätigte einen weiteren Anruf und informierte die als Krankenhausmitarbeiter getarnten Detektive aus Knoxville über Craigs Bewegungen. Als er auflegte, sagte er: »Sie sind bereit und werden mit einem Update zurückrufen.«

Sie aßen fettige Burger und Pommes frites zusammen mit den übrig gebliebenen Keksen von Tante Camille und warteten an ihren Telefonen. Ben hatte mit Merediths Schwester gesprochen und sie darüber informiert, dass Meredith einen schweren Unfall hatte. Sie plante, in den nächsten Tagen nach Tennessee zu fliegen. Vorerst hatte er ihr die Koma-Geschichte erzählt.

Coop erhielt eine SMS von Madison, in der sie ihm mitteilte, dass sich die Ehepartner der beiden Opfer daran erinnerten, dass sie beide Stress auf der Arbeit hatten, aber keiner von ihnen hätte Einzelheiten preisgegeben. Sie endete ihren Bericht es mit »Nichts Definitives«, aber die Angehörigen schworen, dass die Opfer vorsichtige Fahrer gewesen waren, keine Raser.

»Lass es mich wissen, wenn du etwas findest, das sie miteinander verbindet, und ich werde weiter suchen«, schrieb er zurück.

Weniger als eine halbe Stunde später war Craigs Punkt in Bewegung. Bens Telefon klingelte und nach einem kurzen Gespräch legte er auf. »Craig und Senator Wagner sind ins Krankenhaus gegangen und haben darum gebeten, Meredith zu sehen. Ihnen wurde gesagt, dass sie keine Besucher empfangen dürfe und noch nicht bei Bewusstsein sei. Senator Wagner betonte, wie wichtig sie ihm sei, und schien um ihr Wohlergehen besorgt zu sein. Er bat Merediths Arzt, ihn anzurufen, und hinterließ seine private Handynummer.«

»Sie sind also nicht zum Zimmer gegangen?«

Ben schüttelte den Kopf. »Man hat ihnen die Zimmernummer gegeben, aber sie haben es nicht versucht. Wir werden den Arzt mit der Koma-Geschichte anrufen und sagen lassen, dass er sie nicht rausgeben durfte, aber da es sich um Senator Wagner handelte und sie seine langjährige Mitarbeiterin ist, würde er die Regeln beugen. Laut der Website des Wahlkampfs findet morgen ein weiteres Mittagessen in Clarksville statt, sodass sie am Vormittag unterwegs sein müssen. Craig ist natürlich nicht verpflichtet, an der Veranstaltung teilzunehmen, also könnte er in der Nähe bleiben.«

»Wir werden ihn im Auge behalten«, sagte Coop und tippte auf den Bildschirm seines Telefons, um Craigs Auto im Oliver Hotel zu sehen.

In den Stunden vor dem Morgengrauen klingelte Bens Handy. Er fummelte an den Gegenständen auf dem Nachttisch herum und griff nach dem Telefon. »Mason«, antwortete er, gefolgt von einem kurzen Gespräch und endete mit: »Ich bin in weniger als einer Stunde da.«

»Was ist los?«

»Ein Mann kam ins Krankenhaus und lauerte auf dem Flur vor dem Zimmer des Lockvogels. Wahrscheinlich wäre er nicht erwischt worden, aber das Team, das wir da drin haben, beobachtet alles wie ein Falke. Unsere falsche Krankenschwester hat ihn verjagt, aber die Kameras haben ein paar gute Fotos von ihm gemacht. Sie haben ihn auf den Überwachungskameras verfolgt und sich sein Kennzeichen notiert. Es ist ein Leihwagen, aber sie überprüfen es gerade.«

Sie beeilten sich, sich fertigzumachen, und waren in weniger als dreißig Minuten aus der Tür. Es war fast fünf Uhr morgens, kühl, und der Himmel hatte die Farbe von Tinte. Ben lenkte den Crown Victoria zu einem *Dunkin' Donuts* und holte fünf Dutzend Donuts und ein paar Kisten Kaffee. Coop schnappte sich eine Tasse koffeinfreien Kaffee und half, die Ladung zum Auto zu tragen.

»Wie hoch ist eigentlich dein Donut-Budget?«

Ben lachte, als er die Hintertür schloss. »Unbegrenzt, wenn ich den Fall abschließen kann.« Er fuhr zum Knoxville Police Department, wo sie, bewaffnet mit den Donutboxen, sofort auf Wohlwollen stießen. Chief Mobley empfing sie und zeigte ihnen die Videobilder des Krankenhausbesuchers.

»Der Mietwagen läuft auf ein Unternehmen mit Sitz auf den Kaimaninseln, *White Sands Development, Inc.* Wir haben keine Gesichtserkennungssoftware, also gibt es keine schnelle Möglichkeit, unseren Freund zu identifizieren«, sagte Chief Mobley. »Erkennt ihn einer von Ihnen?«

Coop und Ben schüttelten den Kopf, als sie das Video eines großen dunkelhaarigen Mannes mit gestutztem Bart und Schnauzer betrachteten. Er schien Anfang dreißig zu sein, kräftig und sportlich. Coop zückte sein Handy, machte ein Foto von dem Mann und schickte eine SMS.

Ben bat darum, das Video per E-Mail an seine Dienststelle zu schicken, damit man dort bei der

Identifizierung helfen könnte. »War er kooperativ, als er gestern Abend aufgefordert wurde, zu gehen?«

Chief Mobley nickte. »Er war höflich, hat nicht viel gesagt, nur dass er ein Freund von außerhalb sei, aber es verstanden habe und es morgen wieder versuchen würde.« Er fügte hinzu, dass der verdeckten Ermittlerin nichts Hilfreiches an seinem Sprachgebrauch aufgefallen war, außer dass sie nicht glaubte, dass er aus der Gegend stammte, da er weder einen starken noch einen südlichen Akzent hatte.

Chief Mobley und Ben gingen die rechtlichen Dokumente durch, die der Staatsanwalt von Nashville mit dem Segen der örtlichen Behörden in Knoxville erstellt hatte. »Unser Videospezialist wird um acht Uhr hier sein, um seine Ausrüstung zu holen, und Sie um neun Uhr in Merediths Zimmer treffen«, sagte Chief Mobley. »Sie beide können gerne ein freies Büro benutzen, während Sie warten. Dort gibt es ein Telefon und einen Computer, falls Sie beides benutzen wollen.«

Kaum hatten sie Platz genommen, piepte eine SMS auf Coops Handy. »Eine Nachricht von AB. Sie sagt, sie fühle sich gut genug, um ein paar Nachforschungen anzustellen. Sie wird sich mit *White Sands Development* befassen, und Madison und Ross werden sich auf unseren Mann konzentrieren.«

Das Telefon von Coop klingelte. Madison meldete, dass Craigs Auto unterwegs war. Er schaute auf den Bildschirm und verfolgte den Punkt, der auf der I-40 stadtauswärts fuhr. »Craig ist auf dem Rückweg. Ich frage mich, ob der gute Senator bei ihm ist.«

»Selbst wenn er nicht bei ihm ist, muss er bald los, um rechtzeitig zu diesem offiziellen Lunch zu erscheinen«, antwortete Ben. Während sie auf die Abfahrt zum

Krankenhaus warteten, beschäftigten sich beide mit der E-Mail-Korrespondenz.

Als sie an Merediths Tür ankamen, sahen sie eine Reihe von Krankenschwestern und Ärzten in OP-Kleidung um Merediths Bett herum. Die Krankenschwester auf der Station rief: »Sie können da nicht reingehen.«

KAPITEL EINUNDZWANZIG

Die Krankenschwester kam hinter dem Tresen hervor und senkte ihre Stimme. »Sie hatte eine schlimme Nacht und es gibt einige Komplikationen. Ihr Arzt will keinen Besuch oder irgendetwas, das sie in Stress versetzen könnte, bis er sie wieder stabilisiert hat.« Sie wies auf einen kleinen Raum hinter dem Schwesternschreibtisch. »Sie beide können gerne in unserem Konferenzraum warten. Ich weiß nicht, wie lange es dauern wird.«

Beide ließen die Schultern hängen, als sie den Videotechniker mit seinen Koffern am Schreibtisch vorbeikommen sahen. Ben fing ihn ab und erzählte ihm die Neuigkeiten. Sie tauschten ihre Karten aus und der junge Mann ging wieder.

Ben ließ sich auf einen Stuhl fallen und sagte: »Ich weiß, du bist es gewohnt, nicht zu schlafen, aber ich bin erschöpft. Ich verliere langsam die Geduld.«

Coop schloss die Tür, nachdem die Krankenschwester versprochen hatte, sie zu benachrichtigen, sobald die Patientin für Besucher freigegeben wurde. »Vielleicht sollten wir die Zeit, die wir warten, damit verbringen, uns eine Strategie zu überlegen, wie wir Craig zu Fall bringen, sobald wir ihre Aussage haben.«

Sie tüftelten an Ideen und fragten sich immer noch, wie irgendetwas in Craigs Welt mit Grayson zusammenhing. Während Ben die Treppe hinunterging, um das Mittagessen aus dem Food Court zu holen, rief Annabelle an.

»Wie geht es dir, AB?«

»Heute besser. Ich langweile mich zu Tode, da bin ich froh, dass du etwas für mich zu tun hast. Gus schlägt neben mir Wurzeln und Tante Camille füttert mich pausenlos.« Sie lachte und fügte dann hinzu: »Ich habe angerufen, weil ich einen Fuß in der Tür zu *White Sands* habe.«

»Ich habe immer gesagt, dass du die beste Ermittlerin bist, die ich kenne.«

»Nun, es ist eine Scheinfirma, wie du sicher schon vermutet hast. Ich habe mich umgehört und herausgefunden, dass sie mit mehreren der wichtigsten Kunden auf Craigs Lobbying-Liste verbunden ist. Unser erster Blick auf die Unternehmen auf der Liste ging nicht weit genug. Mehrere der Unternehmen gehören in Wirklichkeit den Muttergesellschaften. Alle Kunden, die mit *White Sands* in Verbindung stehen, sind über eine Muttergesellschaft namens *HIP Development, Inc.* verbunden.

»Was wissen wir über *HIP*?«

»*HIP* bedeutet Harold und Isabelle Palmer wie die Schwester von Emily Taylor und deren reicher Ehemann.«

»Der Typ, der Meredith besucht hat, wahrscheinlich um den Job zu beenden, arbeitet also für Emilys Schwager?«

»Es ist verworren, aber ja, *White Sands* sind definitiv Harold und Isabelle. Sie haben hier eine Vielzahl von Unternehmen, Gesellschaften und Partnerschaften, und ich vermute, dass es mehr als eine Offshore-Mantelgesellschaft gibt, aber das ist alles, was ich im Moment weiß.«

»Gehört das Produktionsunternehmen und die Speditionsfirma, in der die anderen Unfallopfer gearbeitet haben, zu *HIP*?«

»Du bist schnell, Coop. Ja, *HIP* ist die Muttergesellschaft von beiden.«

»Rufe Madison an und informiere sie, damit sie versuchen kann, die anderen Unfälle zu verbinden. Wir warten immer noch darauf, Meredith zu befragen.«

»Okay, Coop. Ich werde weitergraben und sehen, was ich noch erfahren kann. Halt mich auf dem Laufenden!«

»Übertreibe es nicht, AB! Du brauchst Ruhe.«

»Mir geht's gut. Wir sehen uns heute Abend.«

Ben kam mit Tüten voller Essen zurück und Coop informierte ihn über Annabelles Ergebnisse. Seine Augen funkelten vor Aufregung, als er Kate anrief und sagte: »Wenn AB jemals keine Lust mehr hat, für dich zu arbeiten, hat sie einen Job in meinem Team.«

Es war nach ein Uhr, als die Krankenschwester sie zu Merediths Zimmer begleitete und der Videotechniker seine Kamera einrichtete. Meredith bestätigte, dass sie bereit war und sich besser fühlte. Sie las sich den Vertrag durch und unterschrieb ihn mit zitternder Hand, wobei sie auf ihr Recht auf einen Anwalt verzichtete.

Ben begann die Befragung mit harmlosen Fragen zu ihrem Wohnort, ihrem beruflichen Werdegang und anderen grundlegenden Fragen. Dann begab er sich auf schwierigeres Terrain und bat Meredith, die Veranstaltung zu beschreiben, die sie am Abend von Grayson Taylors Tod im Silverwood besucht hatte.

Meredith holte tief Luft und begann: »Ich war wie immer mit Senator Wagner dort. Es war eine weitere

Wahlkampfveranstaltung im Rahmen seiner Kandidatur für das Amt des Gouverneurs, aber auch eine Veranstaltung der Regierung. Er hatte mit mehreren Lobbyisten über die Haushaltsgesetze zu sprechen und tat dies, nachdem wir uns mit den Wählern getroffen hatten. Alles, was ich in meinem ersten Interview mit Ihnen über diese Aktivitäten gesagt habe, entsprach der Wahrheit, mit Ausnahme der Tatsache, dass ich auf der Terrasse war und Zeuge eines Vorfalls mit Grayson Taylor wurde. Ich kannte ihn vor diesem Abend nicht.«

Sie hielt inne, und Coop hielt ihr das Glas mit Wasser hin. Sie nahm einen langen Schluck und lehnte sich gegen die Kissen. »Craig und ich waren im Gartenbereich, nachdem er sich mit Senator Wagner getroffen hatte. Wir sprachen über eine … Situation. Wir hörten jemanden auf der Terrasse und Craig war besorgt, dass wir belauscht worden wären. Dann stürmte Beau durch die Tür und begann, Grayson anzuschreien. Nach dem Handgemenge sahen wir durch das Gebüsch, wie Grayson auf die Terrasse zurückkehrte, und bevor ich wusste, was geschah, schoss Craig durch das Gebüsch, griff sich die Spitze des Simses und schlug ihm den auf den Kopf. Er fiel über die Kante und ich hörte einen schrecklichen Aufprall. Ich beeilte mich und trat auf den Vorsprung zu. Craig sagte mir, ich sollte dortbleiben und nach jemandem Ausschau halten. Er lief zu seinem Auto und holte ein Paar Handschuhe, während ich dastand und auf den armen Mann hinunterblickte.« Sie griff nach einem weiteren Schluck Wasser und ein lauter Schluck folgte. »Er kehrte zurück und zerrte Grayson zu den Büschen an der Mauer. Es war dunkel, und als er ihn von dem Stein unten weggezogen hatte, konnte ich nicht viel sehen.«

Ben fragte: »Was war das für eine Situation, die Sie mit Craig besprochen haben?«

Sie griff nach einem Taschentuch und holte tief Luft. »Die Kampagne von Senator Wagner. Craig erzählte mir, dass es ein Problem mit einem seiner Kunden gab, weil jemand in der Buchhaltung angefangen hat, zu viele Fragen zu stellen. Er befürchtete, dass dies zu einem Problem mit der Gouverneurskampagne des Senators führen könnte.«

»Klären Sie uns auf, was genau das Problem sein könnte!«

»Schmiergelder«, sagte sie mit festem Blick. »Senator Wagner hat seine Karriere der Förderung der Entwicklung des Staates gewidmet, und einige der großen Unternehmen, die von seinem juristischen Fachwissen und seiner Unterstützung bei der Gesetzgebung profitierten, wollten ihn mit Zahlungen belohnen. Da sie dies nicht direkt tun können, wurden einige dieser Zahlungen über Craigs Anwaltskanzlei abgewickelt und an Senator Wagner in seiner Funktion als Rechtsberater gezahlt.«

Ben setzte die Fragen fort und sie fanden heraus, dass Meredith von mehreren Offshore-Konten wusste, die Senator Wagner besaß, und regelmäßig Geld auf diese Konten überwiesen wurde. Sie wusste nicht, wie Craig mit dem möglichen Problem im Zusammenhang mit den Buchhaltungsfragen umzugehen gedachte, und sagte ihnen, dass Senator Wagner absolutes Vertrauen in Craig hätte und er sich um alles kümmerte, was mit dem Schmiergeldgeschäft zusammenhing. »Ich habe den Begriff ›glaubhaftes Bestreiten‹ mehr als einmal gehört und weiß, dass Senator Wagner in nichts verwickelt werden wollte, was ihm als Fehlverhalten angelastet werden könnte.« Sie hielt inne und fügte hinzu: »Craig wollte nicht, dass ich mit Senator Wagner über die Vorgänge im Silverwood spreche.«

Ben fragte Meredith nach den Menschen, die bei den Autounfällen gestorben waren und für Craigs Kunden gearbeitet hatten. Sie kannte die Namen nicht und wusste nichts über die Unfälle. Als Ben die Details beschrieb, bebten ihre Lippen und frische Tränen stiegen ihr in die Augen. Er zeigte ihr das Bild von dem Video aus dem Krankenhaus und fragte sie, ob sie den Mann wiedererkenne. Sie betrachtete es und sagte: »Ich bin mir nicht sicher. Er kommt mir ein wenig bekannt vor, aber ich weiß nicht, warum oder wo ich ihn gesehen habe.«

Ben fuhr fort und fragte: »Was wissen Sie über *HIP Development* oder *White Sands Development?*«

»*White Sands* ist bekannt. Es gab mehrere Einzahlungen von *White Sands* auf die Konten von Senator Wagner auf den Kaimaninseln. Ich weiß, dass *HIP Development* das Unternehmen von Harold Palmer ist. Er ist der führende Bauunternehmer in diesem Bundesstaat und an mehreren Unternehmen beteiligt. Er ist ein großer Fan von Senator Wagner und ein großer Spender für seine Kampagne.« Sie bestätigte, dass sie die Kontonummern in dem Notizbuch in ihrer Handtasche hatte und übergab es den beiden. Sie studierte das zerknitterte Tuch in ihrer Hand. »Was wird mit Grant geschehen?«

»Zu diesem Zeitpunkt bin ich mir nicht sicher. Sobald ich alle Fakten habe, müssen der Staatsanwalt und die anderen Behörden die Sache klären.« Er schaute auf die Uhr und fragte: »Brauchen Sie eine Pause, Miss Stevens?«

»Nein, nur zu, ich möchte das gerne hinter mich bringen.«

Er erkundigte sich nach der ähnlichen Position von Senator Wagner als Sonderberater in der Kanzlei von Peter Collins und nach der Art der Zahlungen. »Er berät einige Anwälte in Peters Firma bei einigen speziellen Projekten, aber soweit ich weiß, wird er nur für die Beratung bezahlt und hat nichts mit Schmiergeldern zu tun.«

Ben fragte weiter nach den Telefonaten, die sie in der Mordnacht mit Craig geführt hatte, und nach den Gesprächen, die sie seit der Befragung mit Craig geführt hatte. »Ich, äh … ich konnte nicht damit umgehen, was ich auf der Terrasse gesehen habe. Craig tötete Grayson Taylor. Ich war in Panik und sagte ihm, wir müssten der Polizei sagen, dass es ein Unfall war. Er sagte, ich solle mir keine Sorgen machen, er würde sich darum kümmern und ich solle den Mund halten.« Sie schloss ihre Augen und leckte sich über die Lippen. »Er versuchte zunächst, mich zu beruhigen, wurde dann aber immer wütender und sagte mir, wenn ich meinen Job und meinen Lebensstil behalten wolle, solle ich den Mund halten und ihn die Dinge regeln lassen. Er wollte nicht, dass ich mit Senator Wagner darüber spreche, und sagte mir, ich könne seine Kandidatur zum Gouverneur ruinieren, wenn ich nicht mitmache. Er erinnerte mich daran, dass ich eine lukrative und sichere Position haben würde, wenn Grant gewinnen würde.«

Sie erläuterte Craigs Idee, der Polizei zu sagen, dass sie betrunken gewesen wäre und angerufen habe, um ihn zu locken. »Er sagte, wir müssten unsere Geschichten richtig erzählen.« Nach den Fragen zu den Anrufen hatte er sie mit einem Wegwerfhandy ausgestattet und ihr eine Nummer gegeben, unter der sie ihn erreichen konnte.

»Wusste Craig, dass Sie ihren Ohrring verloren haben?«

Ihre Augen weiteten sich vor Entsetzen. »Nein, ich hatte Angst, es ihm zu sagen.« Sie seufzte und fügte hinzu: »Ich hätte wohl nicht anrufen sollen, um zu erfahren, ob er gefunden wurde, aber sie waren ein Geschenk von Grant und ich wollte ihn finden.«

»Aber Sie haben ihn auf dem Wegwerfhandy angerufen, nachdem wir Sie im Silverwood befragt haben?«

»Ich war zu Tode erschrocken. Ich sagte ihm, dass Sie

beide wieder bei mir gewesen sind und mich wegen des Mordes befragt haben. Ich habe den Ohrring nie erwähnt. Er sagte mir, ich solle mich zusammenreißen. Ich sagte ihm, dass ich es nicht mehr aushalte und wir Senator Wagner erzählen sollten, was passiert ist.«

»Wir sind hier fast fertig, Miss Stevens. Zusammenfassend lässt sich sagen, dass Sie direkte Kenntnis davon haben, dass Craig Baker Grayson Taylor mit einem Schlag auf den Kopf tötete und seine Leiche im Gebüsch unterhalb der Terrassenmauer versteckte. Sie haben auch Kenntnis davon, dass Craig Baker die Weiterleitung von Geldern seiner Kunden an Senator Grant Wagner über eine Stelle in seiner Anwaltskanzlei organisiert und abgewickelt hat, um diese illegalen Schmiergelder an den Senator weiterzuleiten. Sie haben ferner Kenntnis von Offshore-Konten im Besitz von Senator Wagner und wissen, dass einige der Einzahlungen auf diese Konten von der *White Sands Development, Inc.* stammen. Haben Sie Kenntnis von anderen Straftaten, die von Mr. Baker oder seinen Mitarbeitern oder Senator Wagner oder seinen Mitarbeitern begangen wurden?«

Sie kniff die Augen zusammen, während ihr die Tränen über das geschundene Gesicht liefen. »Ich weiß nichts von anderen Verbrechen, und ich habe das Geld und die Einzahlungen nie als wirkliche Verbrechen betrachtet, nur als Politik und Geschäft. Ich wusste, dass es für die Kampagne und die Position von Senator Wagner schlecht sein könnte, aber nichts davon schien wichtig zu sein, bis Craig Mr. Taylor tötete.«

»Hatten Sie jemals Angst um Ihr Leben, nachdem Sie Mr. Baker gegenüber Ihre Besorgnis über den Mord geäußert hatten?«

Panik schoss durch ihre blutunterlaufenen Augen. »Nicht

bis zu dem Unfall. Jetzt bin ich überzeugt, dass Craig mich loswerden wollte. Wäre es ein Unfall gewesen, hätte er anhalten müssen, um mir zu helfen, aber ich hatte viel Zeit zum Nachdenken und habe festgestellt, dass ich ihn nervös gemacht habe, je mehr ich mich vor dem Vorfall im Silverwood gedrückt habe. Ich habe alles aufs Spiel gesetzt.«

Für das Video nannte Ben das Datum, die Uhrzeit und den Ort, bevor er das Gespräch beendete. »Ihre Schwester sollte heute Abend hier sein, und nachdem Sie mit ihr gesprochen haben, rufen Sie mich an. Ich helfe Ihnen gerne dabei, eine Verlegung in ein neues Krankenhaus zu organisieren. Irgendwohin, wo Sie niemand kennt, sodass Sie sich ohne Sorge um Ihre Sicherheit erholen können. Sobald die wissen, dass Sie mit uns gesprochen haben, werden sie vielleicht wieder versuchen, Sie zum Schweigen zu bringen. Wir haben immer noch verdeckte Ermittler im Krankenhaus, aber ich denke, es wäre eine gute Idee, Sie zu verlegen.«

Sie nickte leicht und versprach, sich nach der Ankunft ihrer Schwester mit ihm in Verbindung zu setzen. »Ich bin Ihnen dankbar für Ihre Hilfe, Chief Mason, und Ihre, Mr. Harrington. Ich bedaure, dass ich Sie anfangs angelogen habe, und mir ist klar, dass all dies hätte verhindert werden können, wenn ich Ihnen schon vor Monaten die Wahrheit gesagt hätte.«

Sie ließen sie leise schluchzend mit einer frischen Schachtel Taschentücher und einer warmen Kopie der von ihr unterzeichneten Immunitätsvereinbarung zurück.

Ben und Coop schauten bei der Polizei von Knoxville vorbei, um die Videodatei per E-Mail an den Staatsanwalt zu schicken und eine Kopie mitzunehmen. Sie bedankten sich bei Chief Mobley und versprachen, sich wegen Merediths Transport aus Knoxville zu melden. Auf dem Weg aus der Stadt hielten sie an einem Markt, um Getränke und ein paar Snacks zu kaufen, und Coop rief Tante Camille an, um ihr mitzuteilen, dass er zu einem späten Abendessen nach Hause kommen würde.

Kaum waren sie auf der Autobahn, erhielt Ben einen Anruf von Kate, deren normalerweise ruhige Stimme aufgeregt war. Sie war auf Lautsprecher, als sie sagte: »Madison und ich haben *HIP* den ganzen Tag überwacht und sind endlich auf unseren mysteriösen Mann im Mietwagen gestoßen. Er gehört zum Sicherheitsteam von *HIP*.«

»Wie habt ihr das geschafft?«, fragte Ben mit Bewunderung in der Stimme.

»Wir können nicht alle unsere Geheimnisse verraten«, sagte sie lachend. »Es genügt zu sagen, dass Madison eine hervorragende Rolle als verlassene Freundin spielt und wir eine sympathische Sekretärin im Gebäude gefunden haben, die die Identität des Mannes als Leonard Hall bestätigt hat. Er wohnt in einer Wohnung in East Nashville.« Sie fasste Leonards Vorgeschichte zusammen: Er wuchs in Nebraska auf und geriet als Jugendlicher und junger Erwachsener wegen Einbrüchen, Autodiebstählen und Überfällen in Schwierigkeiten. In den letzten sieben Jahren lebte er in Nashville und arbeitete für Harold Palmer.

Kate und Jimmy hatten vor, Leonard einen Besuch abzustatten, sobald er nach Hause kam, und Ben wollte ihn in einem Verhörraum haben, sobald er und Coop nach Nashville zurückkehrten. Kate bearbeitete die alten Unfallfälle und versuchte, sie über *HIP* oder *White Sands* oder eine der anderen unzähligen Firmen in dem verworrenen Netz von Geschäften mit Leonard in Verbindung zu bringen.

Ben sprach mit dem Staatsanwalt und dem FBI, während sie unterwegs waren. Er warf sein Telefon auf den Sitz, nachdem er die Verbindung getrennt hatte. »Ich wusste, dass wir angesichts des Ausmaßes der Korruption, mit der wir es zu tun haben, und der Position von Senator Wagner das FBI einschalten mussten. Ich will den Fall nicht aufgeben. Ich will Craig wegen Mordes. Sie können den guten Senator haben.«

»Wird man dir etwas Zeit geben, um die Ermittlungen abzuschließen?«

»Das ist es, was ich gerade versuche, zu bekommen. Der verantwortliche Special Agent ist ein guter Kerl und er gibt sich Mühe, aber manchmal geraten die Dinge schnell außer Kontrolle. Das FBI ist berüchtigt dafür, einen Fall zu übernehmen, nachdem wir all die harte Arbeit geleistet haben. Sie wollen den Ruhm, der mit einer Pressekonferenz einhergeht. Der US-Staatsanwalt spricht mit dem Bezirksstaatsanwalt.«

»Wir müssen Leonard brechen und ihn dazu bringen, seine Befehlskette zu überdenken«, sagte Coop. »Sie müssen uns etwas Zeit geben.«

Ben nickte, während er schneller fuhr. »Sie betrachten die Finanzgeschäfte mit den Banken auf den Kaimaninseln, das wird sie beschäftigen, aber ich stimme dir zu, wir müssen alles tun, um Craig hinter Gitter zu bringen. Der Senator wird auf jeden Fall wegen Betrugs und Bestechung angeklagt, sobald sie die Unterlagen geordnet haben, aber ich will Craig nicht vorwarnen.«

»Emilys Schwager wird mit dem ganzen anderen Müll aufgeräumt werden. Es wird interessant sein, ihre Reaktion zu sehen.«

Ben lenkte seinen Crown Victoria dreißig Minuten früher als geplant auf den Parkplatz der Zentrale. Coop schickte eine SMS an Annabelle, in der er ihr mitteilte, dass er es nicht rechtzeitig nach Hause schaffte und sie ohne ihn essen sollte.

Sie fanden Kate und Jimmy zusammen mit Ross und Madison im Konferenzraum. Auf allen Whiteboards waren Notizen gekritzelt, mit Linien und Kreisen, die die einzelnen Punkte miteinander verbanden. »Hey, Boss und Coop«, sagte Jimmy, als er aufblickte und sie sah.

»Habt ihr Leonard erwischt?«

Ein selbstgefälliges Lächeln erblühte auf Kates Gesicht. »Sicher, er ist in der Box und wartet.«

»Wenn wir alle zusammenarbeiten und unsere bettlägerige Ermittlerin uns hilft«, Madison hob die Augenbrauen zu Coop, »haben wir ein paar Hinweise, die ihr bei eurem Verhör verwenden könnt, um ihn zu den beiden anderen so genannten Unfällen zu befragen.«

Ben nahm sich etwas Zeit, um Ordnung zu schaffen, und machte sich Notizen zu den Fahrzeugen, die sie mit *HIP* verknüpft hatten, Kreditkartenbelege für Kraftstoff, einen Strafzettel wegen eines defekten Scheinwerfers und eine Rechnung für neue Reifen. Sie hatten auch Leonards Handyaufzeichnungen, die mit gelben Markierungen versehen waren. Ben lächelte, als er die Beweise studierte. »Hervorragende Arbeit von euch allen.«

Er reichte Kate seine Notizen und deutete mit dem Kopf, dass sie und Jimmy das Gespräch führen sollten. Sie lächelten beide, während er Coop und die anderen in den Beobachtungsraum führte. Jimmy las Leonard seine Rechte vor und beobachtete, wie sich seine Augen trotzig verengten. »Ich will nicht ohne meinen Anwalt mit Ihnen reden.«

Kate sagte: »Kein Problem, Leonard. Sie müssen nicht mit uns reden, aber ich denke, Sie wollen vielleicht zuhören.«

Hinter dem Spiegel sahen sie zu, wie die Partner mit dem Tanz begannen, erst ein langsamer Walzer um den Verdächtigen, dann das Stakkato und der Schwung eines Tangos, während sie ihn mit Beweisstücken attackierten. Sie waren beide Meister und genossen das Hin und Her, während sie sich gegenseitig auf Fakten festnagelten und weniger konkrete Details ausschmückten, um Leonard davon zu überzeugen, dass er mit zwei Mordanklagen zu rechnen hatte, und wenn Meredith nicht durchkam, mit drei. Sie fügten den Überfall und den Einbruch in Coops Büro hinzu, da sie ihn als Täter vermuteten.

»Die Sache ist die: Wir finden es nicht fair, dass Sie wegen dieser Vorwürfe verfolgt werden, obwohl wir alle wissen, dass Sie nur Ihren Job gemacht haben. Sie haben nur getan, was man Ihnen gesagt hat, richtig?«, sagte Kate, sah Leonard an und wandte ihre Aufmerksamkeit dann Jimmy zu.

»Ja, aber sobald er einen Anwalt hat, wird es keine Deals mehr für ihn geben. Er wird den Kopf hinhalten, denn sein Anwalt wird nicht mehr wirklich für ihn arbeiten, oder? Ganz zu schweigen von seiner kriminellen Vergangenheit in Nebraska«, sagte Jimmy.

»Richtig, richtig«, sagte Kate und nickte mit dem Kopf. »Wahrscheinlich ist Craig der Anwalt, den Harold schicken würde, oder?«, fuhr sie grinsend fort. Sie ignorierten Leonard und führten ein Gespräch ohne ihn.

Die Gruppe hinter dem Spiegel sah, wie Leonards Tapferkeit bei der Erwähnung seines Chefs und von Craig zu bröckeln begann.

»Sie werden ihn im Regen stehen lassen. So kommen diese Typen immer damit durch, alle anderen zu bescheißen«, fügte Jimmy hinzu. »Und wer weiß, wie lange es dauert, bis sie jemanden im Gefängnis bezahlen, um ihn ganz loszuwerden. Er sollte wissen, dass sie immer alle Hindernisse oder Bedrohungen beseitigen.«

»Du hast recht. Selbst wenn er den Mund hält und es auf sich nimmt, wird er am Ende tot sein und in der Dusche von Riverbend abgestochen werden. Wir kennen das Gesetz, also wenn Sie einen Anwalt wollen, ist das in Ordnung, wir werden Ihnen ein Telefon besorgen, Leonard«, sagte Kate und schloss den Deckel der dicken Akte, die sie in der Hand hielt.

»Sie können mir also Schutz und einen Deal verschaffen, wenn ich rede?«, fragte Leonard mit einer Stimme, der der Mut seiner früheren Kommentare fehlte.

»Aber sicher, Leonard. Wir holen den Staatsanwalt her und machen Ihnen einen Vorschlag«, sagte Jimmy.

»Okay, okay, machen wir das«, sagte Leonard, streckte seinen Rücken und atmete aus. »Wissen sie, dass ich hier bin?«

Ben holte sein Handy heraus und tätigte einen schnellen Anruf. Der stellvertretende Staatsanwalt Marvin Clark wartete in einem anderen Raum und beobachtete das Verfahren, während er auf grünes Licht wartete.

»Wer?«, fragte Kate.

»Craig oder Harold oder irgendjemand bei *HIP*.«

»Nein, deshalb sind wir ja zu Ihnen gefahren, Leonard.« Sie lächelte. Marvin klopfte an die Tür und öffnete sie. »Leonard Hall, das ist Staatsanwalt Clark. Er wird mit Ihnen den Papierkram erledigen und dann brauchen wir Sie, um alles aufzuschreiben, was Sie über Craig Baker, Senator Grant Wagner, *HIP*, *White Sands* und die vielen anderen Unternehmen unter ihrem Dach wissen. Wenn wir zurückkommen, bringe ich Ihnen etwas zu essen mit.«

Leonard nickte und Jimmy und Kate überließen Mr. Clark seinen juristischen Manövern und verließen den

Raum. Sie gesellten sich zu Ben und den anderen in den Konferenzraum und waren überrascht, Tante Camille und Annabelle mit einem riesigen Korb mit herrlich duftendem Essen vorzufinden.

Sie nahmen einen der Tische in Beschlag und bauten ein Buffet mit Brathähnchen, Kartoffelsalat, Krautsalat, Keksen, Kartoffelbrei und Soße sowie Keksen und Brownies auf. »AB und ich haben beschlossen, da Coop das Abendessen verpassen wird, es herzubringen und euch alle mit einem guten Essen zu verwöhnen«, erklärte Tante Camille, als sie die Teller und das Besteck verteilte.

Sie verschwendeten keine Zeit damit, eine Schlange zu bilden und ihre Teller zu beladen. Zwischen den Bissen erzählten sie den beiden von den neuesten Entwicklungen und lobten Annabelle für ihre Nachforschungen, die ihnen geholfen hatten, Leonard festzunageln. Eine Stunde später halfen sie beim Einpacken des Picknicks und Mr. Clark erschien mit einem breiten Lächeln. »Er gehört ganz Ihnen, Detectives.«

Kate und Jimmy gingen mit einem Teller aus Tante Camilles Korb und einer Limonade für Leonard zurück und setzten das Gespräch fort. Sie erhielten einen zehnseitigen schriftlichen Bericht über die Unfälle, die er im Auftrag von Craig Baker arrangiert hatte, einschließlich des Einbruchs und des Angriffs auf Annabelle, sowie über sein Wissen über *HIP* und *White Sands Development, Inc.* Als Gegenleistung für seine Aussage wurde ihm eine wesentlich geringere Anklage als Auftragsmord oder fahrlässige Tötung angeboten. Er stimmte zu, auf einen Telefonanruf zu verzichten, um niemanden zu alarmieren, dass er in Gewahrsam war und die Nacht in einer Arrestzelle verbringen würde.

Während Kate und Jimmy im Verhörraum beschäftigt waren, erhielt Ben einen Anruf von Meredith und setzte den

Verlegungsplan in Gang. Sie wurde mit der Hilfe von Chief Mobley und seiner Abteilung in ein Krankenhaus in Texas gebracht. Es wurde erwartet, dass sie dort mehrere Wochen bleiben würde, und er versicherte ihr, dass sie so lange wie nötig beschützt werden würde.

Im Laufe der Nacht ließ das Adrenalin, das die Gruppe in den letzten Tagen angetrieben hatte, nach. Ben sprach mehrmals mit dem FBI und dem Staatsanwalt, und bei seiner letzten Telefonkonferenz vereinbarten sie ein Treffen am nächsten Morgen, um die Ausführung ihres Plans zu besprechen, Senator Wagner und Harold Palmer zu fassen und Craig Baker Ben und seinem Team zu überlassen.

KAPITEL ZWEIUNDZWANZIG

Coop schlich durch das ruhige Haus, darauf bedacht, weder seine Tante noch Annabelle zu stören. Er warf einen Blick in das Gästezimmer und sah Gus am Fußende ihres Bettes liegen. Der Hund hob kurz den Kopf, bevor er sich wieder an seine neue Mitbewohnerin kuschelte. Coop schüttelte den Kopf und unterdrückte ein Lachen, als er sich zu seinem Zimmer begab.

Die Aufregung des Tages in Verbindung mit seinem üblichen Schlafmangel hatten ihn erschöpft. Er sackte ins Bett und spürte, wie die Last von Grays Fall von ihm abfiel, als ihm klar wurde, dass er Taylor sagen musste, dass sie den Mörder seines Vaters gefasst hatten. Die harte Realität, dass Gray zur falschen Zeit am falschen Ort gewesen war, würde er niemals rechtfertigen können.

Coop stand früh auf und fühlte sich nicht mehr ganz so müde, aber er war gespannt auf den bevorstehenden Tag. Er fand Gus und Annabelle im Frühstücksraum. »Hey, AB, wie geht's dir? Ich hatte auf dem Revier nicht die Gelegenheit, mit dir zu reden.«

Sie lächelte und die Morgensonne brachte die Strähnchen in ihrem Haar zur Geltung. »Ich fühle mich so viel besser. Ich versuche, Tante Camille davon zu überzeugen, dass ich bereit bin, nach Hause zu gehen.« Sie rollte mit den Augen. »Du kannst dir meinen Erfolg vorstellen.«

Er grinste. »Sie liebt es, sich um dich zu kümmern und deine Gesellschaft zu haben. Nach dem, was passiert ist, musst du verwöhnt werden. Leonard hat gestern Abend die drei ›Unfälle‹ gestanden, plus einige andere Besorgungen, die er für Craig gemacht hat, einschließlich des Einbruchs ins Büro und des Überfalls auf dich. Er machte Fotos von den Beweisen, die wir zusammengetragen hatten, und du hast ihn überrascht.« Er hielt inne, als er Marmelade auf seinen Toast schmierte. »Ich würde ihn gerne allein in einem Raum erwischen und ihn dafür verprügeln, was er dir angetan hat, AB.«

Sie nickte. »Ich darf ihn zuerst schlagen«, sagte sie lächelnd. »Ich bin okay und hatte Glück. Er hätte mich mit der Pistole umbringen können, anstatt mir einfach auf den Kopf zu schlagen.«

»Er hat den Deal natürlich angenommen und wird ein paar Jahre bekommen, aber er ist ein kleiner Fisch im Vergleich zu Craig, Senator Wagner und Harold Palmer.«

»Er ist ein Idiot«, sagte sie kichernd. »In mehr als einer Hinsicht. Ich weiß, wie es läuft, und um die Großen zu bekommen, muss man manchmal die kleinen Fische wegschwimmen lassen. Am Ende wird es schon klappen.«

Sie beendeten das Frühstück und Coop räumte das Geschirr ab. »Ich hoffe, der heutige Tag verläuft gut. Ich erschaudere, wenn das FBI involviert ist. Ich will mich mit Taylor und seinen Großeltern unterhalten, sobald wir die Sache unter Dach und Fach gebracht haben. Dann komme ich nach Hause.« Er gab Gus einen Klaps. »Gus wird traurig sein, wenn du gehst. Wie ich sehe, schläft er jetzt bei dir auf dem Bett.«

Sie lachte und sagte: »Er ist eine gute Gesellschaft und hält meine Füße warm.«

»Sag Tante Camille, dass ich zum Abendessen zu Hause bin«, sagte Coop, als er ging.

Coop ging durch das Revier und spürte die Aufregung und Vorfreude, die in der Luft lag. Als er um die Ecke bog, sah er, dass die gesamte Detektivabteilung mit Agenten und Beamten aus einer Vielzahl von Agenturen infiltriert worden war. Ben saß in seinem Büro, umgeben von Anzugträgern, und Coop setzte sich auf einen freien Stuhl neben Kate und Jimmy, wobei er sich in seinen Jeans und dem roten T-Shirt mit der Aufschrift *Das Gleiche ist nicht dasselbe* ein wenig underdressed fühlte.

Jimmy schob eine Schachtel mit Donuts rüber und sagte: »Wenigstens wissen die Feds, dass sie Leckereien mitbringen sollten.« Coop winkte ab, voll vom Frühstück und zu nervös zum Essen. Bald darauf kam Ben aus seinem Büro und stand zwischen zwei düsteren Männern, die jeweils die Anstecknadel ihrer Behörde trugen – FBI und DOJ. Ben stellte sie als Special Agent Mark Walton und U.S. Anwalt Trevor McDonald vor.

»Die Einsatzpläne werden gerade verteilt, und ich werde die wichtigsten Punkte durchgehen. Es handelt sich um eine dreigleisige gemeinsame Operation, bei der jedem Ziel ein Team zugeteilt wird. Wir werden in einer Reihe von Büros und Wohnungen, die mit unseren Verdächtigen in Verbindung stehen, synchronisierte Durchsuchungsbefehle vollstrecken. Wir werden auch gleichzeitig Haftbefehle gegen unsere drei Zielpersonen – Baker, Wagner und Palmer – vollstrecken. Nashville wird bei Baker die Führung übernehmen, während das FBI sowohl für Wagner als auch für Palmer zuständig sein wird. Jedes Team setzt sich aus Mitarbeitern aller drei Behörden zusammen.«

Ben blätterte durch die Seiten des Plans und forderte die Teamleiter auf, die Strategie für jeden Standort zu überprüfen. Mehrere Einsatzwagen standen bereit, um die von den Durchsuchungsbefehlen erwarteten elektronischen und schriftlichen Beweise zu sammeln und zu transportieren. »Niemand spricht mit den Medien! Sobald die Operation abgeschlossen ist, werden wir eine Pressekonferenz abhalten und Erklärungen von jeder Behörde abgeben. Das Justizministerium hat die Federführung bei der Pressearbeit.«

Nach ein paar Fragen entließ Ben die Gruppe, und jeder Teamleiter übernahm sein Personal und die Organisation der Fahrzeuge. Ben warf Coop ein Sweatshirt der Polizei von Nashville zu, das er anziehen sollte, und er fuhr mit Ben und einem Team von Agenten und Beamten, die das Büro von *Whitehead, Baker und McCord* stürmen würden. Zum Erstaunen der Empfangsdame nahm ein Beamter ihr das Headset ab und hielt sie an ihrem Schreibtisch fest, während eine Reihe bewaffneter Agenten und Beamter mit Durchsuchungsbefehlen bewaffnet den Flur hinunterging. Sie verließen die Haupthalle und deckten alle Büros, einschließlich des Rechenzentrums, ab. Ben und Coop sowie ein halbes Dutzend andere Beamte machten sich nicht die Mühe zu klopfen, als sie Craigs Tür betraten.

»Mr. Craig Baker«, sagte Ben mit donnernder Stimme, »Sie sind verhaftet wegen des Mordes an Grayson Taylor, des versuchten Mordes an Meredith Stevens, des Mordes an

Sally Cartwright und des Mordes an Richard Bradley. Das Justizministerium wird Ihnen weitere Anklagen zukommen lassen.«

»Sie begehen einen karrierebeendenden Fehler, Chief Mason«, sagte Craig. »Ich will einen Anwalt und ich sage kein Wort.«

»Suchen Sie sich einen guten aus«, sagte Ben, während er Craig die Hände auf den Rücken fesselte. Er las ihm seine Rechte vor, während er ihn den Flur hinunter eskortierte. Anwälte und Mitarbeiter lauerten an den Türen und säumten den Flur, einige weinten, alle waren verblüfft über die Effizienz der Masse an Strafverfolgungsbeamten, die ihren Arbeitsplatz überfluteten und Kisten und Computer in den Aufzug luden.

Das Gleiche geschah in Grant Wagners Wahlkampfbüro, im Abgeordnetenbüro und bei ihm zu Hause. Er sagte seiner Frau, sie sollte Craig anrufen, wobei sie bald erfahren würde, dass dies zwecklos war.

Harold Palmer wurde in seiner Wohnung in Gewahrsam genommen, während seine Büros von Aufzeichnungen, elektronischen Daten und Geräten befreit wurden. Sein Vermögen wurde eingefroren, und auch er bat seine Frau, Craig anzurufen.

Craigs Assistentin war damit beschäftigt, ein professionelles Bild aufrechtzuerhalten, als sie die verzweifelten Anrufe der Ehefrauen erhielt. Ihre Hände zitterten, als sie die Nachrichten in das Softwaresystem eingab. Sie war geübt darin, über den Aufenthaltsort ihres Chefs zu lügen, aber der Anblick, wie er in Handschellen durch die Gänge geführt wurde, machte sie nervös. Sie wusste, dass die Wände bröckelten, als sie versprach, dass einer der anderen Partner sich unverzüglich mit den Frauen in Verbindung setzen würde.

Sobald sie wieder bei Sinnen war, nahm sie ihren Lebenslauf zur Hand, polierte ihn auf und schickte ihn an die konkurrierenden Firmen, in der Hoffnung, dass sie rauskäme, bevor der ganze Laden implodierte.

———

Coop überließ Ben die Vernehmungsaufgaben. Craig erwies sich – anders als sein Laufbursche Leonard – als geschickter Gegner und sagte nichts, bis er mit einem Anwalt gesprochen hatte. Das Justizministerium befand sich in einer ähnlichen Pattsituation mit Senator Wagner und Harold Palmer. Beide verlangten, dass Craig Baker angerufen wird, aber der Wind wurde ihnen aus den Segeln genommen, als sie erfuhren, dass er sich in Haft befand und nicht erreichbar war.

Während die drei immer noch in Verhörräumen eingesperrt waren und jeder darum wetteiferte, der Erste zu sein, der die anderen den Wölfen zum Fraß vorwarf, um seine eigene Haut zu retten, berief das Justizministerium eine Pressekonferenz ein.

US-Staatsanwalt Trevor McDonald erklärte, dass Senator Wagner und Harold Palmer aufgrund von Bundeshaftbefehlen in Gewahrsam waren. Er verlas eine ganze Reihe von Anklagen, darunter wegen Verschwörung, Betruges, Postbetruges und Erpressung. Er skizzierte das Bestechungs- und Schmiergeldsystem, das Senator Wagner ausgeheckt hatte, indem er seine Position nutzte, um Unternehmen, die mit dem Bundesstaat Tennessee Geschäfte machten, Vorteile zu gewähren. Er las aus der Anklageschrift vor: »In Wahrheit hat Wagner Millionen von Dollar an Nebeneinkünften unter Ausnutzung seiner offiziellen Position erhalten, um Gelder in Form von

Bestechungsgeldern und Schmiergeldern zu erhalten, einschließlich von Kunden mit erheblichen Geschäften vor dem Staat, und nicht als Ergebnis legitimer Nebeneinkünfte, die Wagner als privater Anwalt verdiente.«

Er klärte die Schar der aufmerksamen Reporter über die Fakten auf, die Craig Baker als Teil des korrupten Plans der Weiterleitung von Bestechungsgeldern und erpressten Geldern durch die Anwaltskanzlei *Whitehead, Baker and McCord* an Senator Wagner über seine Position als Rechtsberater, die nur fiktiv war und dazu diente, das Geld zu waschen, belasteten.

Als er verkündete, dass Craig Baker von der Polizei von Nashville wegen des Mordes an Grayson Taylor und zwei weiteren Personen sowie des versuchten Mordes an Meredith Stevens festgenommen wurde, wurde er von der Intensität des Blitzlichts der Kameras geblendet. Alle Reporter ergriffen gleichzeitig das Wort und wollten Fragen stellen. Der Staatsanwalt hob die Hand, um das grelle Licht auszublenden und die aufgebrachte Gruppe zu beruhigen.

Er beschrieb Harold Palmers verwandtschaftliche Beziehung zu Grayson Taylor, und ein kollektives Aufatmen hallte durch den Raum. Er fuhr fort, die Verschwörung zu schildern, durch die Mr. Palmer erhebliche Vorteile von staatlichen Stellen erhielt, die von Senator Wagner unter Ausnutzung seiner mächtigen Position in der Regierung arrangiert worden waren. Er verwickelte Mr. Palmer auch in die Ermordung der beiden Angestellten, die für Tochtergesellschaften seiner Muttergesellschaft arbeiteten, wobei Palmer einen seiner eigenen Sicherheitsleute mit der Ausführung der Morde beauftragte.

»Ich werde zu diesem Zeitpunkt keine Fragen beantworten, sondern Sie auf dem Laufenden halten, sobald wir neue oder wichtige Informationen haben. Ich möchte

Chief of Detectives Ben Mason und dem Nashville Police Department für ihre hervorragende Arbeit in diesen Fällen und dem Federal Bureau of Investigation danken, das zusammen mit dem Justizministerium eine deutliche Botschaft an diejenigen senden konnte, die in Korruption verwickelt sind, insbesondere an diejenigen, die Verwalter von Steuergeldern sind und in den öffentlichen Dienst gewählt wurden.«

Sie posierten für weitere Fotos und verließen dann den Raum, während die Reporter nach mehr Bildern verlangten. Ben traf Coop auf dem Flur und zog ihn zur Seite. »Nachdem wir sie alle in Gewahrsam hatten, ließ ich Kate Emily Taylor kontaktieren, um ihr die Neuigkeiten mitzuteilen. Sie fand heraus, dass Emily in Kentucky war, da ihr Vater letzte Woche gestorben ist. Ich wusste, dass sie es heute Abend in den Nachrichten hören würde und vielleicht schon einen Anruf von ihrer Schwester bekommen hatte, aber ich wollte Kate die Genugtuung geben, es ihr persönlich zu sagen, also sind sie und Jimmy hingefahren.« Er wackelte mit seinem Handy in der Hand. »Sie hat mich angerufen und gesagt, dass sie auf dem Heimweg sind. Sie sagte, Emily sei wie immer arrogant gewesen, bis sie ihr die Einzelheiten erzählten und von den drei Verhaftungen berichteten, darunter von der ihres Schwagers. Kate sagte, sie sei blass geworden und zu Boden gesunken. Jimmy half ihr auf einen Stuhl und sie ließen sie in einem katatonischen Zustand zurück, nachdem sie ihre Mutter gebeten hatten, sich um sie zu kümmern. Offenbar waren beide sehr besorgt darüber, was die Leute denken würden, wenn sie die Nachricht hörten.«

»Es ist eine verdammte Schande, dass Gray Abby nicht schon in der Highschool geheiratet und ein Leben mit ihr und Taylor aufgebaut hat. Ich glaube, die drei wären glücklich geworden«, sagte Coop.

»Kate erzählte Emily, dass du maßgeblich an der Ergreifung von Grays Mörder beteiligt warst und nie aufgehört hast, an dem Fall zu arbeiten, selbst nachdem sie dir gekündigt hatte. Kate sagte, Emily habe kein Wort gesagt, aber sie konnte sehen, dass sie fassungslos war.«

»Nun, ich habe es nicht für sie getan. Ich habe es für Taylor getan … und für Gray.«

Die Agenten schüttelten Ben die Hand und Coop verabschiedete sich von ihm. Da er wusste, dass Taylor die Schule vorzeitig verlassen musste, rief er ihn auf dem Weg zum Jeep auf dem Handy an. Er sagte ihm, dass er Neuigkeiten über seinen Vater hätte und fragte, ob er ihn bei seinen Großeltern treffen könnte.

Taylor rief ihn innerhalb weniger Minuten zurück und teilte Coop mit, er hätte mit seiner Mutter und seinen Großeltern gesprochen und lud Coop ein, sich um drei Uhr in ihrem neuen Haus zu treffen. Coop beschloss, bei ihm vorbeizuschauen und Annabelle abzuholen, damit sie beim Abschluss des Falles dabei sein konnte.

Sie wollte ohnehin unbedingt aus dem Haus, und Gus folgte ihnen zum Jeep, wobei er sich freute, seinen Vordersitz an Annabelle abzugeben. Sie fuhren die kurze Strecke zu Abby, und noch bevor Coop den Motor abstellte, öffnete Taylor die Tür und hieß sie willkommen. Abby bestand darauf, dass Gus sie ins Haus begleitete. Sie versammelten sich in dem hübschen Wohnzimmer, wo Coop die ganze schmutzige Geschichte von Korruption und Habgier erzählte, die zum Mord an Grayson Taylor und dem Vater, den der junge Taylor nie kennenlernen durfte, geführt hatte.

Er hielt nichts zurück und erzählte ihnen, wie sie Craig

und Meredith aufgespürt hatten, wobei er die früheren Todesfälle, die auf Verkehrsunfälle zurückzuführen waren, und Annabelles unglücklichen Überfall im Büro einflocht. Tränen und Schock machten sich auf den Gesichtern breit, als sie der Geschichte lauschten. Er warnte sie, dass die Pressekonferenz in den Nachrichten ausgestrahlt werden würde und die Geschichte bereits in den sozialen Medien und auf Online-Nachrichtenseiten zu finden wäre.

»War der Ohrring wirklich das wichtigste Beweisstück?«, fragte Taylor, dem die Tränen ins Gesicht schossen.

»Ja, das war der ausschlaggebende Punkt, aber der Versuch von Craig, Meredith auf der Straße zu töten, hat sie dazu gebracht, ihre Geschichte zu erzählen. Sobald wir ihr Wissen hatten, fügte sich alles zusammen.«

Taylor ließ den Kopf hängen. »Es tut mir so leid, dass ich nicht die Wahrheit gesagt habe, als du das erste Mal mit mir gesprochen hast. Zum Glück hat Chief Mason meine Idee mit der gemeinnützigen Arbeit akzeptiert und Sarah war so nett, mir eine zweite Chance im Silverwood zu geben. Diesen Fehler werde ich nie wieder machen.«

»Annabelle, es tut mir so leid, dass du bei all dem verletzt wurdest«, sagte Lila Rose und ergriff ihre Hand.

Annabelle drückte sie zurück. »Mir geht's gut. Das ist nur eine der Gefahren, wenn man mit diesem Kerl zusammenarbeitet«, sagte sie und stieß Coop mit dem Ellbogen an.

»Ich weiß, dass Grays Tod sinnlos und willkürlich war, denn er wurde ermordet, weil Craig dachte, dass Gray sie über das Schmiergeldsystem belauscht habe. Ich hoffe, dass die ganze Geschichte und die Gründe für seine Ermordung euch helfen werden, mit eurem Leben weiterzumachen«, sagte Coop. »Es war ein Privileg, euch alle kennenzulernen.

Ich wünschte nur, wir hätten uns nicht unter so herzzerreißenden Umständen kennengelernt.«

Lila Rose und Abby servierten Tee und Kekse, während sie sich weiter unterhielten. Coop lenkte das Gespräch auf Taylors College-Pläne. Das Gesicht des jungen Mannes hellte sich auf, als er über die Vanderbilt sprach, und es blitzte vor Sorge auf, als er davon sprach, dass er auf eine Zusage wartete. Coop und Annabelle versicherten ihm, dass er angenommen werden würde, und sie wollten sofort benachrichtigt werden, wenn er die frohe Nachricht erhielt.

Als Coop und Annabelle sich zum Aufbruch bereitmachten, bedankte sich die Familie mit Umarmungen und Händedrücken und ließ sie versprechen, in Kontakt zu bleiben. Chase steckte Coop ein gefaltetes Papier in die Hand, als er sie schüttelte. Annabelle warf ihm einen fragenden Blick zu, als sie das Papier sah, und er erwiderte ein leichtes Schulterzucken. Abby gelang es, die beiden zu überreden, am nächsten Wochenende zum Essen zu kommen.

Taylor begleitete sie zum Jeep und streichelte Gus ausgiebig, bevor der Hund auf den Rücksitz sprang. Er winkte weiter, bis sie um die Ecke bogen und Gus sich mit einem kurzen Bellen verabschiedete.

»Was hat Chase dir gegeben?«

»Oh, ich habe es in meine Tasche gesteckt.« Er griff hinein, zog es heraus und faltete einen Scheck auf. Beide Augen weiteten sich, als sie den Betrag und das einfache »Danke« sahen, das er auf die Memo-Zeile geschrieben hatte.

»Heilige Maria!«, rief Annabelle.

»Jeder bekommt einen Bonus, mit freundlicher Genehmigung von Chase und Lila Rose«, sagte Coop.

»Ich bin so froh, dass sie Taylor in ihrem Leben haben«, sagte sie, während ihr eine Träne über die Wange glitt.

Er griff hinüber und drückte ihr Knie. »Wie wäre es, wenn wir auf dem Heimweg noch ein Eis essen gehen?«, fragte Coop und wackelte mit den Augenbrauen zu Annabelle.

»Wir verderben uns noch das Abendessen.«

»Verrate es nicht Tante Camille!«, sagte er lachend und steuerte den Jeep den Weg zu *Steve's Ice Cream Shop*. Er verwöhnte Annabelle mit einer Schokoladenwaffel und Gus leckte an seiner. Sie wählten eine Doppelschaukel auf der Terrasse, schaukelten, während sie ein Lied von Beau Branson hörten, und genossen die Schönheit eines perfekten Herbsttages in Music City.

EPILOG

Mörderische Musik ist das erste Buch der Cooper-Harrington-Detektivromane. In jedem Buch der Reihe wird ein neuer Fall aufgedeckt, aber die Charaktere, die Sie kennengelernt haben, werden in der Reihe weitergeführt. Die Bücher müssen nicht in der richtigen Reihenfolge gelesen werden, aber es macht mehr Spaß, wenn man es tut, da man im Laufe der Serie mehr über Coops Hintergrundgeschichte erfährt. Lesen Sie weiter, um weitere Krimis zu entdecken, die den Leser bis zum Ende in Atem halten. Wenn Sie die Bücher von Coop zum ersten Mal lesen, sollten Sie sich die anderen Romane der Reihe nicht entgehen lassen.

Falls Sie etwas verpasst haben, finden Sie hier die Links zur gesamten Serie.

Mörderische Musik
Tödliche Verbindung

Tödlicher Fehler
Kalter Mörder

DANKSAGUNG

Das Schreiben von *Mörderische Musik* war eine Herausforderung, aber lohnend. Die Inspiration für dieses Buch kam von einer Reise, die ich nach Nashville unternahm. Ich liebe die Gegend, vor allem die Geschichte und die Schönheit der alten Plantagen und Gärten, die ich in eine Geschichte einweben wollte.

Ich bin aus der Politik eines anderen Bundesstaates ausgetreten und habe bei der Ausarbeitung dieses Romans meine Kenntnisse und Erfahrungen sowie meine Liebe zu Hauptstädten genutzt. Ich habe einige Zeit auf der Legislative Plaza und im Tennessee-Kapitolgebäude verbracht und mich mit einigen ehemaligen Kollegen über technische Fragen zu den Gebäuden unterhalten. Mein Dank gilt diesen fleißigen Mitarbeitern, die immer bereit sind, ihr Fachwissen und ihre Kenntnisse weiterzugeben. Die Freiheiten, die ich mir bei der Gestaltung des Prozesses und der Einrichtungen genommen habe, sind ganz allein meine Sache.

Das Beste am Schreiben ist die Freiheit, Menschen und Situationen zu erfinden. Ich genieße es, mein Wissen, in diesem Fall über den Gesetzgebungsprozess, als Kulisse für eine wilde und fiktive Geschichte voller erfundener Charaktere zu nutzen, von denen einige liebenswert und andere verabscheuungswürdig sind. Dieses Buch weicht von meinen anderen drei Hometown-Harbor-Romanen im Frauenroman-Genre ab, aber es hat Spaß gemacht, es zu schreiben, und ich freue mich auf weitere Cooper-Harrington-Krimis.

Wie immer bin ich dankbar für meine frühen Leser, die meine Manuskripte fleißig lesen. Theresa, Ruth und Dana sind immer bereit, meine Rohentwürfe zu lesen und mir wertvolles Feedback und Ideen zu geben. Bei vielen technischen Details in *Mörderische Musik* habe ich mich auf das Fachwissen meines Vaters und seine mehr als drei Jahrzehnte lange Erfahrung im Bereich der Strafverfolgung verlassen.

Meine Lektorin Mary Metcalfe ist ein absoluter Profi und ein wunderbarer Mensch. Ich lerne immer etwas dazu, wenn ich mit ihr zusammenarbeite, und schätze ihren Fleiß. Elizabeth Mackey ist unglaublich talentiert und hat wunderbare Cover für diese Serie entworfen.

Ich bin dankbar für die Unterstützung und Ermutigung meiner Freunde und Familie, während ich meinen Traum vom Schreiben weiterverfolge. Ich danke allen Lesern, die sich die Zeit genommen haben, eine Rezension auf Amazon oder Goodreads zu schreiben. Diese Rezensionen sind besonders wichtig, um künftige Bücher zu fördern. Wenn

Ihnen meine Romane gefallen, sollten Sie also eine positive Rezension hinterlassen.

Vergessen Sie nicht, meine Website www.tammylgrace.com oder mich auf Facebook zu besuchen, um mit mir in Kontakt zu bleiben – ich würde mich freuen, von Ihnen zu hören.

Vielen Dank, dass Sie das erste Buch der Cooper-Harrington-Detektivreihe gelesen haben. Diese Krimis sind so konzipiert, dass sie unabhängig voneinander gelesen werden können, aber ich empfehle, sie der Reihe nach zu lesen, da Sie dann mehr über die wiederkehrenden Figuren erfahren. Wenn es Ihnen gefallen hat und Sie ein Fan von Frauenromanen sind, sollten Sie auch meine HOMETOWN-HARBOR-SERIE und meine GLASS-BEACH-COTTAGE-SERIE lesen.

Die beiden Bücher, die ich als Casey Wilson geschrieben habe, A DOG'S HOPE und A DOG'S CHANCE, wurden von meinen Lesern begeistert aufgenommen und sind für Hundeliebhaber ein Muss.

Wenn Sie Weihnachtsgeschichten mögen, sollten Sie sich unbedingt meine CHRISTMAS-IN-SILVER-FALLS-SERIE und HOMETOWN-CHRISTMAS-SERIE ansehen. Das sind Weihnachtsgeschichten über Hoffnung, Freundschaft und Familie in einer Kleinstadt. Ich bin auch eine der Autorinnen des Bestsellers SOUL SISTERS AT CEDAR MOUNTAIN

LODGE, in dessen Mittelpunkt eine Frau steht, die an Weihnachten ihr Herz und ihr Zuhause für vier Pflegemädchen öffnet.

Ich bin auch eine der Gründerinnen von My Book Friends und lade Sie ein, dieser lustigen Gruppe von Lesern und Autoren auf Facebook beizutreten. Als Dankeschön für den Beitritt zu meiner exklusiven Lesergruppe sende ich Ihnen gerne mein exklusives Interview mit den hündischen Begleitern aus meiner Hometown-Harbor-Serie. Sie können sich anmelden, indem Sie diesem Link folgen: https://wp.me/P9umIy-e

Ich hoffe, dass Sie sich mit mir in den sozialen Medien vernetzen werden. Sie können mich auf Facebook finden, wo ich eine Seite und eine spezielle Gruppe für meine Leser habe, und Sie können mir bei Buchhändlern und BookBub folgen, damit Sie wissen, wenn ich eine Neuerscheinung oder ein Angebot habe. Laden Sie unbedingt die kostenlose Novelle HOMETOWN HARBOR: THE BEGINNING herunter. Es ist eine Vorgeschichte zu FINDING HOME, die Ihnen sicher gefallen wird.

Wenn Ihnen dieses Buch oder eines meiner anderen Bücher gefallen hat, wäre ich Ihnen dankbar, wenn Sie sich ein paar Minuten Zeit nehmen würden, um eine kurze Rezension auf Amazon, BookBub, Goodreads oder einem anderen von Ihnen verwendeten Anbieter zu hinterlassen.

Christmas Sisters: Soul Sisters at Cedar Mountain Lodge

Christmas Wishes: Soul Sisters at Cedar Mountain Lodge

Christmas Surprises: Soul Sisters at Cedar Mountain Lodge

Christmas Shelter: Soul Sisters at Cedar Mountain Lodge

Glass-Beach-Cottage-Reihe

Beach Haven

Moonlight Beach

Beach Dreams

The-Wishing-Tree-Reihe

The Wishing Tree

Wish Again

Overdue Wishes

Sisters-of-the-Heart-Reihe

Greetings from Lavender Valley

Pathway to Lavender Valley

Bücher von Casey Wilson:

A Dog's Hope

A Dog's Chance

Tammy freut sich über den Kontakt mit ihren Lesern in den sozialen Medien und hofft, dass Sie sie auf Ihrer Lieblingsplattform finden. Vergessen Sie nicht, sich in ihre Mailingliste einzutragen, um ein exklusives Interview mit den Hunden aus ihren Büchern zu erhalten, das nur für Leser auf ihrer Mailingliste zugänglich ist. Folgen Sie diesem Link, um sich anzumelden unter https://wp.me/P9umIy-e.

ÜBER DIE AUTORIN

Tammy L. Grace ist eine USA Today-Bestsellerautorin und preisgekrönte Autorin der Cooper-Harrington-Detektivromane, der Bestseller-Serie Hometown Harbor und der Glass Beach Cottage-Serie sowie mehrerer süßer Weihnachtsromane. Tammy schreibt auch unter dem Pseudonym Casey Wilson für Bookouture und Grand Central Publishing. Sie finden Tammy online unter www.tammylgrace.com, wo Sie ihrer Mailingliste beitreten und Teil ihrer exklusiven Lesergruppe werden können. Verbinden Sie sich mit Tammy auf Facebook unter www.facebook.com/tammylgrace.books oder auf Instagram unter @authortammylgrace.

www.ingramcontent.com/pod-product-compliance
Lightning Source LLC
Chambersburg PA
CBHW061517210726
48287CB00006B/1718